나를
잊지
말아요

VERGISS MEIN NICHT
Wie meine Mutter ihr Gedächtnis verlor und ich meine Eltern neu entdeckte
by David Sieveking

이 도서의 국립중앙도서관 출판시도서목록(CIP)은 서지정보유통지원시스템 홈페이지(http://seogi.nl.
go.kr)와 국가자료공동목록시스템(http://www.nl.go.kr/kolisnet)에서 이용하실 수 있습니다.
(CIP제어번호: CIP2014004290)

아 들 이   써 내 려 간   1 8 0 0 일 의   이 별   노 트

나를
잊지
말아요

forget me not

 다비트 지베킹 지음
이현경 옮김

문학동네

나의 어머니 그레텔 지베킹(마가레테 샤우만)에게
이 책을 바칩니다.

먼저 읽고 감동한 독자들의 찬사

이 책은 작별의 책이다.
그리고 또한 삶의 행복한 순간에 관한 기록이다.
절망의 순간에도 긍정적인 면을 찾아내는 가족의 이야기에
무척 감동받았다. 가족과의 남은 시간을 어떻게 보내야 할지
생각하게 만드는 책이었다.

_포크 뮐러Falk Müller ★★★★★

치매로 고통받고 있는 가족이 있다면,
그리고 그로 인해 고통받는 모두에게 추천한다.

_웰러 레지나Weller Regina ★★★★★

가족만큼 한 사람에게 영향을 끼치는 것은 없다.
치매만큼 가족들에게 영향을 끼치는 질병도 없다.
이 책은 우리 일상의 여러 가지 모습을 보여준다.
이 책은 나를 웃게도, 울게도 했다.

_마이스터 해피Meister Happy ★★★★★

다정하고 유머러스한 사랑의 이야기다.
이 책을 읽으며 잠을 못 이뤘다.
우리 할머니의 죽음이 떠올랐기 때문이다.
저자는 죽음을 둘러싼 여러 질문을 던진다.

_슈블루SueBlue ★★★★★

치매가 어떤 병인지 알고 싶다면 이 책을 읽어야 한다!

_바르바라 오우아레트Barbara Ouared ★★★★★

우리 어머니도 알츠하이머 환자다.
이 상황에서 우리 가족이 어떻게 대처해야 하는지 잘 배웠다.

_가비 제스케Gabi Jeske ★★★★★

치매는 우리 시대의 문제다.
아주 흥미롭게 읽었고 주변에 강추한다!

_지그프리트 브뢰커Siegfried Bröcker ★★★★★

첫 순간부터 매료된 책이다.
치매를 함께 느끼고 또 치매에 대해 많이 배웠다.

_마누엘라 브라운Manuela Braun ★★★★★

이 책은 인생 그 자체이다.
영화를 이미 봤다고 해도 다시 읽어야 할 책이다.

_롤랜드 월터roland walter ★★★★★

매우 아름답고, 감동적인 책이다.
영화로 다시 봐도 좋을 것 같다.

_북룩커인booklookerin ★★★★★

생의 마지막을 앞둔 사람의 주위 가족들에게,
혹은 앞으로 그 순간을 피할 수 없는 모든 사람들에게
차분한 공감과 따뜻한 위로를 건넨다.

_EBS 국제다큐영화제(EDIF)

차례

그런데 너는 누구니?

어느 날 엄마가 나를 알아보지 못했다

정말로 믿어지지 않았다. 엄마가 다시 걷고 있다니! 백발을 늘어뜨린 엄마가 바퀴 달린 보행보조기를 앞으로 밀며 빠른 걸음으로 내게 다가오고 있었다.

"엄마?"

내가 먼저 말을 걸었다.

"아니, 어떻게……"

엄마는 놀라워하며 대답했다.

"난 지금 여기 없는 거다."

엄마는 혀를 쏙 내밀어보였고, 그 잠깐 동안의 모습은 아인슈타인의 유명한 사진을 연상케 했다. 그러고 나서는 나를 조금도 거들떠보지 않고 그대로 지나쳤다.

"어디 가시는 거예요?"

"소중한 사람한테."

소중한 사람? 아버지한테 간다는 말일까? 엄마는 끝도 보이지 않을 만큼 깊이 굽이진 널찍한 계단 쪽으로 향했다. 그리고 보행보조기에 몸을 의지한 채 계단을 내려가기 시작한 순간, 엄마가 휠체어를 타지 않고 걷는다는 기쁨도 순식간에 사라져버렸다.

"기다리세요, 엄마!"

나는 큰 소리로 외치며 쫓아갔다. 하지만 엄마는 이미 계단 아래로 거의 미끄러지다시피 내려가고 있었다. 철컹, 철컹, 철컹. 정말 위험천만해 보였다. 나는 한꺼번에 여러 개의 계단을 건너뛰며 열심히 쫓아갔지만 엄마는 여전히 앞서가고 있었다. 그런데 갑자기 눈앞에 어린아이가 보였다. 그 아이는 혼자서 계단 난간을 기어오르려 하고 있었다. 아마도 한 살이나 두 살, 많으면 세 살쯤 되었을까. 너무나 불안정해 보였다. 나는 순간 멈칫할 수밖에 없었다. 엄마를 계속 따라가야 할까, 아니면 아이를 먼저 살펴야 할까? 그러는 사이에 아이는 난간을 기어오르기 시작했고 나는 서둘러 아이에게 달려갔다.

내가 거의 다다랐을 때쯤 아이는 깜짝 놀라며 뒤를 돌아보았고 나는 힘껏 손을 뻗어 아이를 붙잡으려 했다. 그러나 아이는 뒤로 물러나다 난간에서 손을 놓쳤고 그렇게 뒤로 떨어져버렸다. 나는 아이를 향해 필사적으로 돌진했지만 너무 늦고 말았다. 곧 바닥에 떨어지며 부딪치는 둔탁한 소리가 들려왔다. 아이의 작은 몸이 미동도 없이 바닥에 쓰러져 있었다. 머릿속이 빙빙 돌았고 죄책감이 몰려왔다.

　잠에서 깨어난 후 내가 꿈을 꾸었고 떨어져 죽은 아이는 어디에
도 없다는 사실을 깨닫기까지 약간의 시간이 걸렸다. 나는 베를린 크
로이츠베르크(바, 펍, 나이트클럽 등이 몰려 있는 베를린의 문화중심지)에
있는 내 집에 누워 있었다. 눈송이가 머리 위 채광창으로 떨어져 물방
울로 변했고 내 눈에선 눈물이 흘렀다.

　불행히도 엄마는 이제 꿈속에서만 걸을 수 있다. 한 달 전 낙상 사
고 이후 혼자서는 제대로 몸을 가누지 못하고 크리스마스에도 휠체어
에만 앉아 있어야 했다. 요즘 들어 이따금 보행보조기에 몸을 의지한
채 그저 한두 걸음 내디딜 뿐이다. 꿈속에서 그랬던 것처럼 엄마는 아
버지를 '소중한 사람'이라고 불렀다. 때로는 나를 그렇게 부르기도 했
다. 하지만 지금은 얼굴을 마주해도 내가 누구인지 알아보지 못할 때
가 많다. 나는 이제 엄마에게 소중한 사람이 아니다. 물론 이것은 내가
최근에 거의 모습을 보이지 않은 탓도 있을 것이다.

　엄마는 아버지와 간병인이 함께 돌보고 있다. 부모님 집에 상주
하는 간병인은 안심하고 엄마를 맡길 수 있는 사람이다. 그런데도 시
간이 흘러 엄마의 상태가 악화되면서 집에서 걸려오는 전화를 받을
때마다 내 가슴은 덜컥 내려앉곤 했다.

　"우리도 언젠간 죽음을 맞이하겠지."

최근 선화 통화에서 아버지는 침울한 목소리로 말했다.

"하지만 지금은 네 엄마가 가장 근접해 있구나. 그레텔은 화면을 모두 꺼버린 상태야."

처음엔 그 의미를 제대로 이해하지 못하고 '엄마가 혼자서 텔레비전을 껐다면 아직 상태가 그렇게 악화된 건 아니겠네?' 하고 생각했다. 그러나 대화를 이어갈수록 나는 아버지의 그 말이 엄마의 의식 상태를 의미하는 것임을 알게 되었다. 얼마 전, 정신이 돌아온 엄마가 아버지에게 이런 말을 했다고 한다.

"당신들이 없으면 나도 죽은 목숨이에요."

간밤의 꿈은 내가 무언가를 잃어버렸고, 어떤 끔찍한 일을 책임져야 할 것 같은 느낌을 주었다. 난간에서 떨어진 그 아이는 무엇을 의미하는 것일까? 기억을 잃기 전, 엄마가 내게 아이에 대해 얘기한 적은 단 한 번도 없었다. 내가 막내아들이고 형제 중 유일하게 자식이 없는데도. 그런데 이 년 전 언어능력이 크게 떨어지고 삶이 혼란스럽게 뒤엉켜버린 엄마가 갑자기 내게 아이 이야기를 꺼냈다.

"엄마, 좀 어떠세요?"

어느 날 아침에 내가 물었다.

"왔니? 네가 오니 내 기분도 훨씬 좋아지는구나. 그렇지만…… 내게도 뭔가를 같이할 수 있는 애완동물이나 아이 들이 있었으면 해. 그러면 좀 어울려 지낼 수 있을 텐데…… 안 그러니? 넌 어떠니?"

"저요? 글쎄요, 전 아직 아이가 없어서요."

내가 머뭇거리며 대답했다.

"지금 아이가 없다고 했니? 나는 네가 아이를 계속 낳았다고 생각했는데."

웃음이 터졌다.

"어째서 내가 아이를 계속 낳았다고 생각하셨어요?"

엄마는 조금의 의심도 없어 보였다.

"상대적으로 그게 좋은 거라고 생각했거든. 안 그러니?"

"난 정말 아이가 없어요."

"이런, 어째서? 사람들 대부분은 자식이 있는데!"

내게 아이가 없음을 인지하게 하는 것이 힘들었던 것처럼 엄마와 내 관계를 설명하는 것 또한 어려워졌다.

"그런데 넌 누구니?"

"엄마 아들이에요."

"내 아들이라고?"

엄마는 깜짝 놀라며 나를 바라보았다.

"네, 당신이 제 엄마예요."

"그러면 좋을 텐데."

엄마는 아쉬워하며 한숨을 내쉬었다.

"정말이에요! 내가 엄마 자식이에요. 엄마가 날 낳았어요."

"내가, 너를? 하지만 그러기엔 네가 너무 큰 것 같은데."

"물론 처음에 태어났을 때는 아주 작았죠!"

엄마는 여전히 의심스러워했다.

"그럼, 넌 몇 살인데?"

"서른두 살이요."

"아이들은 모두 어디에 있고?"

"나는 아직 아이가 없어요."

"없다고? 네 아이들을 돌봐주겠다고 말하고 싶었는데. 아이들은 틀림없이 너를 많이 좋아할 거야. 그러려면 무엇을 해야 하고, 어떻게 처신해야 하는지 너도 잘 알아야 해."

엄마가 더이상 손자, 손녀를 보며 행복해할 수도, 내 아이들이 할머니를 만나볼 수도 없을 거란 생각이 들 때마다 눈물이 왈칵 솟구치곤 했다.

"그렇게 되도록 노력할 거야, 그렇지?"

어느 날 저녁, 엄마가 눈을 깜박이며 내게 물었다.

"무슨 말씀이세요?"

"결코 쉬운 일이 아니야. 그렇게 되기까지는 참고 기다려야 하거든. 만약 인생에서 무언가를 조금이라도 얻고 싶다면 말이야."

"아! 아이들 말씀이세요?"

"응, 난 그렇게 생각해. 그러니까 너한테는 현재 자식이 없다는 말이지? 왜냐하면 네겐 당장 아무도 없으니까. 하지만 실제로 아이들이 생길 수도 있지. 그때가 되었을 때 네가 할 일은 이를 살짝 내보이고 웃음 가득한 눈빛을 보내는 거야. 거기에 모든 것이 들어 있어."

침대 위로 보이는 천장 채광창에는 어느덧 하얀 눈이 쌓이고 있었다. 자리에서 일어난 나는 샤워를 하며 악몽 때문에 생긴 언짢은 감정을 모두 씻어내는 중이었다. 그런데 문득 완전히 잊고 있던 사실 하나가 떠올랐다. 오늘 아침엔 잠자리에서 일어나 휴대전화를 켜지 않았다는 것.

불길한 예감은 실제로 들어맞았다. 음성사서함에는 메시지가 하나 녹음되어 있었다. 큰누나는 침착하게 말하고 있었지만 나쁜 소식이었다. 엄마가 어제 부엌에서 넘어졌고, 간병인이 엄마를 일으켜세우려다 자신도 허리를 삐끗했다는 것이다. 아버지 역시 주치의가 엄마 등에 생긴 욕창을 수술할 때 옆에서 보조하느라 밤새 눈을 붙이지 못했다고 했다. 극적인 장면들이 뇌리를 스쳐갔다. 메스, 가위, 거즈, 피 묻은 시트…… 부디 엄마에게 강력한 진통제가 투약되었기를.

우리 삼남매와 아버지는 주치의의 동의를 얻어 가능하면 엄마를 병원에 입원시키지 않기로 했다. 아무리 그래도 침실에서 아버지가 간호사 역할을 하며 상처 수술을 도왔다니! 재택 치료는 내 생각과는 전혀 다른 것이었다.

집에 전화를 걸었지만 자동응답기만 돌아갔다.

"안녕하세요, 지베킹입니다."

엄마의 아주 오래전 목소리가 흘러나왔다.

"죄송하지만 저희는 지금 외출중입니다. 메시지를 남겨주시면 가능한 한 빨리 연락드리겠습니다."

수화기 너머로 엄마의 목소리를 들으며 마음속으로 그 시절 모습을 떠올려보았다. 그러나 건강했던 엄마의 모습은 전혀 다른 사람으로 변해버린 최근의 강렬한 경험으로 이미 흐릿해져버렸다. 엄마는 더이상 저런 말조차 제대로 암송할 수 없는 사람이 된 것이다. 아버지는 언제쯤 소식을 전해주려는 것일까? 다시 통화를 시도했지만 소용없었다. 아버지가 그런 위급 상황에서 전화를 받는다는 건 아마 기적에 가까운 일일 것이다.

지금 당장 모든 것을 중단하고 바트홈부르크행 기차를 타야 할지 무척 고민스러웠다. 그곳은 여기서 거의 육백 킬로미터 정도 떨어져 있고, 나는 이번주 내내 업무상 중요한 일정을 소화해야 했다. 지난 몇달 동안 나는 제작중인 새 영화 작업을 끝내기 위해 열정적으로 매달려왔다. 영화 시사회에 엄마를 모시고 싶었기 때문이다. 그러나 결국 속도를 맞추지 못했다. 인생이 나를 추월해버렸고, 이제는 가장 빠른 고속열차마저도 더이상 그 흐름을 따라잡을 수 없게 되었다.

그때 휴대전화가 울렸다. 그 소리는 나를 기차 객실 안, 현실 세계로 다시 돌아오게 했다. 창밖으로는 축축하면서도 차가운 독일의 1월 풍경이 빠르게 지나가고 있었다. 고속열차는 예전에 엄마가 나를 언제나 마중나왔던 프랑크푸르트암마인 기차역으로 향하고 있었다. 전화는 큰누나에게서 온 것이었다. 어젯밤 이후 엄마는 비교적 안정되었다고 했다. 자신은 처리해야 할 일이 많고 아이도 돌봐야 하기 때문에 안타깝지만 당장은 와보지 못할 것 같다는 내용이었다.

나는 누나에게 어젯밤 꿈 이야기를 들려주었다. 엄마가 혼자 걸어서 계단 아래로 위험하게 돌진해 내려갔다고. 그러자 누나는 굉장히 놀라워했다. 자기도 엄마 꿈을 꿨다는 것이다. 큰누나의 꿈에서도 엄마가 혼자 걸었다고 했다. 엄마는 앞장서서 빠르게 하이킹을 했고 누나와 나머지 가족이 그 뒤를 따랐다. 경사가 조금 있는 곳이었는데, 그 길 끝에 시커먼 절벽이 있었다. 엄마는 더욱 빠른 속도로 절벽 끝을 향해 달려가다가 뒤를 한 번 돌아보고는 크게 외쳤다고 했다.

"내가 일등이다!"

그런 다음 엄마는 아주 깊은 곳으로 사라졌다.

네가 하는 모든 일을 도와주고 싶어

엄마와 영화 작업을 시작하다

수년간 진행되지 않던 나의 데뷔 작품 〈데이비드는 날고 싶어David wants to fly〉의 촬영을 다시 시작했다. 그와 함께 엄마의 치매 증세는 점점 더 뚜렷해졌다. 현재 영화의 어떤 부분을 작업하는지 설명하는 것조차 어려웠다. 내 다큐멘터리 영화는 치매에 걸리지 않은 사람이 이해하기에도 상당히 혼란스러운 줄거리였으니까.

2010년 베를린 영화제에서 〈데이비드는 날고 싶어〉 시사회가 열렸을 때 엄마는 자기 아들이 무엇 때문에 거기 있는지조차 기억하지 못했다. 영화가 상영되는 동안 엄마는 처음부터 끝까지 자리에 앉아 주의깊게 영화를 봤지만, 상영이 끝나고 우리가 극장 앞에서 다시 만났을 땐 아주 궁금한 얼굴로 물었다.

"여기는 어쩐 일이니?"

엄마는 방금 내가 수많은 관중 앞에서 감독이자 작가로 소개되었고 청중의 질문에 하나하나 대답해주었다는 사실을 벌써 잊어버린 것이다. 다만 본능적으로 '소중한 사람'을 위한 중요한 무언가가 이곳에서 행해졌다는 사실을 감지하고는 내게 작은 목소리로 속삭였다.

"너는 운이 좋구나."

불행히도 그 운은 지속되지 못했다! 화려했던 시사회가 끝난 뒤 통장 잔고는 바닥을 드러냈고, 나는 급히 새로운 영화 프로젝트를 찾아야 했다. 동시에 아버지의 상황이 걷잡을 수 없을 만큼 어려워졌다는 사실도 알게 되었다.

"네 엄마를 어떻게 해야 할지 모르겠어."

아버지는 전화로 체념한 듯 말했다.

우리 삼남매도 엄마와 아버지를 곁에서 도와드리기에는 사정이 그리 녹록지 못했다. 우리는 모두 직업이 있었고 독일 곳곳에 흩어져 살았으며 나보다 일곱 살, 열 살 많은 누이들은 아이도 키우고 있었다. 마찬가지로 내가 하는 영화란 것도 필름이 완성돼 마침내 그것이 극장에서 상영되기까지는 커다란 관심과 주의가 필요한, 엄청나게 많은 시간을 잡아먹는 작업이었다.

데뷔작 때문에 일에만 매달려 있던 지난 몇 년 동안 부모님을 자주 찾아뵙지 못했고, 그래서 다음 프로젝트부터는 이런 상황을 어떻게 개선할 수 있을지 고민하던 중이었다. 그러다 퍼뜩 엄마에 대한 영화를 찍으면서 직업과 가족을 하나로 연결해볼 수는 없을까, 하는 생각이 들었다. 그렇게 하면 일석이조의 효과를 거둘 수 있을 것 같았다. 한편으로는 엄마를 집중적으로 돌볼 수 있을 것이고, 다른 한편으로는 영화 제작으로 생활비도 벌 수 있을 것이다. 그 계획은 꽤 유혹적이었고 아버지도 흔쾌히 동의해주었다. 하지만 가장 먼저 엄마가 어떤 반응을 보일지 살펴야 했다.

2010년, 촬영팀과 나는 테스트 영상을 찍기 위해 작은누나가 살고 있는 다름슈타트로 향했다. 작은누나는 해마다 부활절이 되면 친구와 가족을 초대해 성대한 파티를 열었다. 엄마는 수많은 손님과 아이들 사이에서 혼자 고립되어 있었고 아버지 옆에만 붙어 있었다. 아버지는 실로 오랜만에 엄마를 간병하는 일상에서 벗어나 즐거운 시간을 보내고 있었기 때문에 나는 엄마를 모셔와 관심을 다른 데로 돌리려고 했다. 아버지가 시야에서 사라지자 엄마는 끊임없이 질문을 던졌다.

"말테는 어디 있죠? 내 남편은 어디 있나요?"

다시 집으로 돌아갈 일도 무척 걱정했다.

"나는 돈이 없어, 돈이 하나도 없다고."

나는 최선을 다해 엄마를 안심시키려고 했다. 아이들이 부활절 달걀을 찾으러 다니는 동안 엄마는 아버지를 찾아다녔다. 이 모든 움직임이 한데 어우러져 엄마는 잠시 동안 자신이 무엇을 찾고 있는지 잊어버렸고, 호기심이 가득한 얼굴로 새집과 울타리를 살펴보기 시작했다.

"나는 다시 아이가 될 거야."

엄마는 이렇게 속삭이며 정원 한쪽에 잡초로 뒤덮인 곳으로 향했다. 촘촘히 자라난 관목 앞에 멈춰 서자 햇살이 구름 사이로 쏟아져내렸다. 그 빛이 엄마의 얼굴 주위로 흩날리는 새하얀 머리카락을 마치 후광처럼 비추었다. 엄마는 둘로 갈라진 나뭇가지 위로 몸을 구부려 숨겨져 있던 조그만 황금빛 부활절 달걀을 들어올렸다.

"찾았다!"

의기양양해하던 엄마는 포장도 벗기지 않은 달걀을 그대로 입속에 집어넣었고, 나는 엄마 입속에 들어 있는 초콜릿 달걀의 포일 포장지를 벗겨내느라 진땀을 흘려야 했다. 그러고 나자 이제 엄마는 관목 사이에 앉은 채 움직일 생각을 하지 않았다.

"말테가 어디 있는지 우리 한번 같이 가봐요!"

엄마를 그곳에서 나오게 하려고 온갖 노력을 기울였지만 엄마는 꼼짝하지 않았고, 결국 초콜릿 달걀을 주겠다는 약속을 받고 나서야 몸을 움직였다. 엄마가 초콜릿 달걀을 다 먹었을 때 내가 물었다.

"그럼 이제 말테가 어디에 있는지 한번 가볼까요?"

"그 사람이 네 친구니?"

"그 사람은 엄마 남편이에요."

"아니, 그 사람은 내 남편이 아니야."

"두 분이 결혼하셨는걸요."

"아니, 우리는 결혼하지 않았어. 사람들은 계속 그렇게 믿고 있지. 하지만 결혼하면 영원히 함께해야 하기 때문에 나는 하고 싶지 않았어."

    테스트 영상 촬영 이후 엄마와 함께 영화를 만들 수 있겠다는 확신이 들었다. 엄마의 증세가 빠르게 악화되고 있어 주어진 시간이 얼마 남지 않았다는 사실 또한 알게 되었다. 그해 여름, 드디어 촬영을 시작했다. 영화 촬영은 일 년에 걸쳐 여러 단계로 나누어 이루어졌고, 나는 촬영 중간중간 부모님 집에 머물며 반 년 정도 함께 시간을 보낼 수 있었다. 엄마는 촬영 기간 내내 집에서 함께 지냈던 카메라맨과 음향기사 그리고 나, 이렇게 세 젊은이의 존재에 큰 흥미를 느끼며 활짝 피어났다.

    "그레텔에게 가장 좋은 치료법은 다비트랑 영화였구나!"

    아버지가 내린 결론이었다.

    어느 날 아침, 촬영이 시작되기 전 나는 엄마를 깨우러 침실로 향했다.

    "내 새끼로구나, 어서 오렴!"

    엄마가 환하게 웃으며 말했다.

    "잘 지냈니?"

    "네, 잘 지냈어요!"

    "다행이구나. 너는 네 일을 좋아하는 사람이고, 나는 몰랐던 것을 결코 새로 알지 못하는 사람이야."

　엄마는 우리가 무슨 일을 하는지 정확히 알지는 못했지만 뭔가 중요하다고 여기는 듯했다. 카메라가 돌아갈 때면 호기심이 가득한 얼굴로 손에 장비를 든 저 두 남자는 대체 누구이며, 왜 저렇게 진지하게 카메라를 들여다보는지 끊임없이 궁금해했다.

　"저기 봐, 네 뒤에 누군가가 있어!"

　엄마는 모니터 화면 속의 내게 카메라맨이 있다고 신호를 보냈다. 그리고 보송보송한 잿빛 털로 감싸인 기다란 붐 마이크 또한 매우 흥미로워했다.

　"이건 무슨 동물이지?"

　엄마는 몹시 궁금해하며 촉감이 보들보들한 마이크를 쓰다듬었다. 음향기사가 장치 끝에 매달려 있던 마이크를 위에서 아래로 내릴 때면 엄마는 그 털북숭이 동물이 혹여 자신의 머리 위로 떨어지진 않을까 잔뜩 겁을 냈다. 언젠가 음향기사가 자신을 향해 기다란 붐 마이크를 들고 있다는 사실을 알게 된 엄마는 그를 안쓰러운 눈길로 바라보며 말했다.

　"이런, 저분은 정말 힘들겠다."

　우리는 집중력이 분산되는 것을 조금이라도 막기 위해 음향기사 없이도 촬영해봤지만 역시 쉬운 일은 아니었다. 내가 직접 음향 녹음을 시도했는데 혹시라도 화면에 장비가 보일까봐 카메라 뒤쪽에 자리를 잡았다. 그런데 엄마가 나를 볼 때마다 자꾸만 내 옆으로 다가왔다.

엄마는 내가 엄마를 피해 더이상 뒤로 물러날 곳이 없을 때까지 계속 내 쪽으로 움직였고, 결국 카메라가 엄마를 따라 길게 선회하는 장면의 녹화 분량은 엄청나게 많아졌다. 내가 선명한 소리를 담기 위해 애쓰는 동안 엄마는 "네가 필요해" 하며 두 팔로 나를 부둥켜안았다. 그리고 격려의 말도 건넸다.

"네가 무엇을 하고 어떻게 하든, 모든 게 마음에 들어. 정말 재미있어. 더 보고 싶어. 그러니까 하고 싶은 대로 계속 그렇게 해야 해!"

그렇긴 해도 헤드셋을 쓰고 부피가 큰 붐 마이크를 두 손에 쥔 채 엄마의 포옹에서 벗어나려고 버둥거리며 작업을 한다는 건 정말 어려운 일이었다. 우리는 점차 참신한 방법을 고안해냈다. 한번은 엄마가 치매 환자를 위한 간병 서비스에 대처하는 모습을 카메라에 담고자 했다. 엄마에게 무선 마이크를 달고 우리는 수신기와 녹음기가 놓인 방에 딸린 작은 공간에 몸을 숨겼다. 내 모습이 엄마의 주의를 흐트러트리지 않도록. 나는 그 상태로 작고 어두운 골방에 거의 반나절을 틀어박혀 있었다. 그토록 꿈에 그리던 감독으로서의 모습과는 조금 다른 모습으로 말이다.

인터뷰에서 엄마는 질문을 던지곤 했다.

"지금 뭐하는 거니?"

"음, 영화를 촬영하는 거예요."

"그러면 내가 또 뭔가를 해야 하는 건가?"

"특별히 하실 건 없어요. 그냥 즐기시면 돼요."

"그거 참 재미있구나. 얼마나 찍었니? 어느 한 시점에서 끝내야 하는 거야, 아니면 어떻게 되는 거야?"

"한동안 촬영을 계속할 거구요, 그다음에 뭔가 만들 만한 게 있는지 살펴볼 거예요. 아직 한참 더 찍어야 해요."

"네가 하는 모든 일을 기꺼이 도와주고 싶어, 정말이야. 그리고 언젠가 네가 여기서 무엇을 했는지도 꼭 한번 보고 싶구나."

엄마는 내가 영화감독이 될 거라고는 전혀 생각지 못했지만 당신이 할 수 있는 최대한으로 나를 적극 지원해주었다. 초반에는 불안정한 영화 산업에 종사하는 내가 생계나 제대로 꾸려나갈 수 있을지 크게 염려했다. 불행히도 내가 경제적으로 자립하기 시작한 바로 그때 엄마에게 정신적 혼란 증세가 나타났다. 온전한 정신을 가지고 계셨더라면 내가 이 분야에서 일궈낸 성과를 틀림없이 자랑스러워하셨을 텐데. 다달이 부모님께 받던 생활비가 더이상 필요치 않게 되었는데도 엄마는 한동안 달이 바뀔 때쯤 전화를 걸어와 돈을 얼마나 보내주어야 할지 물어보셨다. 그럴 때마다 나는 더이상 도움은 필요치 않다고 말씀드렸는데, 왠지 엄마를 실망시키는 것 같다는 기분도 들었다. 아이러니하게도 엄마는 결국 치매를 앓게 됨으로써 내게 계속 경제적 도움을 주는 데 성공했다. 내 영화의 내용, 그 자체가 되어준 것이다.

반년간의 촬영을 마무리하고 나는 다시 베를린으로 돌아갔다. 그 사이 상주 간병인을 구한 부모님도 안정을 되찾았기 때문에 더이상 내 도움이 필요치 않았다. 편집을 하면서 나는 지난해 몇 단계로 나누어 촬영한 엄마의 녹화 분량을 하나로 연결하는 게 얼마나 어려운 일인지 알게 되었다. 엄마의 치매는 순식간에 진행되었는데 정신적, 신체적 상태가 두 주일 만에 확연히 달라질 정도였다.

두 달 정도 편집 작업을 마친 후, 나는 홍보용 사진이 급히 필요하게 되었다. 카메라맨이자 사진작가인 동료와 함께 최대한 빠른 날로 약속을 잡아 부모님 집으로 향했다. 그러나 지난여름 카메라에 담긴 엄마의 모습과 일치되는 사진은 찍을 수가 없었다. 엄마는 하루의 대부분을 무감하게 앉아 아무런 반응도 보이지 않았다. 온갖 노력 끝에 미소짓는 맑은 정신의 엄마 모습을 몇 장 찍을 수 있었지만 그 빛나던 순간은 결국 스냅사진으로만 남게 되었다.

저녁을 먹으면서 나는 엄마의 손목에서 팔꿈치 위까지 번져 있는 시퍼런 멍자국을 발견했다. 간병인은 엄마가 식사를 하다가 갑자기 잠이 들어 의자에서 떨어지는 바람에 생긴 상처라고 말해주었다. 다음번 집에 왔을 때 엄마는 이미 휠체어에 앉아 있었다. 엄마의 병세는 깜짝 놀랄 만큼 빨리 진행되었는데, 그런 모습을 영화에는 담지 말아야 하는 것일까?

연초에 아버지로부터 엄마가 더이상 오래 버티지 못할 것 같다는 이야기를 들었을 때, 우리는 이미 반년간의 영화 촬영과 한 달간의 편집 작업을 마친 상태였다. 영화는 엄마와 아버지가 작년 여름 함부르크로 여행을 떠나며 끝이 났다. 함부르크는 두 분이 처음 만나 사랑에 빠진 곳이다. 나는 그 부분에서 시간을 멈추고 싶었다.

하지만 그렇게 낭만적인 해피엔드는 할리우드에나 존재하는 것이다.

내 옆의 사람을 발견하기 위해서
멀리 가야 할 때가 많다.
하이미토 폰 도데러Heimito von Doderer, 1896~1966

잠깐 이야기 좀 할까?

엄마와 아빠의 숨겨진 이야기

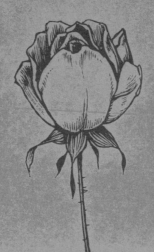

엄마는 언제나 나를 높이 평가했다. 열두번째 생일이 다가올 때쯤 엄마와 나는 내 장래에 대해 얘기를 나누었다. 그때 엄마는 언젠가 내가 판사가 될 거라고 말했다. 내가 정의감도 넘치고 가까운 친구나 동급생을 매우 공정하게 대한다고 생각했던 것이다. 실제로 나는 인기가 없거나 집안형편이 어려운 아이와도 잘 지냈고, 싸움이 일어나면 항상 양쪽 모두의 이야기에 귀를 기울였다. 하지만 그렇기 때문에 판사가 되어야 한단 말인가? 엄마의 말에 별다른 이의를 달진 않았지만, 정의를 대변한다면 배트맨처럼 한밤중에 범죄자를 뒤쫓거나 인디애나 존스처럼 도굴꾼에게서 사원의 보물을 지키는 쪽이 훨씬 더 가슴에 와 닿았다.

엄마는 어째서 내게 그 지루한 법학 공부를 시키려 한 것일까? 내 희망 직업은 수시로 바뀌었다. 그런데 어느 날 디즈니의 〈정글북〉이 나를 일깨웠다. 그 애니메이션 영화는 내게 깊은 인상을 남겼고 〈스타 워즈〉나 〈E. T.〉 〈사막은 살아 있다〉 그리고 〈백 투 더 퓨처〉 같은 영화를 보며 나는 어느새 영화감독이라는 직업을 꿈꾸게 되었다. 상상할 수 있는 모든 것을 실제로 이루어낼 수 있고, 한 가지 분야에만 매달리지 않아도 되기 때문에 좋았다.

법정에서 일하기 위해 수년간 법전과 법률 조항을 붙들고 씨름한다는 것은 너무나 비상식적으로 느껴졌다. 엄마는 영화감독이 되겠다는 내 생각을 바로 수긍하지는 못했다. 우리 가족 중에는 영화 관련 종사자가 아무도 없었고 눈을 씻고 족보를 뒤져봐도 예술가를 찾아볼 수 없었다. 반대로 지베킹 집안에는 법률가들이 우글거렸다. 엄마는 분명히 전쟁이 끝난 뒤 연방판사로 승진했던 친할아버지를 생각했을 것이다. 가족 모두가 판사로 재직하는 삼촌네 가족도 떠올렸을 것이다. 엄마가 보기에 법률가라는 직업은 내게 거의 천직이었을 것이다. 어느 날 집에 전화벨이 울리고 한 낯선 목소리가 엄마를 찾기 전까지는 말이다.

목소리의 주인공은 바트홈부르크 보행자 전용 구역에 있는 한 드럭스토어의 주인이었다. 그녀는 엄마에게 지금 당신의 아들이 상점에서 도둑질을 하다 붙잡혔다고 말했다. 그러나 엄마는 그 사실을 바로 받아들이지 못하고 뭔가 착오가 생긴 게 분명하다고 확신했다. 상점 주인이 내 이름과 생년월일을 모두 밝혔는데도 엄마는 전혀 흔들림이 없었다.

"내 아들일 리가 없어요."

결국 내가 전화를 바꿔 받아 풀 죽은 목소리로 통화한 후에야 엄마는 부정하지 못하고 당장 나를 데리러 오겠다고 말했다.

사실 나는 이미 오래전부터 자주 이곳에서 CD를 훔치고 있었다. 그런데 이번에는 내가 너무 방심했던 것이다. CD에는 도난 방지 스티커가 부착돼 있어서 훔치려면 몇 가지 기술이 필요하다. 제품 뒷면에 붙어 있는 스티커를 계산대에서 제거하지 않으면 밖으로 나갈 때 경고음이 울린다.

성가신 그 스티커를 떼어버리기 위한 준비물은 오래된 녹색 헌팅 재킷 하나면 족했다. 이 옷에는 산토끼나 오리 또는 그 밖의 먹잇감을 넣어둘 수 있는 거대한 안주머니가 달려 있다. 내 사냥터는 음반 진열대였다. 목표 CD가 결정되면 계속 더 둘러보는 척하다가 가늘고 긴 도난 방지 스티커를 아무도 모르게 떼어내 바닥에 던져버렸다. 훔친 물건은 안주머니 속에 넣었다. 상점에 오래 머물다가 빈손으로 돌아가는 행동이 혹시라도 눈에 띌까봐 이번에는 특가 세일중인 가장 저렴한 CD 두 장을 구입했다. 두근거리는 가슴을 안고 출입문을 막 나서려 할 때 회색 옷을 입은 사십대 중반의 터키 남성이 어중간한 독일어로 내게 말을 걸었다.

"미안하지만 네 주머니 속 좀 보여주겠니?"

그가 이렇게 말하며 자신의 사진을 보여주었을 때 나는 굉장히 당황스러웠다. 나는 고개를 가로저으며 그냥 나가려고 했다. 하지만 그는 내 팔을 단단히 붙잡고 사진을 코앞까지 들이밀었다. 잠깐 동안 나는 그가 정신이상자가 아닌가 생각했다. 얼마 후에야 그 사진이 자신이 상점 경비원임을 증명하는 그의 신분증임을 깨닫게 되었다. 그 날 난 무더운 날씨에 재킷을 걸친 유일한 손님이라 눈에 띄었던 것이다. 이미 많은 땀을 흘렸지만 내 얼굴엔 여전히 진땀이 쏟아지고 있었다. 주머니 속의 CD는 훔친 게 아니라 가져온 것이라고 우겨봤지만 전혀 먹히지 않았다. 그는 내가 버린 도난 방지 스티커를 내 앞에 내밀었다.

"따라와!"

그가 명령을 내렸고, 나는 창문이 없는 한 사무실로 끌려갔다. 곧이어 오십대 중반 정도에 빨간 매니큐어를 칠하고 얼굴에 짙은 화장을 한 상점 주인이 모습을 드러냈다.

"애야, 왜 물건을 훔쳤니?"

그녀는 매우 심각한 얼굴로 물었다.

"CD가 너무 비싸니까요!"

나는 반항적으로 대답한 후에 이어서 말했다.

"음반 산업에 들어가는 돈은 소수의 슈퍼스타들만 부유하게 만들어요. 재능은 뛰어나지만 가난한 예술가는 제대로 알려지지 못하고 있는데, 그건 모두 CD가 너무 비싸기 때문이에요!"

물론 훔친 CD로 내가 먼저 녹음을 한 다음 같은 반 친구에게 선물하려고 했던 원래 내 의도에서 한참 벗어난 대답이었다. 사실 그런 식으로 나는 친구들 사이에서 내 인기를 높일 수 있었을 뿐 아니라, 실력은 있지만 아직 인정받지 못한 뮤지션의 이름을 조금씩 알리고 있었다. 상점 주인은 이 조그만 도둑의 정체를 '모욕당한 복수가' 또는 '정의로운 CD 도둑'으로 여겨주었지만, 이내 내 지갑에서 CD를 살 수 있을 만큼 충분한 돈이 발견되자 평정심을 잃었다. 절실히 필요했기 때문에 물건을 훔친 게 아니라는 점에서는 상점 주인의 말이 옳았다. 그러나 적어도 신문 배달을 하고 슈퍼마켓에서 임시직으로 일하며 열심히 모은 돈이었다.

독일에서도 백만장자가 가장 많이 모여 사는 곳 중 하나로 꼽히는 바트홈부르크지만, 우리 집만큼은 전혀 부유하지 않았다. 아버지는 프랑크푸르트에 있는 대학의 수학과 교수였고 엄마는 어학교육원에서 외국인에게 독일어를 가르쳤다. 학자 부모를 둔 중산층 가정의 아이로 자라며 부족한 점은 없었지만 그렇다고 호사를 누린 적도 없었다.

엄마는 누나 둘을 대안학교에 보낸 뒤에 나를 바트홈부르크에 있는 전통 있는 김나지움에 입학시켰다. 그곳은 명망 높은 카이저린프

리드리히 고등학교로, 라틴어와 고대 그리스어가 중요한 교과목이고 교장이 영국의 보딩스쿨(기숙사를 갖춘 사립 명문학교) 같은 학교를 만들고자 하는 곳이었다. 하지만 누나들에게는 단순히 '부자 학교'일 뿐이었다. 실제로 이 학교에는 값비싼 옷차림에 부자 부모를 둔 아이들이 많이 다녔다. 내가 브랜드 로고를 익히고, 신발 위의 작은 나무나 셔츠 위의 조그만 악어 또는 폴로 기수 모양의 의미를 해독하고, 바지 한 벌 혹은 운동화 한 켤레가 내 자전거의 곱절만큼 비쌀 수 있다는 걸 이해하기까지는 상당한 시간이 걸렸다.

엄마는 벼룩시장에서만 옷을 사주었고, 바지가 갈기갈기 찢겨 해져도 계속해서 꿰매줬기 때문에 나는 저절로 학교 친구들 사이에서 아웃사이더가 되었다. 학창 시절 나는 단 한 번도 미용실에 가본 적이 없었다. 당연히 엄마가 전부 해줬기 때문이다. 마찬가지로 바트홈부르크의 레스토랑을 찾는 일도 매우 드물었다. 엄마는 외식 자체를 낯설게 여겼다.

"왜? 집에서 직접 만들어 먹을 수 있잖니!"

아버지는 늘 편안한 캐주얼 차림을 고수했다. 격식을 차리지 않는 아버지의 스타일은 언제나 흠잡을 곳 없는 차림새를 유지했던 할아버지에 대한 일종의 반항심 때문이었을 것이다. 할아버지는 모자와 넥타이를 즐겨 착용했고 연방판사로서 붉은색 법복을 입고 공판에 나갔다. 그에 반해 아버지는 닳아서 너덜너덜해진 스포츠용 바지와 구멍 난 티셔츠에 트레킹용 샌들을 신고 대학 강단에 섰다.

우리 가족이 남미에서 일 년간 체류하는 동안 나는 에콰도르의 독일 학교에 다녔는데, 그곳에서는 교복에 익숙해져야 했다. 몸에 꼭 맞지 않고 옷감도 거칠었지만 돌아보면 바트홈부르크 김나지움에서의 무분별했던 브랜드 잔치보다는 훨씬 나았던 것 같다. 나는 엄마가 싸지만 품질은 괜찮은 벼룩시장을 선호한다는 사실을 분명 알고 있었다. 그러나 값비싼 물건을 넘치도록 소유한 동급생들과 그것이 절대적으로 부족했던 내 상황 때문에 나는 브랜드 상품을 갖고 싶은 마음이 미친 듯이 솟구쳤다. 가끔 길을 걷다가도 유명한 로고가 새겨진 쇼윈도 속의 옷을 바라보곤 했다.

어느 날 한 상점 쇼윈도에서 정말로 갖고 싶었던 녹색 재킷을 발견해 넋을 놓고 바라보자 엄마는 마음이 약해져 그 열망의 대상을 가까이 살펴보기 위해 내 옆으로 다가왔다. 그러고는 이런 평가를 내렸다.

"경찰 재킷 같아 보여!"

이로써 상황 종결이었다. 하지만 나는 공정치 못하다고 생각했다. 내가 판사가 되길 바라면서 경찰처럼 보이는 옷은 입고 다니게 할 수 없다는 건가? 엄마는 대신 다음번 벼룩시장에서 거대한 안주머니가 달린 녹색 헌팅 재킷을 사다주었다. 소비를 지양하는, 특히 옷에 대한 엄마의 신념이 내 절도 행각의 기반을 마련해줬다고도 볼 수 있는 예기치 못한 사건이었다.

그렇지만 녹색 재킷을 입은 나의 로빈 후드 경력은 드럭스토어에서 고통스러운 심분 상년을 연출하며 갑작스러운 엔딩을 맞이하게 되었다. 엄마의 아들에 대한 높은 평가와 내 교육 문제에 대한 염려와 노력을 생각하면, 나는 너무 부끄러워 쥐구멍이라도 있으면 들어가 숨고 싶었다. 엄마는 이제 고귀한 예비 판사 대신 비겁한 좀도둑을 아들로 두게 된 것이니까!

마침내 엄마가 아버지와 함께 모습을 드러냈을 땐 이상하게도 긴장감은 곧바로 사라져버렸다. 아버지는 상점 주인과 만나자마자 금세 잘 어울렸고, 그 경비원은 외국인을 위한 독일어 수업을 들은 적이 있어서 엄마를 알고 있었다. 상점 주인은 절도 사건의 경우 신고를 피할 수는 없지만 내가 분별 있게 행동한다면 전과 기록이 남지 않을 거라고 알려주었다.

훔친 CD는 당연히 정식으로 구입해야 했다. 그렇지만 나의 절도 사실을 알고 있는 계산대 여점원 앞에 줄을 서서 순서를 기다려야 한다는 것이 내겐 끝도 없이 고통스러웠다. 다행히도 경비원이 나 대신 줄을 서서 훔쳤던 물건을 구입해주었다. 그리고 내게는 일 년간 가게 출입 금지 조치가 내려졌다. 그래도 나는 헤어질 때 진심으로 인사를 건넸다.

"일 년 뒤에 봐요!"

상점 주인은 좀도둑을 충성스러운 고객으로 만드는 데 능통한, 사업 수완이 굉장히 좋은 여자임이 틀림없었다. 왜냐하면 나는 지금도 그곳에서 여전히 CD를 사기 때문이다.

집안에 법조인이 있다는 것은 얼마나 좋은 일인가! 당시 작은엄마가 소년법원 판사로 재직중이었는데, 혹시나 있을지도 모를 고소 조치에 대비해 내가 반성문 작성하는 걸 최선을 다해 도와주었다. 나는 '그 무엇으로도 정당화될 수 없는, 용서할 수 없는 행위'라는 제목의 샘플을 참조해 글을 작성했고, 제대로 뉘우쳤다는 인정을 받아 별다른 범죄 이력을 남기지 않을 수 있었다. 그래서 사실 내가 판사가 되려 한다 해도 법적으로 문제가 될 만한 소지는 전혀 없었다. 그럼에도 그후 엄마는 더이상 내 인생을 조종하려 하지 않았고, 나는 나만의 목표에 온전히 집중할 수 있었다.

옷 때문에 학교에서 나는 아웃사이더였지만, 한편으로는 유별난 아트 프로젝터로 인정을 받았다. 미술 시간에 우리는 다다이즘을 배웠는데, 과제를 제출해야 했다. 나는 좋은 아이디어가 하나 떠올랐다. 과제는 자유롭게 할 수 있었기 때문에 나는 친구와 함께 콤비를 이루어 라이브 퍼포먼스를 비디오 영화로 만들었다. 그후 곧바로 속편을 찍었고, 수많은 학교 친구들 앞에서 상영했을 만큼 뜨거운 반응을 얻었다.

그런 다음에는 고3 학생들의 일상생활에서부터 마지막 시험을 치르는 결전의 순간, 그리고 광란의 졸업 파티까지 일 년간의 입시 과정을 담은 다큐멘터리를 만들기로 했다. 우리는 졸업 파티에서 그 영화를 판매 상품으로 내놓았고 많은 학생들이 가정용 비디오테이프에 녹화된 다큐 필름을 기념품으로 구입했다. 그렇게 얻은 수익으로 우리는 카메라를 마련하거나 새로운 비디오 녹화기를 주문할 수 있었다. 마지막 시험(아비투어Abitur)의 이름을 딴 이 '아비 필름'은 몇 년 동안 고정 프로그램이 되었고, 동시에 우리는 단편영화도 몇 편 찍고 헤센 주에서 주관하는 청소년 영화상을 받기도 했다.

나는 병역 대체 복무를 마친 뒤에 〈정글북〉에 열광했던 어린 시절의 꿈을 좇아 배낭을 메고 넉 달 동안 인도 구석구석을 누비고 다녔다. 호랑이를 보고 코끼리를 타고 바퀴벌레와 씨름을 했으며 각종 환각 물질을 경험했다. 거기서 나는 강도를 당했고, 철저하게 사기를 당했으며, 전 세계의 이상한 남자들과 사귀었다. 예수에 관한 책을 쓴 고아(인도의 한 주)의 한 영국인 점성술사는 내가 훗날 영화감독으로 화려한 경력을 쌓게 될 거라고, 그러나 성공의 정점에 섰을 때 지독히도 거만해져 값비싼 컨버터블 자동차를 타고 빠르게 달리며 친구도 잃고 결국 나 자신도 잃게 될 것이라고 예언했다. 하지만 나는 전혀 문제될 게 없다는 생각이 들었다. 그렇게 되기 전에 지금, 이미 경고를 받았으니까!

나는 아이디어를 배낭에 가득 담아 독일로 돌아왔고, 이제 영화 학교에 다니고 싶었다. 그렇지만 무엇보다 먼저 엄마와 함께 편안하게 휴식을 취했다. 엄마는 막내아들이 좋아하는 음식을 차려놓고 맞이해주었다. 엄마표 라자냐에 사과 소스와 계피 그리고 설탕이 들어간 밀크 라이스 푸딩이 후식으로 준비되어 있었다.

누나들이 이미 오래전에 독립했기 때문에 집에는 나만을 위한 공간이 충분했다. 엄마의 권유에 따라 나는 프랑크푸르트 대학에 입학해 영문학과 역사학을 전공했다. 이 두 학문은 엄마의 전공 분야이기도 했다. 그러나 나는 엄마처럼 수석 졸업을 하는 대신 이 년 동안 한 번도 강의에 출석하지 않은, 출석부에만 있는 학생으로 이름을 날렸다. 나는 그보다 영화 기술을 배우고 싶었다. 그래서 영화 제작사에서 실습을 시작했고 광고 촬영장에서 세트 담당으로 일하며 범죄 시리즈 드라마의 편집 어시스턴트로 일했다.

엄마도 영화에 대한 내 열정에 전염되어 우리는 일주일에 한두 번 정도 영화를 보러 다녔다. 영화를 본 뒤에는 와인을 한잔 마시며 우디 앨런의 최신 작품에 대해 토론하거나 큐브릭 감독이 여전히 타의 추종을 불허한다는 사실에 동감하기도 했다. 시간은 순식간에 흘렀고, 문득 이런 생각이 들었다.

'잠깐! 나 지금 스물두 살이나 됐는데 아직도 엄마와 같이 살고 있는 거야?'

하지만 문제는 내가 집에서 아무런 문제가 없었다는 것이다. 집에서 엄마와 함께 지내는 건 마냥 좋기만 했다.

나는 보통 내 부모가 최고라고 생각했고 두 분의 생활 방식에 대해서도 자세히 캐묻지 않았다. 다른 부모들이 대부분 한 침대에서 같이 잠자리에 든다는 사실은 알고 있었지만, 내게는 내 부모처럼 침실을 따로 사용하는 것이 더 합리적으로 보였다. 엄마와 아버지는 각자의 독립된 공간에서 생활하다가 서로가 원할 때만 만났고, 억지로 얼굴을 맞대는 일은 없었다. 나는 이런 것이 비밀로 할 사항은 아니며, 모든 것을 터놓고 솔직히 이야기해야 한다고 생각했다.

내가 막 성년이 되었을 무렵 엄마가 부엌에서 잠깐 얘기 좀 하자고 했다. 그때 처음으로 모든 게 낙관적이지만은 않다는 사실을 알게 되었다. 엄마는 사랑에 대한 자신만의 견해를 설명하기 시작했다. 평생토록 이어지는 두 사람만의 낭만적인 결혼생활은 믿지 않는다고 했다. 엄마와 아버지가 헤어지지 않은 이유는 두 분이 함께 가족을 이루었기 때문이라는 것이다. 엄마 생각에, 상대방의 돈으로 생활하지 않을 때 그 관계는 건강하고 좋은 것이라고 했다. 엄마와 아버지는 헤어지지 않고 가족에게 충실하겠다는 조건으로 처음부터 혼외정사를 인정한 것 같았다.

처음에는 참 합리적인 이야기로 들렸다. 나는 아버지에게 '열린 결혼'에 대한 개념을 들어 알고 있었고 전적으로 공감한 상태였다. 결혼이 관계를 '속박'해야 하는 것인가? 나는 지금까지 '열린'이라는 의미를 서로 모든 것을 공개하고 정직하게 대화를 나누는 것으로 생각했다. 그리고 두 사람 사이의 사랑이 언젠가 끝나는 걸 피할 수 없다면, 상대방이 자신의 욕망을 추구하지 못하게 막아서는 안 된다고 생각했다. 엄마는 아버지가 다른 사람과 연애하는 동안 자신을 떠날 수도 있다는 불안감을 보인 적이 없었다. 두 분이 이런 관계에 대해 서로 합의한 거라면 그걸로 모든 게 충분했다.

하지만 내가 어렸을 적 겪은 다음의 일은 내 부모의 인생관에 확실히 문제가 있었음을 보여준다. 내가 아홉 살 때쯤 우리는 친한 가족과 함께 휴가를 떠나기로 되어 있었다. 나는 그 집 아이들과 유치원에 다닐 때부터 알고 지냈고, 엄마들은 자주 연락을 주고받는 사이였다. 그런데 여행을 떠나기 바로 직전, 부모님은 납득할 수 없는 이유로 갑자기 약속을 취소했다. 그래서 나 혼자 친구 가족과 함께 휴가를 떠나야 했다. 그땐 왜 그랬는지 이유를 알 수 없었고, 나중에도 여전히 미스터리로 남아 있었다. 엄마와 갑자기 연락이 끊기는 것은 아이에게 매우 익숙지 않은 일이다. 그러나 나는 자세히 묻지 않았고, 그저 그 집과 우리 집 사이가 멀어진 게 아닐까 하는 생각을 했다.

그로부터 십 년이 흘러 나는 어른이 되었고, 엄마는 어느 날 부엌에서 절친했던 가족과 갑자기 절교하게 된 배경을 설명해주었다. 당시 아버지는 내 친구의 엄마와 관계를 맺었고 엄마는 그것을 묵인했다. 그러나 친구네 부모는 우리 부모처럼 열린 결혼을 한 게 아니었기에 내막이 밝혀지자 관계가 부자연스러워진 것이다. 양쪽 부부는 어찌어찌 가정 파탄은 무사히 피해갔지만 두 가족이 함께하는 휴가는 더이상 생각조차 할 수 없게 되었다.

엄마는 이 모든 이야기를 뉴스 앵커처럼 침착하고 차분하게 설명해주었고, 나는 질문 없이 그저 주의깊게 듣기만 했다. 이후에 나는 엄마가 아버지의 행동이 정도를 지나쳤다고 느끼지는 않았는지 궁금했다. 엄마는 그때 정말로 질투를 느끼지 않았을까? 나는 엄마에게서 한 가지 교훈을 얻었다.

'질투란 고통을 일으키게 하는 무언가를 열심히 찾아 헤매는 열정이다.'

몇 년 뒤 나는 한 다큐멘터리 영화 세미나 때문에 엄마를 인터뷰할 일이 있었는데, 그때 질투와 혼인 관계에 대한 질문을 던졌다.

"어쨌든 질투는 반대야."

엄마가 말했다.

"그리고 사실 말테와 나는 언제나 외도를 할 수 있다는 생각이었어. 단지 그로 인해 상대방을 모욕하고, 전혀 배려하지 않거나 희생시키는 행동만 하지 않으면 되는 거지. 그런데 파트너가 다른 사람한테 관심을 보일 수도 있다는 사실에 대해 왜 질투를 해야 하는 거지? 내가 그런 상황을 인정해준다는 건 나 또한 그런 상황을 인정받을 수 있다는 거잖아. 나도 그걸 이용했어. 물론 이제 그런지도 오래됐지만. 난 이제 완전히 초월한 상태야."

엄마를 희생자로 여기지는 않았지만 아주 오래전부터 두 분의 결혼생활은 '절반만 열린 상태'라 할 수 있었다. 그러나 외도에 대한 엄마의 욕망이 이미 오래전에 사라졌다 하더라도 엄마는 아버지의 자유로운 생활을 속박하고 싶어하지 않았다.

누나들은 부모님의 관계에 대해 언제나 나보다 비판적이었다. 당시 나는 아버지와 인터뷰를 하면서 이런 반감에 대해 물었다.

"두 분과 같은 일종의 열린 결혼 방식이 자녀들에게도 좋은 영향을 준다고 생각하세요?"

"열린 결혼 같은 문제는 현명하게 다루어야 해."

아버지가 속마음을 털어놓았다.

"주변 사람들에게 모든 것을 다 알리지는 말아야지. 하지만 그것이 아이들을 화나게 하거나 상처를 주었는지는 잘 모르겠어. 난 그렇지 않았다고 생각해. 물론 만약에 딸이 다른 여자와 한 침대에 있는 아버지를 목격하게 된다면 큰 충격을 받겠지. 아이는 이렇게 생각할 테니까. '이제 우리 엄마, 아빠의 결혼생활은 끝났구나.' 그리고 불안해하겠지. 그건 당연한 거야. 하지만 그런 불안해할 만한 일이 실제로는 일어나지 않는다면? 내 말은, 물론 어떤 위험부담이 있는지는 알고 있어야겠지. 하지만 그레텔과 나는 결혼이 아이를 낳고 기르기 위한 일종의 사업이라고 생각했어. 그리고 남과 다른 결혼생활에 대해서 우리는 한 번도 의문을 품은 적이 없었고."

아버지가 실제로 아버지 역할을 한 적이 없었다는 사실을 나는 이십 대 중반에야 차츰 인식하게 되었다. 어린 시절과 청소년기에는 아버지를 자주 보지 못했는데, 그는 내게 아버지라기보다는 아주 친절한 큰형님 같은 존재였다. 가끔 아비지 방에서 콘돔을 슬쩍 빼돌리곤 했는데, 아버지가 그것으로 무엇을 했고, 나는 왜 때때로 아버지의 재킷 주머니에서 그것을 발견할 수 있었는지 전혀 생각해보지 않았다. 사실 아버지가 내게 아무런 간섭도 하지 않고 아버지로서 나를 타이르려 하지 않아 감사하기도 했다.

"난 좋은 스승은 아니야."

아버지가 대학에서 자신의 교수 활동에 대해 이야기하며 이렇게 고백하듯 말했다.

"사실 나는 평생 누군가에게 무언가를 가르쳐본 적이 없어."

아버지는 교수로서 해야 하는 수업을 필요악으로 여겼다. 전적으로 연구에만 몰두하고 싶어했다. 아버지가 나를 자신이 다니는 프랑크푸르트의 대학에 데려갔을 때는 학문적인 이유가 있어서가 아니라, 건물 맨 꼭대기 층에 탁구대가 있었기 때문이다. 오랜 시간 집중해서 경기를 하는 동안 나는 아버지에게서 톱스핀 외에도 몇 가지를 더 배울 수 있었다. 예를 들어 아버지는 좋은 질문을 하는 것이 옳은 답을 찾는 것보다 언제나 더 중요하다는 점을 설명해주었다. 나는 아버지의 폭넓고 다양한 전문 지식과 모든 것을 향한 끝없는 호기심에 완전히 매료되었다. 아버지는 원래 화가가 되고 싶었지만 철학 공부를 시작했다. 하지만 모든 철학자가 자신의 이론을 확립하기 위해 이전의 세계관을 뒤엎으려 한다는 사실에 불쾌해졌다. 그래서 결국 두 학기만에 유클리드 문장이 이천 년이 넘도록 여전히 통용되고 있는 수학

과로 전과했다.

아버지에 반해 엄마는 내 인생에 아주 가까이 있었다. 주말 아침이면 엄마는 경쾌한 걸음걸이로 내 방에 들어와 아직 누워 있는 내 귀에 대고 이렇게 속삭였다.

"오, 얼마나 빠른지, 정말 빨라, 하루가 금방 지날 거야."

그러고는 커튼을 활짝 열어젖혔다.

한번은 내가 여자친구와 함께 침대에 누워 있는데 엄마가 느닷없이 방으로 들어와서 깜짝 놀랐다. 엄마는 원래 재촉할 일이 있을 때만 나를 깨웠고, 언제나 먼저 노크하는 습관이 있었다. 그러나 매번 자신의 생각을 스스럼없이 이야기하기도 했다. 어느 날은 아침식사 자리에서 던진 질문으로 나와 내 여자친구를 소스라치게 만들었다.

"너희들 콘돔은 사용했겠지, 그렇지?"

영화 학교에 지원한 첫해에 나는 모든 곳에서 거절당했다. 뮌헨과 베를린에 있는 영화 학교에서는 내가 영화 공부를 하기에 아직 너무 어리고 어수룩하다고 했다. 대학 교육을 받지 못하고 이 년이 지나자 엄마는 심각하게 걱정하기 시작했다.

'언제쯤 다비트가 학교에 갈 수 있을까? 다비트의 친구들은 이미 모두 대학에 다니고 있는데……'

하지만 나는 상황을 그렇게 극단적으로 보지 않았다. 나는 잘 지내고 있었고, 적어도 일 년간은 엄마가 해주는 요리를 더 먹을 수 있다는 사실이 무척 기뻤다.

엄마는 내 입학지원서 준비 작업에 적극적으로 나섰다. 아버지가 내 데모 필름에 배우로 투입되는 동안 엄마는 텍스트를 손봐주었다. 맞춤법을 교정해주었고 영화 리뷰도 손봐주었으며 단편영화 각본 초안에 참고할 수 있게 자신의 연애 이야기를 들려주기도 했다. 영국인 수영 강사에 대한 엄마의 이루어질 수 없는 사랑과 1950년대 말 여름 잉글랜드 남부에 있는 한 호텔에 근무했을 당시의 우울했던 기분을 하소연하는 내용이었다.

마침내 나는 베를린에 있는 영화 학교에 합격했다. 그곳으로 이사가기 위해 짐을 모두 싸고 작별인사만 남겨둔 상황이 되자 뭔가 표현할 수 없는 슬픈 감정이 밀려왔다. 내가 영화 학교에 합격할 수 있었던 것은 엄마의 적극적인 지원에 힘입은 것이지만, 아이러니하게도 그로 인해 이제 우리는 헤어져야 했다. 엄마는 앞으로 더 성장할 수 있도록 나를 보내야 한다는 사실을 잘 알고 있었다. 거창했던 작별 파티에 대해 기억나는 건 없다. 내가 가슴 아픈 건 엄마를 얼마나 사랑하고 또 그리워할 것인지 단 한 번도 말하지 못했다는 점이다.

아버지가 차에 짐을 가득 싣고 나를 베를린까지 태워다주기로 했다. 우리는 가면서 내 여자친구에 관해 이야기하게 되었다. 나는 여자친구도 베를린에 있는 대학에 합격하길 바랐다. 그녀가 계속 프랑크푸르트에 거주한다면 우리의 장거리 연애가 얼마나 유지될 수 있을지 확신하기 어려웠기 때문이다.

아버지는 내 고민을 듣고 부자간의 대화에서 기대할 수 있는 현명한 조언 대신 자신의 속마음을 솔직하게 쏟아냈다. 최근에 애타게 연애를 하고 싶은 여인으로부터 거절당해 아버지도 몹시 괴롭다고 했다. 아버지는 그녀에게 편지를 썼고, 그녀의 웃는 모습이 보고 싶어 그녀를 콘서트에도 초대했다. 그런데 얼마 전에 그녀로부터 새로운 남자친구가 생길 것 같다는 충격적인 소식을 접하게 되었다. 그 남자는 터키 출신의 프로그래머인데, 두 사람은 데이트 광고를 통해 알게 되었고 곧 함께 아프리카로 이주하게 될 것 같다고 했다.

당시 우리와 엄청난 속도로 멀어지고 있던 엄마를 생각하니 그 연애 이야기가 재밌게만 들리지는 않았다. 우리는 오랫동안 침묵했다. 내가 무슨 말을 해야 했을까? 사실 나는 아버지의 연애사에 관해 전혀 알고 싶지 않았다. 난생처음으로 열린 결혼에 관한 모든 것이 어쩐지 잔인하게 느껴졌다. 사랑하는 사람이 다른 사람의 침대에 머문다는 사실을 잘 알고 있고, 그것에 대해 공개적으로 대화를 나누어야 하며, 상대방이 연애에 실패했을 때는 그에 대한 동정심까지 보여야 한다니.

부모님이 지난 육십팔 년간 지켜온 결혼의 원칙은 사랑에 관한 소유권을 주장해서는 안 된다는 것이었다. 그러나 엄마는 그런 '옹졸한' 감정을 속속들이 내보이곤 했다. 나와 작별할 때도 우아한 조개 모양의 1950년대식 소파를 선물해주었다. 그 소파는 엄마가 할머니한테 물려받은 것으로 나를 위해 소파 커버를 새로 갈아주기까지 했다. 그 소파를 얼마나 아꼈는지 엄마가 베를린의 내 기숙사에 처음으로 방문했을 때 알게 되었다. 그 소파가 내 방이 아니라 같은 기숙사의 친구 방에 놓여 있는 걸 단번에 알아차린 것이다. 엄마는 그 즉시 소파를 집으로 다시 가져가고 싶어했다. 나는 엄마의 불쾌해하는 모습에 무척 놀랐고, 소파를 다시 내 방으로 가져왔다. 그렇게 불쾌해하는 엄마의 모습은 거의 본 적이 없었다.

프랑크푸르트에 있는 여자친구와의 관계가 서서히, 그러나 분명히 끝나가는 반면, 엄마와는 주기적으로 연락을 이어가고 있었다. 우리는 적어도 일주일에 한 번씩 전화 통화를 했다. 그런 내가 영화 학교에 입학한 첫해에 영화의 주제를 엄마로 잡은 것은 지극히 당연한 일이었다. 결국은 엄마야말로 내 인생의 여인이었으니까. 단편영화는 '슈퍼맘'의 그늘에서 벗어나려는 한 청년에 관한 내용이었다. 많은 에피소드와 기본적인 갈등 상황에 관한 설정은 실제 경험에서 가져왔다. 영화에서 엄마 역할은 한 여배우가 맡은 반면, 아들 역할은 내가 직접 연기했다.

영화는 다른 곳에서 공부하는 아들이 집으로 돌아오면서 시작된다. 사실 아들은 자신의 여자친구를 데리러 가기 위해 부모의 자동차를 빌리고 싶었을 뿐이다. 그러나 엄마는 떨어져 지내던 자식이 집에 온다고 하니 무언가 색다른 것을 해주고 싶어하고, 아들이 좋아하는 음식을 준비한다. 엄마표 라자냐로. 여자친구가 밖에서 그를 애타게 기다리지만 아들은 차마 거절하지 못하고 함께 식사를 시작한다.

아들은 아버지가 주말에 댄스 워크숍에 참가했고, 엄마는 얼마 전부터 섭식장애를 앓고 있어 아무것도 먹지 못하는 고양이를 돌보고 있다는 근황을 전해 듣는다. 아들은 시큰둥한 반응을 보이고 엄마의 엄청난 질문에 결국 짜증을 내고 만다. 마침 여자친구에게서 걸려온 전화가 식사를 방해하고, 아들이 갑자기 집을 나서려 하자 갈등은 폭발한다.

엄마 : 네 여자친구는 정말 뻔뻔하구나. 엄마가 아들이랑 몇 마디 대화할 시간도 주지 않는 거야?

아들 : 제기랄, 도대체 뭐가 문젠데요?

엄마 : 걔가 네 순진한 마음을 이용하고 있는 거 모르겠어?

아들 : 우리가 엄마 자동차를 빌리는 게 싫으면 그냥 싫다고 하세요! 짧게 대답해주세요. '예스'예요, '노'예요? 아니면 그냥 가게 놔두세요. 그것도 아니면, 아, 됐어요! (아들은 흥분해서 문 쪽으로 향한다. 그다음 뒤를 돌아본다.) 그런데 내 여자친구도 엄마 싫어해요! (이때 고양이가 부엌으로 달려와 자신의 먹이 그릇으로 향하고 음식을 게걸스럽게 먹어대기 시작한다. 엄마와 아들은 그런 고양이를 가만히 지켜본다. 엄마가 무릎을 꿇고 고양이를 쓰다듬는다.)

나는 이 영화가 조금 과장되긴 했어도 우리 모자 관계를 적당히

풀어냈다고 생각했다. 하지만 엄마는 내가 공개적으로 싸움을 걸었다고 느꼈는지 시사회가 끝난 뒤 관객석에서 노기등등하게 일어나 큰 소리로 외쳤다.

"라자냐는 더이상 없을 줄 알아!"

어머니는 20년의 세월 동안 한 소년을 사나이로 키워낸다.
그러고 나면 다른 여자가 나타나
그 사나이를 20분 만에 바보로 만들어버린다.

마르셀 프루스트Marcel Proust, 1871–1922

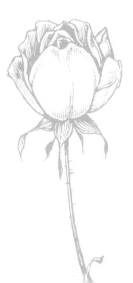

쌓여가는 메모들

건망증과 치매 사이에서

엄마의 라자냐 철회 조치는 내게 심각한 타격을 안겨주었다. 엄마가 영화를 보고 그렇게 엉뚱한 착각을 일으키리라고는 전혀 예상치 못했다. 다행스럽게도 그 보이콧에 후식은 해당하지 않아서 내가 좋아하는 밀크 라이스 푸딩은 변함없이 즐길 수 있었다. 엄마도 라자냐에서 즉시 메뉴를 바꾸어 맛좋은 홈 메이드 피자에 전념했다.

언젠가 부활절에 엄마가 갑자기 늘 해오던 헤페초프(반죽 가닥을 꼬아서 만드는 독일식 빵) 굽는 법이 기억나지 않는다고 했다. 그때는 그 누구도 불안해하지 않았다. 엄마는 이따금 자식과 손주 들을 모아놓고 헤페초프를 함께 구웠고 요리법도 항상 기억하고 있었다. 그러나 워낙 많은 요리법을 알고 있으니까 한 번쯤 생각나지 않는 것도 당연한 일이라고 여겼다. 당시 우리가 엄마를 걱정했다면 그건 요통과 고관절 통증 때문이지, 정신적 능력이나 상태에 관한 것은 아니었다.

일 년 전 엄마는 아침에 자전거를 타고 산책로를 달리던 중 길가 도랑에 빠지는 사고를 당했다. 그때부터 걸을 때마다 심각한 통증에 시달리게 되었다. 몇 주 후 엄마는 더이상 목발을 짚지 않게 되었지만, 그후로 다리를 절기 시작했고 정기적으로 진통제를 복용하게 되었다. 사고가 나고 일 년 뒤, 엄마가 헤페초프 요리법을 잊어버렸던 그해 여름, 나는 처음으로 엄마의 기억력을 의심하기 시작했다.

예순여덟 살 생일을 앞두고 엄마는 나와 전화 통화를 하던 중 학창 시절부터 내 절친한 친구였던 펠릭스를 매형과 혼동한 것이다. 두 사람의 이름이 똑같긴 하지만 전후관계를 따져보면 내가 오랜 친구 녀석에 대해 말한다는 건 너무도 분명한 상황이었다. 대화의 내용은 이전에 그 친구와 함께 연주했던 블루스 밴드에 관한 것이었으므로 내가 매형을 가리켜서 한 말이 아니라는 건 지극히 당연했다. 특히 그 착각이 이상했던 점은 엄마가 그 친구를 특별히 예뻐했기 때문이다. 누나에게 그 얘기를 하자 누나도 얼마 전 우리가 오랫동안 스카우트 활동을 했다는 사실을 엄마가 전혀 기억하지 못해서 굉장히 놀란 적이 있다고 말했다.

엄마는 친할머니에게 생일선물로 뇌기능을 강화해주는 은행잎 추출물인 테보닌을 받고 싶다고 말했다. 아흔두 살에도 심신이 모두 정정했던 할머니는 엄마의 말을 이상하게 여겼다. 할머니조차 그런 제품을 복용하는 건 꿈에도 생각지 못한 일이었기 때문이다. 엄마는 십 년 전 치매를 앓다가 돌아가신 외할머니를 떠올리며 자신도 알츠하이머에 걸릴까봐 두려워했고, 은행잎 추출물로 만든 약으로 그 운명을 예방할 수 있길 바란 것이다.

그러나 뇌 건강 보조제를 복용했어도 엄마는 생일 이후 반년 뒤에 열린 아버지의 은퇴식에서 다른 사람의 연설 내용을 이해하지 못해 힘들어했다. 2005년 여름 아버지는 수학교수로서 마지막 강의를 했고 연말에 정식 은퇴식이 있었다. 강연장은 사람들로 가득찼고, 한 동료가 환영 인사를 한 후에 아버지의 이력을 소개했다.

나는 강연장 맨 뒤쪽, 마지막 열 좌석에 앉은 엄마의 바로 뒤쪽에 사선 방향으로 서 있었다. 엄마는 성실한 학생처럼 끊임없이 무언가를 메모하고 있었다. 나는 그 모습을 바라보며 이상하다는 생각이 들었다. 주위의 다른 사람들은 그저 강연을 유심히 들을 뿐이었다. 그러는 사이 1970년대에 취리히 대학에서 아버지와 함께 근무했던 또다른 친구이자 동료가 다음 연설을 이어받았다. 그는 '알고리즘에 대한 지베킹의 공로'라는 주제로 아버지의 사상이 전산정보학에서 어떠한 역할을 했는지에 관해 설명했다. 그것은 전공자가 아니면 전혀 이해할 수 없는 내용이었다. 그런데도 엄마는 계속해서 메모에 집중했다. 궁금해진 나는 엄마 쪽으로 한걸음 다가가 어깨너머로 들여다보았다. 엄마 앞에는 세 장의 종이가 놓여 있었고, 그중 두 장은 이미 빽빽하게 채워져 있었다. 개념 공식에 관한 이 알아들을 수 없는 연설을 들으며 엄마는 도대체 무엇을 그렇게 집중해서 메모하는 것일까? 내가 있는 곳에서는 그것을 알아볼 수가 없었다.

마지막 인사는 1965년 함부르크에서 아버지와 함께 석사 과정까지 마쳤던 대학 친구 울리 아저씨가 맡았다. 당시 아버지는 배경 좋은 집안의 천재로 알려져 있었다. 당시 아저씨가 대학 동기들에게 수학과 '로커'로 불렸다면, 아버지는 배경 좋은 집안의 '천재'로 통했다. 아저씨는 연설을 시작했고 이마 위로 쏟아진 머리를 쓸어올리며 오버헤드 프로젝터를 켰다. 그리고 그 위에 '말테 지베킹, 수학자, 철학자, 친구에게 바치는 헌정사'라고 되어 있는 첫번째 셀룰로이드 판을 올려놓았다. 아저씨가 연설을 시작했다. 그러면서 아버지에게 은퇴한 후에는 함께 '수렴收斂'에 대해 연구해보자고 제안했다. 그는 무리 이론에 대한 특정 질문을 하기 시작했고, 이 질문 역시 수학 전공자가 아니면 이해할 수 없는 내용이었다.

그러나 엄마는 여전히 무언가를 열심히 받아적고 있었다. 나는 엄마 곁으로 바싹 다가가 목을 앞으로 쭉 내밀었다. 엄마는 막 세번째 종이에다 큰코곰과 비슷한 이상한 동물을 그리고 있었는데, 그 옆에 $n=3$이라고 적혀 있었다(이것은 울리 아저씨가 방금 벽에 투사했던 방정식이다). 두번째 종이에는 점과 선으로 연결된 아리송한 그물망이 수학자, 친구라는 단어들과 뒤엉켜 있었고, 첫번째 종이에는 이런 메모가 적혀 있었다. '함부르크에서 1963년 학사, 1965년 석사.' 엄마의 머리에 무슨 문제가 생긴 것일까? 엄마는 아버지가 어느 대학을 졸업했는지 잊어버린 것일까?

함부르크는 엄마에게 꿈의 도시였다. 그곳에서 첫번째 집을 얻었고 학업과 병행해 생활비를 벌었으며 아버지를 만났다. 나는 활기찬 1960년대를 보냈던 부모님의 연애사를 멋진 누벨바그 영화처럼 상상했다. 당시의 사진에서 두 분은 흑백 컬트영화에 나오는 용감무쌍한 연인처럼 보였다. 엄마의 차림새는 쥘리에트 그레코 룩이었고(프랑스의 샹송 가수 쥘리에트 그레코는 검은 옷을 즐겨 입었다), 그 옆의 아버지는 짓궂은 알랭 들롱 같은 모습이었다. 대학 동창들은 엄마를 '샤우프라우'라고 불렀는데, 이는 결혼 전 성인 '마가레테 샤우만'에서 따온 것이다(독일어에서 만mann은 남자, 프라우frau는 여자를 뜻하므로 엄마의 성인 샤우만에 들어 있는 '만'을 '프라우'로 바꿔 불렀다는 의미다). 아버지는 타고 있던 전차에서 뛰어내려 엄마를 쫓아갔을 정도로 엄마에게 완전히 반했다. 그리고 엄마가 담배를 구입했던 조그만 담뱃가게 앞에서 먼저 말을 걸고 식사에 초대할 만큼 용기 있는 사람이었다.

아버지는 엄마를 만난 뒤로 공부에 전혀 집중할 수 없었고 엄마에게 푹 빠져 공부 대신 계속 엄마만 쫓아다녔다. 엄마는 아버지의 수학 문제를 푸는 재미에 푹 빠졌는데, 특히 정삼각형 문제를 좋아했다. 엄마를 사모하던 다른 숭배자들은 '기하학에서 피어난 두 사람의 사랑'을 못마땅하게 여겼지만 곧 한 사람, 한 사람씩 항복하고 말았다. 아버지는 엄청난 인기를 누리며 확연히 성숙했던 엄마가 왜 자신을 선택했는지 전혀 설명하지 못했다. 엄마의 친구들 사이에서 아버지는 '소년'이라고 불렸다.

그리고 엄마는 사회생활도 아빠보다 앞서갔다. 아버지가 아직 석사 과정중일 때 엄마는 이 년 만에 국가고시를 최우등으로 통과하고 북독일방송의 작가로 근무했다. 처음에는 라디오 프로그램을 했고 그다음엔 새로 설립된 제3텔레비전에서 엄마가 직접 편집하고 진행하는 방송물을 맡았다. 〈마가레테 샤우만과 함께하는 독일인을 위한 독일어〉, 말하자면 교육방송의 시초 격으로 언어에 대한 엄마의 관심이 반영된 것이었다. 프로그램은 일주일에 한 번씩 황금시간대인 뉴스 바로 직전에 방송되었다.

엄마는 사실 아버지가 바이에른 주 에를랑겐에서 조교 자리를 얻었을 때도 따라가고 싶은 마음이 별로 없었다. 당시 엄마는 방송 일로 돈을 잘 벌었고 아버지가 함부르크를 다녀갈 수 있도록 자동차를 선물했다. 그러나 아버지가 청혼을 하고 마침 임신하게 되자 엄마는 점차 마음이 약해졌고, 결국 일을 포기했다. 1966년에 두 사람은 함부르크에서 결혼식을 올렸고 그후 곧바로 에를랑겐에서 첫아이가 태어났다.

그로부터 삼십 년이 지난 후, 부모님은 장성한 세 아이와 함께 결혼기념일을 자축했다. 결혼기념일 파티는 두 분이 주도적으로 계획한 것은 아니었다. 사실 두 분 모두 로맨틱한 편은 아니었으니까. 나는 엄마와 아버지가 손을 잡거나 꼭 붙어 있는 모습을 본 기억이 한 번도 없었다. '여보'라든가 '달링' 같은 애칭도 쓰지 않았다. 우리 가족은 모두 이름을 불렀다. 나는 아버지를 한 번도 '아빠'라고 불러본 적이 없고 언제나 '말테'라고 불렀다. 그러나 엄마는 언제나 '엄마'였다. 내가 성년이 되기 전까지는.

결혼기념일 파티는 누나들의 아이디어였는데, 자식들이 이제 성년이 되어 곧 독립하게 될 것이라는 사실을 고려해 부모님에게 예전에 두 분이 했던 사랑의 언약을 상기시켜드리자는 뜻이었다. 우리는 친척들이 참석한 가운데 두 분을 위한 선물(부부 동반 베네치아 여행)을 준비했다. 그러나 그후 십 년이 지나 아버지가 은퇴할 때까지도 두 분은 그 여행을 떠나지 않았다. 두 분은 우리가 집에서 떠나가는 것이 얼마나 서운했을까. 우리 남매들이 독립한 이후 가족이 모두 함께하는 일은 점점 더 줄어들었다.

자식들이 없으면 두 분은 휴가를 따로 보냈다. 아버지는 기본적으로 휴가 가는 것보다 일을 더 좋아했고, 이왕 휴가를 간다면 엄마가 주로 하는 것처럼 보고 배우는 체계적인 여행이 아니라 레포츠를 즐기고 싶어했다. 누나와 나는 아버지와 함께 알프스로 암벽 등반을 몇 번 가기도 했는데, 엄마로서는 상상도 할 수 없는 일이었다. 엄마는 친구나 이모와 함께 색다른 문화를 배울 수 있는 여행을 선호했다. 하지만 엄마와 아버지는 두 분이 따로 움직이는 것에 대해 전혀 불만이 없었기 때문에 나 또한 그렇게 각자 즐기는 여행이 문제될 건 없다고 여겼다. 그러나 몇 년 전 엄마가 친구와 함께 이탈리아 이스키아로 여행을 다녀오고, 바로 한 달도 안 돼서 아버지가 친구랑 정확히 같은 장소로 여행을 갔을 때는 처음으로 이상하다는 생각이 들었다. 두 분에게는 뭔가를 함께하지 않는 것이 중요한 것일까? 아버지가 은퇴했으니 이제 그런 것도 바뀔 기대했다.

"은퇴하셨으니 이제 뭘 하실 계획이세요?"

은퇴식이 끝나자마자 내가 아버지에게 물었다. 아버지는 헛기침을 하더니 구체적으로 말씀하셨다.

"내 평생의 숙원사업은 아직 이루지 못했어. 대학에서 강의하는 동안에는 정말로 하고 싶었던 연구에 몰두할 시간이 없었고, 지금처럼 주제를 선택할 자유도 없었지. 나는 괜찮은 연구를 하나 더 하고 싶어. 우리 수학자는 이런 말을 하지. '명제를 증명한다.' 그건 수학자로서 나중에 교과서에 실릴 하나의 명제를 증명하는 기회를 갖는다는 거야. 그러면 죽은 뒤에도 계속 살아갈 수 있는 거지."

아버지는 콜롬비아 같은 외국으로 나가 친분 관계가 있는 그곳의 대학에서 강의하고 싶다고 생각했다. 엄마는 그곳이 안전하지 않다는 이유로 계획에 동참하지 않았다. 엄마는 라틴아메리카의 정세를 잘 알았고, 친구와 여행을 다녀온 적이 있어서 콜롬비아에 관해 많이 알고 있었다. 당시 콜롬비아보다 유괴사건이 많이 기록된 곳은 세상 어디에도 없었는데, 특히 외국인이 주요 범죄의 대상이었다.

"나는 같이 가지 않을 거예요!"

엄마가 아버지에게 말했다. 엄마는 다리를 절름거리며 매일같이

장을 보고, 손주 돌보는 일이 가장 큰 즐거움이라고 했다. 반면 아버지
는 인생의 모험과 변화를 원했고, 함께 몽블랑에 오르자고 내게 진지
하게 제안한 적도 있었다.

그러나 아버지는 곧 전혀 다른 문제와 직면하게 되었다. 아버지
의 은퇴식 이후 처음 맞는 크리스마스 날, 엄마는 더이상 우리를 위해
요리할 의욕이 생기지 않는다고 했다. 나는 그 이유가 아버지가 은퇴
하면서 집에 머무는 시간이 늘었기 때문이라고 해석했다. 아버지는
직장생활을 하는 동안 가사를 돌본 적이 한 번도 없었다. 크리스마스
는 곧 일흔이 되는 엄마에게 큰 부담이 될 수 있었다. 나는 그렇게 좋
은 쪽으로 생각했다. 마침내 우리 가족에게 세 명의 손주가 더해졌고
친할머니와 매형들까지 모두 한자리에 모였다. 우리는 앞으로 명절
요리는 우리가 교대로 맡아서 준비하기로 했다.

크리스마스 요리를 하는 동안 나는 엄마의 포스트잇 메모를 처음
으로 자세히 보게 되었다. 부엌에 있는 두 개의 찬장 문은 온갖 종류의
메모지로 덮여 있었고, 이미 세번째 찬장까지 자리를 차지하고 있었
다. 메모지는 시간이 갈수록 점차 늘어났고, 엄마에게는 이러한 현상
이 코 위에 걸친 반달 모양의 안경처럼 일상이 되어버린 듯했다. 여러
개의 주소와 전화번호뿐 아니라, 조그만 광고와 신문 기사, 요리법, 약
속 시간 그리고 라디오에서 들은 인용구 등이 붙어 있었다. 그중 몇몇

메모가 눈에 띄었다.

> "저는 기쁩니다, 여러분도 그러하시길!"_교황의 '유언'
>
> "이 나라는 테러리스트들과 전쟁중입니다. 그들은 자유를 사랑하는 사람들을 파괴하려는 무슬림 극우파입니다."_G. W. 부시
>
> "나는 사는 것도, 비용이 드는 것도 이제 다 힘들어."_엄마
>
> 『두뇌 훈련Train Your Brain』, 가와시마 박사, 펭귄.

나는 낄낄거리며 메모들을 흥미롭게 살펴보았지만, 누나들은 메모가 쌓이는 원인을 몰라 불안해했다. 어지럽게 흩어진 엄마의 메모는 날로 늘어났다. 부엌 찬장뿐 아니라 전화기 선반도 거의 메모로 가득찼고, 엄마의 책상 위도 역시 메모와 알림장으로 뒤덮여 있었다. 우리는 외할머니의 '메모'를 아주 잘 기억하고 있었다. 당시 외할머니의 알츠하이머는 봇물처럼 쏟아지던 엄청난 메모를 통해 알려졌기 때문이다. 엄마처럼 외할머니도 '아기자기한 물건'을 쌓아두는 버릇이 있었다. 조그만 종이상자, 실용적인 가방, 다양한 종류의 실, 고무 밴드, 뚜껑과 코르크 마개. 할머니는 '현재 비어 있음'이라고 적힌 작은 상자 하나를 가지고 있었는데, 어느 날 열어보니 그 안은 메모지로 가득차 있었다.

그러나 엄마는 여전히 모든 면에서 정상 범주 안에 있었고, 치매나 알츠하이머와 같은 병은 전혀 언급되지 않았다. 당시 엄마는 할머니가 발병했던 나이보다 십 년이나 젊은 나이였다. 나는 엄마의 기억

력 약화를 나이 듦에 따라 나타나는 아주 정상적인 건망증으로 판단
했다. 이렇게 가벼운 증상만으로 곧바로 알츠하이머를 염려한다면
나 또한 심각하게 걱정해야 할 판이었다. '외할머니가 그 병을 앓았
고, 엄마도 시작되었다. 그렇다면 나는 그 병에 언제쯤 걸리게 될까?'
한번 이런 생각을 하게 되면 더이상 의구심을 떨쳐버릴 수 없게 된다.
나는 그동안 외웠던 수많은 시 중 단 한 편도 기억하지 못하는 이유에
대해 자문한 적이 있었다. 아버지는 육십 대 후반이었지만 학창 시절
에 배운 그리스어와 라틴어를 아직까지 기억했고, 많은 시와 서사시
가사도 외웠다. 친할아버지는 여든이 넘어서도 걸어다니는 자료실 같
았고 모든 상황과 그에 맞는 인용구를 전부 알고 있었다.

그런데 나는? 나는 엄마한테 배운 수프 만드는 법도 제대로 외우
지 못했다. 그나마 요리책을 찾아보지 않고도 만들 수 있는 유일한 것
은 샐러드드레싱 하나뿐이었다. 나는 친구들이 자신의 어린 시절 이
야기를 자세히 해주면 깜짝 놀라곤 했다. 나는 내가 지난 주말에 무엇
을 했는지, 혹은 사흘 전에 저녁으로 무엇을 먹었는지도 전혀 기억하
지 못했기 때문이다.

어느 날 아침, 새 자전거를 타고 슈퍼마켓에 갔다가 두 손에 장 본
물건을 잔뜩 들고 집으로 걸어서 돌아온 적이 있다. 다음날 나는 집 앞
에 세워두었던 자전거가 사라졌다는 걸 발견하고 크게 낙담했다.

'누군가 훔쳐간 거야!'

경찰에 신고를 하고 보험회사에 분실 신고도 했다. 나는 똑같은

자전거를 다시 구입했고 얼마 뒤 또 장을 보러 갔다. 그런데 거기서 내 것과 똑같이 생긴데다 똑같은 열쇠가 채워져 있는 자전거를 보게 되었다. 그것은 당시 내가 깜빡 잊어버리고 그 자리에 세워둔, 도난당한 것으로 추정해버린 내 자전거였다. 인지능력 저하에 관한 분명한 신호가 아닐까 하는 의심이 든 나는 바로 시를 외워 다음날까지 기억하는지 시험해보았다. 결과는 착잡했다.

인터넷을 찾아보니 치매의 의학적 진단으로는 기억력 약화와 함께 방향감각에 분명한 이상이 나타나며 일상적인 수행능력에 제약이 생긴다고 되어 있었다. 물론 내 관심사는 서른 살에 치매 환자가 되지 않는 것이었지만, 엄마를 주의깊게 살펴볼 필요가 있다는 경계심도 갖게 되었다.

엄마가 요리 중단 선언을 했던 크리스마스가 지나고 봄이 오자, 부모님이 베를린을 방문했다. 두 분은 삼촌 댁에 여장을 풀었고, 저녁 때는 나와 함께 내가 사는 크로이츠베르크 근처로 영화를 보러 갔다. 영화를 보고 나온 엄마는 나를 집까지 태워다주고 와인을 한잔 더 마시고 싶어했다. 우리는 작년에 이미 몇 번 극장에서 집까지 차로 다닌 적이 있었다. 그런데 이날은 웬일인지 좌회전을 해야 할 시점에 엄마가 갑자기 교차로 한가운데서 차를 멈추고는 운전하는 법을 모르겠다고 말했다. 그런데도 아버지는 무관심하게 조수석에 앉아만 있었고 이 상황이 자기와는 무관하다는 듯 아무런 간섭도 하지 않았다. 맞은편 차선에서 자동차들이 출발 신호를 기다리고 있었다.

"엄마! 여기 서 있으면 안 돼요. 빨리 출발하세요!"

나는 줄기차게 재촉했지만 오히려 역효과만 낳았다. 당황한 엄마가 시동을 꺼뜨리는 바람에 꼼짝없이 서 있게 된 것이다.

이제 맞은편 신호등에 파란불이 들어왔고 운전자들은 신경질적으로 경적을 울리며 움직이기 시작했다. 하지만 우리는 꼼짝도 할 수 없었다. 차들은 우리를 피해 지그재그로 돌아갔다. 차들의 물결이 지나가자 엄마는 다시 어눌하게 차를 운전했고 우리는 천천히 교차로를 빠져나갔다. 사실 내가 사는 데는 바로 지척이라 실수를 하고 싶어도 그럴 수가 없는 곳인데, 엄마는 실수를 했고 아주 상세한 길안내까지 받아야만 했다. 나는 집 앞에서 두 대의 차량 사이로 후방 주차를 하려는 엄마를 안내하고 있었다. 그런데 갑자기 엄마가 지나가는 자동차에 부딪칠까봐 굉장히 무서워했다. 아버지는 또다시 마비된 사람처럼 굴었고, 나 역시 아까처럼 잘못된 반응을 하고 말았다. 아버지에게 엄마와 자리를 바꿔 핸들을 잡으라고 하는 대신 격분한 상태로 차에서 내려 그대로 작별을 고해버린 것이다. 엄마는 이 힘든 상황에서 벗어나기 위해 서둘러 다시 차를 출발시켰다. 그냥 일직선으로 운전할 때는 아무런 문제가 없었지만 주차는 도무지 되지 않았던 것이다.

그렇게 두 분을 보내고 몇 분 뒤 현관문을 열었을 때에야 비로소 우리가 집에서 와인을 한잔 더 마시기로 했다는 사실이 생각났다.

다음날 내가 아버지에게 어제는 왜 그렇게 가만히 있었느냐고 물었더니 아버지는 "그러니까 그건, 그레텔과 함께 차 안에 있었잖니. 그게 문제가 되는 거지……" 하며 대답을 회피했다. 아버지는 그 문제를 가볍게 여겼다. 아버지는 모든 게 괜찮다고 생각했지만, 나는 그후 엄마가 혼자 차를 운전해서 외출했다는 말만 들어도 큰 걱정이 되었다. 그리고 언젠가 부모님 집을 방문했을 때 엄마가 보험회사 제출용으로 주의깊게 작성한 보고서를 보게 되었다.

저를 상대로 한 피해 신고가 접수될 가능성이 있어 그 사고에 대한 개요를 미리 통지해드리고자 합니다. 2월 9일 금요일 저녁 여섯시 십분에서 삼십분 사이에 저는 프랑크푸르트에 있는 게르비누스 도로에 주차중이었는데, 그때 불쾌한 경험을 했습니다.

일방통행 길 왼쪽으로 내 자동차가 들어가기에 충분한 공간이 있었고, 한 번에 그 사이로 들어가기에는 경사가 너무 심해 두번째 시도를 하려는 순간, 커다란 오픈카를 탄 운전자에 의해 가로막혔습니다. 그는 내 옆쪽으로 와서 중간쯤에 멈추고 신호를 보냈는데…… 그 운전자는 내가 자신의 번호판을 들이받았다고 소리쳤습니다. 후진할 때 어떤 충격을 느끼거나 소리를 듣지 못했는데도 혹시 번호판을 조금이라도 건드렸을까봐 차에서 내려 살펴보았지만 내 차에서는 우그러진 곳을 발견할 수 없었고, 그렇다고 스스로 보안관이 되어 샅샅이 수색해볼 수도 없었습니다. 갑자기 일류 감정가가 되어버린 그는 "어쩌면 간접적인 여파로 일어난 사고일 수도 있으니"
하며 내 신분증을 요구했습니다. 오랜 논쟁으로 시간은 매우 지체되
었고 기절할 정도로 화가 난 상태에서 서두르느라 독선적인 그 사람
이 이름과 차종 그리고 자동차 번호를 적어갔다는 사실을 잊어버렸
습니다. 그는 주관적인 얘기밖에 하지 못하겠지만 더 많은 문제가 생
길 수도 있을 것 같아 이 보고서를 즉시 작성하게 되었습니다.

_바트홈부르크, 2005년 9월 3일

이 보고서는 엄마가 이젠 더이상 홀로 운전하는 게 안전하지 못
하다는 내 생각을 확인해주었지만, 작성된 방법과 상황에서 보이는
엄마 특유의 유머는 나를 안심시키기도 했다. 여기에는 엄마의 예전
모습이 고스란히 드러나 있었다. 어쩌면 내가 너무 지나치게 걱정한
것은 아닐까 싶을 정도로!

아버지의 은퇴식이 있었던 이듬해 여름, 엄마는 고관절수술을 받
기로 했다. 자전거 사고 이후 정기적으로 진통제를 복용해야만 견딜
수 있을 정도로 상태가 심각했는데, 엄마는 오랫동안 수술을 미뤄왔
다. 하지만 이제 인공 고관절을 삽입하자는 의사의 강력한 조언에 따
르기로 한 것이다. 이 결정이 엄마에게 쉬운 일은 아니었다. 엄마는 병
원에 호의적이지 않은데다, 수술 후에 깨어나지 못할 수도 있다는 두
려움이 컸기 때문이다.

엄마는 그동안 수술에 대한 경험이 좋지 않았다. 고통스러웠던

수많은 치과 진료 외에도 오십 대 초반에 받은 자궁적출수술이 문제였다. 수술은 잘 끝난 것처럼 보였지만 석 달 후 어느 날 아침 엄마는 비틀거리며 아버지 방으로 들어와 그대로 정신을 잃고 쓰러졌다. 병원에서는 목숨이 위태로울 수 있는 '장천공腸穿孔'이라고 진단했다. 그것이 복막염을 일으킨 것이다. 엄마는 대장을 한 뼘 정도 제거하는 재수술을 했다. 그후 엄마는 소화장애를 겪었다. 엄마의 장이 손상된 근본 원인은 지난 자궁적출수술 때 의사들의 과실이 있었기 때문일 것이다. 그러므로 엄마가 병원에 특히 예민해하고 의사의 충고를 회의적으로 보는 것도 놀라운 일은 아니다. 엄마는 만약 수술이 꼭 필요한지 약간이라도 의심이 든다면 서둘러 결정해서는 안 된다는 교훈을 매번 경험했던 것이다.

내가 바로 그러한 교훈 덕을 많이 본 경우다. 어린 시절 한동안 내 다리는 눈에 띌 정도로 안짱다리였다. 의사는 나중에 문제가 생기지 않게 하려면 지금 수술을 받는 것이 좋다고 말했다. 수술은 다리의 각도를 교정하기 위해 내 무릎의 뼈를 쐐기 모양으로 제거하는 것이었다. 엄마는 그 수술이 너무 끔찍하다며 이미 교정 수술을 받은 환자와 대화할 수 있게 해달라고 요청했다. 그러나 이 요청이 이루어지지 않았고 엄마는 곧바로 수술을 취소했다. 그리고 오랜 수소문 끝에 스위스에서 겨우 찾아낸 관절 전문가는 엄마에게 그 수술이 다리를 똑바로 교정해주는 건 확실하지만 불행히 성장이 멈출 수도 있다고 설명해주었다. 그 의사는 일단 기다려보는 것이 좋을 것 같다고 조언했다.

대부분은 자라면서 안짱다리가 저절로 교정되기도 한다는 것이다. 그로부터 이 년 뒤 나는 전국청소년체육대회에서 상장을 받아 집으로 가져가 엄마에게 자랑스럽게 보여주었다. 내가 삼천 미터 달리기에서 우승한 것이다. 지금까지 내 다리에는 아무런 문제도 없다.

그런데 고관절수술을 앞둔 그 순간, 엄마 자신을 위해 한없이 염려해주는 엄마의 역할은 누가 했던 것일까? 가여운 우리 엄마! 엄마는 수술 전날 밤에도 일기를 썼다.

2006년 7월 20일, 마르쿠스 종합병원
내일은 오른쪽 고관절수술을 받는 날이다. 나는 전신마취를 받게 되고, 수술 후에는 오른쪽 다리가 왼쪽보다 (왼쪽도 수술받지 않는 한) 약간 더 길어질 것이다. 이유는 내 고관절의 머리 부분이 심하게 구부러졌기 때문이다(왼쪽도 마찬가지다). 그것을 미리 알았더라도 나는 그냥 내버려두었을 것이고, 계속 절뚝거리며 다녔을 것이다. 어쨌든 그래서 이제 나는 실질적으로 두 번의 수술을 받아야 한다. 나는 이미 내 결정을 후회하고 있다. 되돌리기엔 너무 늦었다. 병원에서의 모든 준비는 끝났고 수술은 이미 시작되었다.

2006년 7월 21일
수술은 무사히 마쳤지만 마취가 어떻게 되었고 또 어떻게 깨어났는지 이상하게도 전혀 알 수 없었다. 정말 이상한 일이다. 간병인은 내가 쇠약해졌기 때문이라고 말했다.

그후로 일기는 중단되었고, 공책에는 산발적인 스크랩 용지와 일정표에 적힌 메모만이 이어졌다. 수술 며칠 뒤 엄마가 재활치료 클리닉으로 이송되었을 때 엄마는 자신이 지금 어디에 있는지 잘 모르겠고 의사, 간호사, 간병인의 얼굴을 알아보는 것도 힘들다고 하소연했다. 잘 알고 있던 한 젊은 물리치료사의 이름을 혼동했고, 더이상 생각대로 되지 않자 혼란스러운 반응도 보였다. 몇 번이고 불쑥불쑥 울음을 터뜨리기도 했다. 병원에서는 큰 수술을 받은 후 일반적으로 나타나는 '통과증후군'인 것 같다고 말했다. 이런 현상은 '수술 후 섬망 譫妄'이라고도 하며 수술로 인한 쇼크 증세가 신체적으로 반응하는 것이었다. 하지만 이런 정신적 혼란 상태는 일시적인 것이고 보통은 저절로 다시 회복된다고 했다.

엄마는 매우 불안해했다. 엄마는 아무것도 기억나지 않고 몇시인지 자꾸 잊어버려서 무한 루프(컴퓨터에서 어떤 처리 과정을 반복 실행하여 끝없이 동작하는 것)처럼 끊임없이 집요하게 시계를 보게 된다고 내게 말했다. 아버지에게는 자신의 침실이 어떻게 생겼는지 더이상 모르겠다면서 "내 치매를 치료해줄 신경과 전문의가 필요해요!" 하고 요청했고, 결국 진찰을 받기 위해 신경심리학자에게 진료 예약을 했다. 그 의사는 몇 가지 테스트를 했고, 별다른 특이 사항이 없다는 진단을 내렸다. 엄마는 비록 독일 역대 수상들의 이름을 모두 열거하진 못했지만 자신의 방 번호와 가족에 대한 중요 사항은 모두 기억했다. 인지검사에서도 나이에 비해 평균 이상의 좋은 결과를 얻었고 계산 문제도 아주 쉽게 풀었다. 의사는 치매 징후가 전혀 보이지 않는다고 진단했다. 어쩌면 심리적으로 우울한 상태일 수 있었다.

열흘 정도가 지나자 고관절은 물리치료사가 만족해할 정도로 호전되었고 엄마도 퇴원해서 집으로 갈 수 있게 되어 매우 기뻐했다. 그런데 집에 도착해 흰색 대문 앞에 선 엄마가 이렇게 물었다.

"파란색 아니었나?"

엄마는 자신의 침실 또한 어색해했다.

이십 년 전 아버지는 지금과 같은 엄마의 행동을 이미 한 번 경험한 적이 있었다. 당시 엄마는 뇌출혈로 쓰러졌는데, 그후 기억상실증을 겪었다. 아침 운동을 하던 엄마는 고개를 옆으로 기울였는데 갑자기 격렬한 두통이 일어났다. 엄마는 쓰러졌고 잠시 정신을 잃었다. 다음날에도 두통은 사라지지 않았고 구토와 함께 균형감각에 문제가 생겼다. 음식도 먹지 못했다. 힘든 몸을 이끌고 간신히 주치의를 찾았을 때 의사는 엄마를 바로 종합병원으로 이송했다. 종합병원에서는 뇌출혈이라는 진단을 내렸지만 출혈 부위가 어디인지는 정확히 찾아내지 못했다. 엄마는 가끔씩 기억을 전부 잃어버렸고 완전히 혼란스러워했다. 담당의사는 아버지에게 은밀히 알려주었다.

"더이상 나아지지 않을 겁니다."

그러면서 엄마의 영구적인 뇌손상과 인지력 손상에 대해 아버지가 적응해야 할 것이라고 말했다.

병원에 입원한 엄마는 처음엔 매우 의기소침한 상태였다. 병문안을 온 한 친구에게 간병인이 자신의 시어머니인 줄 알았다고 말하며 눈물을 흘렸지만 아버지에게는 아무렇지 않은 척했다. 엄마는 이내 음식을 먹기 시작했고 회복되기 시작했다. 한 달 후에는 의학적으로 '특이사항 없음'이란 진단을 받고 퇴원했다. 아버지는 엄마가 그 당시 강철 같은 의지와 혹독한 훈련으로 기억력을 다시 회복할 수 있었다고 기억했다.

이따금 나타나는 엄마의 건망증을 당시에 나는 전혀 눈치채지 못했다. 그 일로 엄마가 담배를 끊었기 때문에 뇌출혈 사건은 그저 해피엔딩으로만 기억되고 있었다. 그전부터 나는 엄마에게 담배를 끊으라고 계속 권유해왔다. 그러나 담배를 피우지 말라는 내 간절한 부탁과 애원은 오랫동안 아무런 효력을 발휘하지 못했다. 엄마가 뇌출혈로 엄격하게 금연을 지켜야 하는 병원에 입원하기 전까지는. 또한 담배는 출혈의 원인이 될 수 있는 동맥경화증의 위험요인으로도 분류된다. 엄마가 한 달 뒤 병원에서 퇴원했을 때 나는 기회를 놓치지 않고 엄마에게 금연을 요구했다.

"그렇다면, 바로 지금이야!"

그러고는 엄마는 담배를 끊었다. 대신 무언가를 끊임없이 조금씩 깨물어 먹었고 몸무게가 눈에 띄게 증가했다. 저녁 뉴스 전에는 짭조름한 프레첼 한 봉지를 들고 자리에 앉았고, 쿠키를 먹을 때는 그 위에 버터를 조금 발라 함께 즐겼다. 그때 엄마가 메모해놓은 쪽지가 있다.

군것질 금지!

고관절수술 후 몇 주가 지나자 엄마는 통과증후군에서 어느 정도 회복되었고 극심한 혼란 증세도 이겨낸 것 같았다. 나는 해야 할 일이 너무 많아서 엄마가 퇴원한 지 한 달 후에야 부모님 집에 다녀갈 수 있었다. 엄마는 부엌에서 앞치마를 하고 나를 맞아주었는데 허둥대며 무언가를 숨기는 눈치였다. 엄마가 식탁에 냄비를 내놓았는데 뭔가 이상했다. 그 냄비에는 내가 좋아하는 밀크 라이스 푸딩이 들어 있어야 했다. 그런데 그 안에 든 것은 완전히 다른 것처럼 보였다. 노릇노릇한 황금빛 푸딩 외피 대신에 완전히 퍼져서 거의 죽처럼 되어버린 하얀 라이스만 보였다. 달걀 넣는 걸 잊어버렸나, 아니면 우유를 너무 조금 부은 것일까? 게다가 너무 짰다! 나는 그대로 입가를 찡그리고 말았다. 그런 나를 본 엄마는 식탁에 있던 냄비를 바로 가져가며 중얼댔다.

"아직 연습이 더 필요해."

엄마는 실패한 밀크 라이스 푸딩을 화장실로 가져가 모두 쏟아버렸다. 화장실의 물 내려가는 소리도 엄마의 흐느끼는 울음소리를 완전히 뒤덮지는 못했다.

잃고 싶지 않은 건
열쇠만이 아니야

엄마에게 내려진 첫 진단

원래 엄마는 질병에 무심하거나 이해가 부족한 사람이 아니다. 2006년에 했던 고관절수술 이후 기억력이 약화되어 완전히 호전되지 않았을 때 엄마는 계속해서 알츠하이머에 걸릴까봐 괴로워했고, 또다시 심리학자에게 진료 예약을 잡으려고 애썼다. 엄마는 나와 통화할 때도 머리가 완전히 바보가 될 거라며 뇌에 좋은 알약을 처방받을 수 있으면 가장 좋을 것 같다고 했다. 문제는 어떤 의사도 엄마를 치매 환자로 여기지 않았고, 그래서 별다른 약을 처방받지 못했다는 점이었다.

엄마는 곰곰이 생각해보거나 달력을 보고서야 오늘이 무슨 요일인지 겨우 알 수 있었지만, 신경인지기능검사를 할 때에는 발군의 실력을 발휘했다. 계산 문제는 능수능란하게 풀었고 실제로는 단어의 배열을 기억하는 데 어려움이 있었지만 여유로움과 확신을 잃지 않았다. 이른바 시계그림검사에서도 숫자판이 포함된 더 멋진 시계를 그렸고 시곗바늘을 정확한 위치에 표시했다. 엄마는 이미 집에서 버스 정거장까지도 혼자 찾아갈 수 없을 만큼 증세가 심각했지만, 의사에게는 방향을 잘 분간한다는 인상을 주었다. 결국 심리학적 소견으로 엄마는 나이에 비해 별다른 인지적 결함을 보이지 않는다는 평가를 받았다.

아버지는 이 놀라운 평가에 대해 엄마가 의사를 제멋대로 조종한 것이라고 했다. 그러나 매수되지 않았을 검사기계 또한 엄마에게 좋은 감정서를 발급해주었다. 컴퓨터도, MRI도 엄마의 머릿속에서 걱정을 끼칠 만한 그 무엇도 발견하지 못한 것이다. 다만 미각의 감소와 스나우트 반사(뇌손상 여부를 판단하는 신경검사)가 약하게 관찰되었다. 둘 다 신경질환을 나타내는 것일 수 있지만 유력한 징후는 아니었다.

물론 그 소견으로 처음에는 안심이 되었다. 종양도, 알츠하이머도 아니라니! 하지만 엄마의 기억력 약화가 노화에 따른 일반적인 건망증이라는 것일까? 치매가 아니라면 뭘까? 가능성이 있는 모든 병명을 머릿속에 떠올려보았다. 갑상선 문제나 비타민 B_{12}가 부족한 탓으로 돌려야 할까? 아니면 이십 년 전에 겪은 뇌출혈의 부작용이 이제야 나타난 것일까?

이 모든 증상의 배후에는 우울증이라는 병이 숨어 있을 수도 있다는 의심이 자꾸만 들었다. 우리는 수차례 '물은 충분히 마시는 걸까?'와 같은 자문도 해보았다. 노년층에서는 급격한 탈수가 일어나 급성 기억장애를 일으킬 수도 있다. 그러나 그것은 우울증처럼 그 가능성이 매우 적어 보였다. 반면 엄마의 부정맥과 저혈압은 언제나 문제가 되었다. 그래서 엄마는 뇌순환장애를 겪고 있는 게 아닐까 하는 생각도 들었다.

그리고 그것은 고관절수술을 하고 일 년쯤 후에 확인되는 듯했다. 뜨거운 여름날 엄마는 산책을 하다가 갑자기 현기증을 일으켰고 그대로 주저앉았다. 엄마는 비틀거리며 간신히 집으로 돌아왔지만 밤중에 열이 나는 동시에 오한이 들어 이를 덜덜거리기까지 했다. 다음 날 열은 내렸지만 주치의는 혈압이 매우 낮은 걸 확인하고 엄마를 심장 전문 병원으로 이송했다. 아버지는 전문의와 함께 엄마에게 나타났던 심각한 문제점들에 관해 이야기했다. 급격한 기억상실증, 신체 기능 약화, 2006년 수술 이후 걸을 때마다 느끼는 통증, 불규칙한 심장박동, 일주일 전의 갑작스러운 발열과 오한, 식욕부진과 불쾌한 구토 증세, 저혈압, 불안감 그리고 자신감, 용기, 이해력, 기력 등의 상실……

그러나 심전도와 심장검사에서는 미심쩍은 이상 증세의 원인이 밝혀지지 않았고 심장판막도 건강한 것으로 나타났다. 따라서 뇌순환장애를 가리키는 확실한 증거는 어디에도 없었고 기억력 감퇴의 원인은 미스터리로 남았다. 엄마는 여전히 스스로 병의 원인을 알아내기 위해 전념했고 병원에서 다음과 같은 메모를 작성했다.

통증 때문에 내가 볼타렌(소염진통제)을 자주 복용했던 것에 대해
의사와 상의했다.
더 나아지려면 어떻게 해야 할까?
계산 문제를 푸는 인지능력검사에서는 매우 좋은 결과가 나왔고,
나머지도 나쁘지 않았다.
그런데 왜 뇌출혈에 대한 기억이 전혀 나지 않는 것일까?
기억력 저하의 원인은 어디에 있는 것일까?
더 나아지려면 어떻게 해야 할까?

엄청난 양의 메모지와 상세한 기록을 통해 나는 엄마가 속으로
얼마나 불안해했는지 느낄 수 있었다. 다음의 메모는 엄마가 쓰러진
이후 내가 처음으로 부모님 집을 방문했을 때 보게 된 것이다.

안녕, 말테.
지하실에 있던 화분들은 내가 모두 쓸어모았어요.
나는 내일 아침 여섯시 삼십분쯤 일어나 여유롭게 준비를 하고 필
요한 만큼 아침도 먹을 거예요.
그다음 교통체증을 고려해서 우리는 일곱시 사십오분에 출발해야
해요.
잘 자고, 그때 봐요.

그레텔

내용과 형식이 내게는 모두 낯설게 느껴졌다. 엄마는 스스로 내용을 기억하려고 쪽지에 글을 쓴 것일까? 무엇보다 이 메모로 내가 느낀 것은 놀라울 정도로 엄마가 아버지를 멀리한다는 점이었다.

내가 엄마랑 간단히 산책을 하려고 했을 때 희한한 광경이 벌어졌다. 평소대로 엄마는 전화기 쪽에 있는 상자에서 집 열쇠를 꺼내 재킷 주머니에 챙겨넣었다. 문 앞에서 엄마는 열쇠가 진짜로 주머니 속에 들어 있는지 다시 한번 확인했다. 하지만 그곳은 비어 있었다. 그래서 엄마는 다시 열쇠 상자가 있는 곳으로 돌아가 살펴봤는데, 거기에도 열쇠는 보이지 않았다.

"도대체 이놈의 열쇠가 어디로 가버린 거지?"

"방금 전에 주머니에 넣었잖아요."

엄마는 또다시 재킷 주머니를 살펴보았지만 아무것도 찾을 수 없었다.

"거기 말고 그 반대쪽이요."

내가 가리킨 쪽을 살펴본 엄마는 거기에 열쇠가 있는 것을 보았다. 이제 엄마는 조금 전 자신이 헛되이 뒤져보았던 주머니 쪽으로 열쇠를 옮겨놓았다. 자, 그럼 드디어 출발인가! 그런데 문을 나서기도 전에 엄마는 미심쩍은 듯 열쇠를 찾아 주머니를 또 더듬거렸고 또다시 아무것도 찾지 못했다. 그리하여 그 희한한 광경은 처음부터 되풀이되었다. 엄마에게 열쇠는 없어도 된다고 말했지만 소용이 없었다.

"우리가 집으로 같이 돌아오지 않을 수도 있잖아. 내가 집으로 빨리 돌아와야 하거나 뭔가를 잊어버렸을 수도 있어."

열쇠는 엄마가 잃어버리고 싶지 않은, 그러나 끊임없이 위협받는다고 생각되는 자신의 자율성을 상징하는 것이었다.

마찬가지로 엄마의 자율성을 상징했지만 열쇠에 대한 필요성과는 비교도 되지 않을 만큼 위험한 것이 바로 운전이었다. 길을 모르거나 도로공사 같은 예상치 못한 상황이 일어나면 반드시 주의를 기울여야 한다. 또한 모든 것이 평상시와 같다 해도 위험상황은 언제든 발생할 수 있다. 예를 들어 언젠가 엄마는 자전거를 타고 나왔다가 빨간 신호등을 무시하고 그냥 달린 적이 있다고 했다. 빨간불을 파란불로 잘못 본 것이다. 자전거가 교차로를 가로지를 때 다른 차량의 운전자들은 엄마가 겁에 질릴 만큼 광포하게 경적을 울려댔다. 걸을 때도 방향감각에 어려움을 겪는 엄마가 혼자 운전을 한다고 상상하니 눈앞이 캄캄해졌다.

엄마는 이십 년 넘게 근무했던 어학원의 예전 교사들 OB 모임에 정기적으로 참석했다. 보통은 한 동료가 엄마를 차로 데리러왔지만, 모임이 근처에서 열리는 날에는 참 난감했다. 십 분 정도 한적한 구시가지를 걸어가야 하는데 엄마가 혹시 길을 찾지 못할까봐 걱정이 되는 것이다. 당일 날 엄마는 철저하게 대비하고자 거리를 주의깊게 여러 번 둘러봤다. 눈에 띄는 건축물이나 거리 이름들을 머리에 새겨넣었고 밤에도 길을 잃지 않도록 메모를 해두었다.

"진짜로 혼자 차를 운전하실 생각이에요?"

베를린으로 떠나는 날, 엄마가 나를 기차역까지 바래다주려 했을 때 나는 그저 생각 없이 이렇게 물었다.

"뭐? 난 운전도 할 수 있고, 면허증도 가지고 있어!"

엄마는 불쾌해했다.

베를린으로 돌아온 나는 한 지인에게 걱정거리를 털어놓았다. 그는 내 어깨를 두드리며 말했다.

"나도 알아, 우리 아버지도 알츠하이머거든. 몸은 건강한데 방향 감각이 전혀 없지. 내비게이션이 있어야만 집에 가실 수 있다니까."

그의 말에 별로 안심이 되지는 않았지만 적어도 아버지가 차에 내비게이션을 달아준 것이 엄마에게 큰 도움이 되리라는 건 알 수 있었다. 기계만 잘 작동한다면 엄마는 내비게이션의 안내를 기꺼이 따를 것이고, 그러면 이론상으로는 안전하게 목표 지점까지 도달할 수 있을 것이다. 하지만 빨간 신호를 파란 신호로 잘못 본다면 내비게이션이 다 무슨 소용이랴! 그리고 기계에 이상이 생겨 안내한 고속도로의 출구가 막혔다거나 그 길이 강을 향해 뻗어 있다면?

다음번에 부모님 집에 갔을 때는 엄마가 혼자서 운전을 잘 해내는지 보기 위해 함께 드라이브에 나섰다. 우리는 집에서 약 사십 킬로미터 떨어진 곳에 사는 누나네 집을 방문하기로 했다. 나는 엄마가 직접 운전하게 하고 내비게이션을 켰다. 엄마는 전차가 지나는 교차로에 도착했을 때까지만 해도 기계가 지시하는 대로 집중력 있게 잘 따라갔다. 그런데 교차로에서 엄마는 내비게이션의 지시대로 왼쪽 방향으로 꺾기는 했지만 도로가 아니라 선로 쪽으로 향했다. 곧바로 내가 진로를 바로잡았지만 만약 내가 없었다면 무슨 일이 벌어졌을까 하는 끔찍한 생각이 떠올랐다.

"운전할 때 불안하지 않아요?"

나중에 나는 조금 편안한 분위기가 되었을 때 기회를 봐서 엄마에게 물었다.

"지금 엄마만 위태롭게 하는 게 아니에요."

"뭐? 그게 무슨 소리니? 난 아직 한 번도 사고를 낸 적이 없어!"

엄마는 하루가 지나자 전차 교차로에서 있었던 위험한 상황을 기억하지 못했다. 베를린으로 출발하기 전, 나는 아버지에게 어떻게 하든 엄마 혼자서는 운전하지 못하게 막아야 한다고 간곡히 말했다. 그러자 아버지는 이마를 찌푸리며 말했다.

"내가 어떻게 그걸 막을 수 있겠니. 어찌 됐든 차는 그레텔의 소유니까."

"그럼 자동차 열쇠를 숨겨버리세요."

"그럴 수 없어."

아버지는 당황해하며 고개를 내저었다.

"나는 그레텔에게서 아무것도 숨길 수 없고, 또 그렇게 한다고 해도 네 엄마는 열심히 찾아다닐 거야."

엄마와 그 일을 겪은 후, 나는 대부분의 다른 유럽 국가들처럼 독일도 의무적인 운전면허검증시험제도를 도입해야 한다는 견해를 강력히 지지하게 되었다. 그러나 '시민에게 운전의 자유'를 보장하는 나라에서 그 법이 채택되려면 아마 그전에 내가 먼저 치매에 걸리게 될 것이다. 내게 남은 유일한 희망은 엄마가 운전을 포기해야 한다는 '공식적인' 진단서를 받는 것이었다. 그러나 병원을 수소문해 진료 예약을 하려고 노력했던 엄마의 열의는 그사이 급격하게 가라앉았다. 그 대신 치매를 겪는 사람들의 모임을 한번 찾아가보고 싶어했지만 유감스럽게도 그 모임은 항상 화요일에만 열렸다. 화요일은 엄마의 현악사중주 연습이 있는 날이라 시간을 내기가 불가능했다.

엄마는 신경과 전문의들이 추천하는 기억력 훈련에 관한 책을 구입해 읽어봤지만, 곧 지루해했고 그래서 더이상 읽거나 따라하지 않았다. 엄마에게 계산 문제는 너무 쉬웠던 것이다. 그래서 모든 검사와 염려, 궁극적으로 기본적인 조치를 취하고자 하는 의지가 사라진 것이다. 결정적으로 엄마는 알츠하이머 진단을 받지 못했다. 엄마는 이제 그것으로 되었다며 끝내고 싶어했다.

가끔 진료를 받아보고 싶다는 말을 하긴 했지만, 따로 시간을 내서 진료 예약을 하지는 않았고, 나중에는 완전히 잊어버렸다. 또한 자신의 머리를 누군가가 검사한다는 사실이 별로 내키지 않는다는 말도 했다. 특히 엄마가 가장 꺼려하는 것은 예약할 때 사람들이 엄마의 머리에 대해 아무렇지도 않게 얘기한다는 점이었다.

아버지는 내게 전화를 걸어 엄마의 반대를 꺾지 못해서 진찰을 받지 못한다고 했다. 나는 부모님 집에 머물면서 막둥이 아들로서 엄마의 기분을 맞춰주며 설득 작업에 온 힘을 기울이기로 결심했다. 그러려면 의학적 설명과 의료적인 도움을 꼭 받아야 했다! 그래서 예전에 엄마가 재활치료를 받았을 때 검진을 했던 신경과 전문의에게 진료 예약을 신청했다. 그는 심리치료도 병행했는데, 두 분야를 합쳐 '메모리 클리닉'을 운영했다. 아버지와 내가 좀더 적극적으로 나서면 엄마도 따라올 것이다! 나는 예약 날짜를 놓치지 않기 위해 진료 날짜를 일주일 앞두고 바트홈부르크로 향했다.

　집에 도착하자마자 엄마의 병을 실감한 것은 밀크 라이스 푸딩 때문이었다. '엄마표 맛있는 요리는 이제 영원히 끝났구나' 싶었다. 식탁에는 간이 맞지 않는 당근 수프와 악취를 풍기기 시작한 시들한 샐러드가 있었다. 이상하게도 아버지는 이 모든 게 전혀 아무렇지 않다는 듯 보였다. 아버지는 언제나 엄마의 몇 가지 취약점을 잘 알아채지 못하곤 했는데 이번에도 못 느끼는 듯했다. 아버지는 엄마가 최근 들어 간단한 수프와 샐러드만 간신히 만들 뿐이라고 덧붙였다. 수프에는 몇 가지 채소 퓌레가 필요할 뿐이고 샐러드는 웬만해선 실패할 수 없는 음식이 아닌가.

　내가 샐러드소스에 대해 불평하자 엄마는 더이상 맛을 보지 못하겠으며 겨우 냄새만 조금 맡을 수 있다고 했다. 그래서 우리는 테스트를 해보기로 했다. 우선 레몬즙 원액을 맛보게 하자, 엄마는 그것을 좋은 맛이라고 평가했다. 아버지는 카카오 함량이 팔십 퍼센트에 달하는 비터 초콜릿을 내놓았는데 엄마는 맛이 거의 느껴지지 않는다고 했다. 그에 반해 퓨어 버터는 맛이 괜찮다고 했다. 단맛과 짠맛은 어느 정도 감지하고 있었다. 사과 원액 주스는 "맛있어!" 하고 반응했지만, 아버지가 정원에서 꺾어온 히아신스 향기는 엄마의 지각능력 밖에 있었다.

그러나 감소된 후각이나 미각보다 더 심각했던 건 일 년 전 고관절수술 이후로 많은 것을 그저 되는 대로 내버려두었다는 점이다. 엄마는 굉장히 국한된 범위 내에서만 가사를 돌봤고, 예전처럼 길고 복잡한 대화는 더이상 불가능했다. 단어를 자주 찾아보거나 다른 단어와 혼동했는데, 예를 들면 '와인 스크루'를 '스크루 드라이버'로, '페어드(말)'를 '헤어드(가스·전자레인지)'로 잘못 생각하는 식이었다. 그렇지만 연관성이 거의 없는 단어에서도 오류가 생겼다. 한번은 발코니에서 화물차들이 일렬로 지나가는 것을 지켜보던 엄마가 이렇게 물었다.

"저기 아래에 있는 '경찰'들은 다 뭐지?"

엄마는 자신의 실수를 전혀 눈치채지 못했다. 엄마 셔츠에 달린 단추를 아주 자연스럽게 '봉지'라고 부르기도 했다. 문장 안에서는 단어를 잘 사용했지만 그다음에 바로 이어서 말할 때는 기억하지 못하는 일도 있었다.

"테이프가 어디 있지? 혹시 그거 어디 있는지 아니? 방금 말했던 거, 그걸 뭐라고 하지? 그 왜 있잖아, 같이 붙이는 거!"

우리는 예전처럼 저녁에 함께 프랑크푸르트로 영화를 보러 갔지만 엔딩 크레디트가 올라간 이후 영화 플롯에 대해 깊이 고민할 필요가 없어졌다. 엄마가 이미 모든 내용을 잊었기 때문이다. 다음날 엄마는 영화관에 다녀왔다는 사실도 전혀 기억하지 못했다. 그런 다음 프로그램 가이드에 표시해둔 똑같은 영화를 다시 보고 싶어했고, 내가 어제 그 영화를 함께 봤다고 말하면 충격을 받았다.

"이럴 수가. 이런 멍청이! 이건 너무 절망적이야!"

끊임없이 이어지는 건망증과의 싸움은 엄마를 더욱 힘들게 했다. 나는 엄마가 틀리는 부분을 꼬집어내 바로잡아주는 행동을 하지 않으려고 노력했다. 비록 '엄마가 다 알고 있는 거잖아요!'라는 말이 입가에 맴돌기는 했지만.

소꿉친구인 펠릭스가 집에 놀러왔을 때 나는 그에게 엄마가 알아보지 못할 거라고 미리 주의를 주었다. 친구는 내 말을 믿지 않았고, 실제로 엄마는 그를 친밀하게 맞아주었다. 우리는 굉장히 기뻐했고, 엄마가 친구의 이름을 기억하지 못했을 때도 펠릭스는 내게 격려의 눈짓을 보내주었다. 엄마가 커피와 쿠키를 준비하는 동안 친구 녀석은 화장실에 갔다. 그사이 나는 엄마에게 한 사람 분의 간식이 모자라다고 말했다. 엄마는 고개를 저으면서 방에 있는 사람 수를 세기 시작했다. 그때 펠릭스가 돌아왔고 엄마는 기겁하며 그에게 물었다.

"누구시죠?"

집에서 며칠을 지낸 뒤, 나는 엄마가 중대한 신경질환을 앓고 있다는 진단을 받을 것이라고 확신했다. 마음의 준비를 단단히 하고 아버지와 나는 신경심리학자에게 상담을 받으러 갔다. 우리는 의사에게 집에서 있었던 일을 자세히 말한 뒤 엄마의 병력을 설명했으며, 일시적 의식 상실, 감소된 미각, 방향감각 상실, 단어 사용의 어려움을 언급했다. 신경심리학자는 우리의 이야기를 유심히 듣고 나서 광범위한 의미의 치매로 추측했다. 아버지와 나는 만족해하며 집으로 돌아왔다. 이제야 누군가가 우리의 말에 귀를 기울여주고 상황의 심각성을 인정해준 것이다. 엄마를 설득해서 진료 예약도 잡을 수 있었다. 나는 그제야 마음을 놓고 다시 베를린으로 돌아갈 수 있었다.

그러나 문제는 또다시 반복되었다. 엄마가 상상도 할 수 없는 일을 벌인 것이다. 아버지가 엄마를 데리고 검사를 받기 위해 메모리 클리닉으로 갔고, 치매에 관한 통상적인 검사가 실시되었다. 그리고 엄마는 또다시 그 나이에 부합하는 건강한 정신 상태라는 진단을 받았다. 의사는 기억력 감소의 원인으로 치매를 제외했고, 우울증을 정신적 혼란의 원인으로 추정했다. 그는 항정신병 치료제 대신에 엄마가 이미 복용하고 있던 은행나무 약제를 처방했다. 게다가 엄마가 이미 오래전에 구입했다가 한쪽으로 치워둔 기억력 훈련 도서도 추천했다. 그 의사는 엄마의 진료 예약을 취소했고 자신이 휴가에서 돌아오면 또다른 치료법을 소개해주겠다고 했다. 그로부터 한 달 뒤, 그 의사는 아직 휴가에서 돌아오지 않았거나 치료법을 소개해주겠다던 자신의 말을 먼저 잊은 것 같았다.

정말 믿을 수가 없었다. 엄마는 도대체 그걸 어떻게 해낸 걸까? 추측건대, 조금 남아 있는 지적 능력과 사회성으로 자신의 무능한 수행능력을 감추고 정신적인 취약함을 보완했을 것이다. 내가 보기에 엄마는 이미 오래전에 자신을 잃어버리고 지금은 예전 모습의 그림자로만 남아 있었다. 정치와 경제를 논하며 신랄한 독설을 내뱉던 재치 있고 박식한 여인은 이제 없었다. 보편적인 견해를 펼치기는커녕 간단한 맥락을 이해하는 것조차 힘들어했다. 일 년 전까지만 해도 비판적인 논평을 덧붙였을 라디오 프로그램이나 텔레비전 뉴스를 이제는 무관심하게 흘려들었고 종종 멍하니 허공을 바라보며 아무것도 모르는 사람처럼 대화에 참여했다.

엄마의 전화를 받았을 때 나는 베를린으로 돌아와 있었다.

"다비트, 너 지금 어디니?"

엄마가 내게 물었다.

"밥 먹으러 와!"

"지금 베를린에 있어요. 편집실이요."

"말테가 지금 누군가랑 여기 같이 있어. 친한 친구 같은데 누군지 잘 모르겠어.”

“엄마, 지금은 안 돼요. 편집자들이 곧 일하러 올 거예요.”

“그래, 사람들이 온다면 안 되겠구나.”

“그런데 그게 문제가 아니에요. 지금 허리가 조금 아파요.”

“허리 위에 오래 앉아 있었던 거니?”

나는 연말까지는 너무 바빠서 집안 상황에 신경을 쓰지 않으려고 노력했다. 한동안 엄마는 끊임없이 내게 전화를 걸었다. 그러면 나는 대부분 엄마의 전화를 받지 않거나 통화를 다음으로 미루었다. 엄마에게 모든 것을 처음부터 일일이 설명할 시간이 없었기 때문이다. 그러면 엄마는 통화 후 바로 음성사서함에 자신에게 전화를 줄 수 있는지 조심스럽게 물어보는 내용의 메시지를 남겼다. 엄마는 우리가 아주 오래전부터 서로 대화를 나누지 않은 것처럼 말하기도 했다.

언젠가부터 전화는 돌연 중단되었고 거의 한 달 동안 아무런 소식도 오지 않았다. 이상한 생각이 들긴 했지만 더이상 신경쓰지 않아도 되었기 때문에 기쁘기도 했다. 9월 들어서는 내 생일날 전화가 왔는데, 놀랍게도 전화를 건 사람은 엄마였다. 분명히 엄마 스스로 내게 전화를 건 것이다. 내 생일을 기억하고 있었던 걸까?

“안녕, 다비트, 어떻게 지내니?”

“잘 지내고 있어요. 고마워요.”

“그래, 정말 다행이구나! 내가 누군지는 알겠니?”

"당연하죠! 엄마가 전화 주셔서 얼마나 기쁜지 모르겠어요."

"물어볼 게 있는데 혹시 네가……"

엄마는 단어를 생각하고 있었다.

"……아직 살아 있느냐고요?"

내가 문장을 마저 완성했다.

어느 순간부터 엄마에겐 친구와 가족의 생일이 더이상 중요하지 않아졌기 때문에 그 전화에 나는 깊은 감동을 받았다. 생일을 축하해준 건 아니었다. 엄마는 그저 어떻게 지내냐고 물었을 뿐이고 날짜와 연관된 특별한 언급은 조금도 없었다. 바로 이날, 엄마가 내 전화번호를 누르도록 이끌어낸 것은 모성애적 직감 같은 것이었을까? 다이어리를 넘기다 우연히 내 생일이 떠올랐을 수도 있다. 아마 그래서 부엌으로 달려가 그곳에 있는 달력을 확인했을 것이다. 그게 아니면 라디오에서 문득 날짜를 들었을 수도 있다.

어찌 됐든 날짜를 인식한 엄마는 내 전화번호가 적힌 메모를 볼 수 있는 전화기 쪽으로 곧장 달려갔을 것이다. 그러나 엄마는 전화기 앞에 왔을 때쯤 자신이 원래 무엇을 하려고 했는지 곧잘 잊어버렸다. 방금 누구에게 전화하려고 했더라? 전화기 위에 놓여 있는 메모지에 '다비트의 휴대전화 번호'라고 큼지막하게 적혀 있었다. 그 메모도 이전에 엄마가 내게 전화를 자주 걸기 위해 해놓은 것이다. 비록 생일에 대한 언급은 전혀 없었지만 엄마가 내게 전화를 거는 일을 또 한 번 해냈다는 사실이 나는 그저 기쁘기만 했다.

그 통화 이후 얼마 지나지 않아 아버지는 엄마를 다시 한번 의사에게 진료받게 했다. 이번에는 독일의 권위 있는 알츠하이머 연구자를 찾아갔다. 그는 프랑크푸르트 대학병원 신경학과의 최고 의사이자약 100년 전 알로이스 알츠하이머가 모르부스 알츠하이머를 발견했던 연구소에서 일하는 저명한 교수였다. 이보다 더 나은 병원은 절대찾아볼 수 없었다. 그러나 드높은 명성의 알츠하이머 전문가도 엄마에게서 아무런 치매 증상을 발견해내지는 못했다. 교수의 지시를 받은 한 심리학 전공자가 엄마를 사십오 분간 검사했고, 결국 치매라고결론짓기에는 매우 우수하다는 평가를 내렸다.

명망 높은 그 학자는 아버지에게 엄마의 기억력이 "정보를 유지하는 데 분명 문제가 있긴 합니다"라고 말하면서도 알츠하이머와 치매에 대한 가능성은 완전히 배제했다. 하지만 엄마가 앓는 병은 '경도 인지장애'로 자신이 재직하는 연구소의 특수 연구 분야이기도 하므로 치료약을 소개해줄 수 있다고 했다. 이를 위해서는 광범위한 검사도 받아야 했고 핵스핀을 이용한 MRI 영상도 새로 찍어야 했다. 의사는 아버지에게 엄마에 대한 설명을 기록해달라고 부탁하고 두뇌를 상세히 검사해보기 위해 도관을 밀어넣었다. 엄마의 뇌 사진은 의사에게 확신을 주었고 마지막으로 아버지에게 이렇게 말했다.

"지베킹 씨, 치매에 대한 생각은 일단 떨쳐버리세요! 일 년 뒤에다시 방문해주시기 바랍니다!"

그러나 일 년 뒤, 그 알츠하이머 연구자는 은퇴했다.

아버지는 엄마의 진단 결과에 당혹감을 감추지 못했다. 그리고 이번 진료 이후 의학에 대한 신뢰감을 완전히 잃었다.

"그들은 쥐를 가지고 굉장한 실험을 할 수는 있겠지만, 인간에게는 아무런 도움도 못 되는구나."

조금 우습게 들리긴 했지만 어쨌든 이제 경도 인지장애라는 진단이 내려졌다. 나는 책에서 그 병에 관해 찾아보았고, 그것이 한 사람의 연령과 교육에 비해 몹시 비정상적으로 사고의 능력이 제한되는 것임을 알게 되었다. 경도 인지장애를 진단하기 위해서는 기억력장애를 있는 그대로 설명해줘야 하고 가족이 알아챌 수 있을 정도여야 한다. 일반적 증세로는 방향감각 상실과 후각장애가 있으며, 십에서 이십 퍼센트 정도가 일 년 뒤 치매로 전이된다. 치매와 구분되는 점은 일상생활을 하는 데 기본적인 제한이 없다는 것이다.

하지만 그건 말도 안 되는 소리다. 엄마는 이제 혼자 쇼핑도 갈 수 없고, 자신의 생일도 기억 못 했으며, 샐러드소스 만드는 법도 완전히 잊어버렸다. 상황이 이런데도 온전한 일상생활이 가능하단 소리를 할 수 있는 것인가?

우리가 깊이 사랑하는 모든 것들은
언젠가 마침내 우리 자신의 한 부분이 된다.

헬렌 켈러Helen Keller, 1880—1968

차라리 우울증이면
좋을 텐데…

모든 걸 떠안게 된 아버지

잘할 수 있을까?

엄마가 고관절수술을 받기 약 삼 년 전, 즉 자전거 사고를 당했던 2004년 이전에, 그러니까 엄마의 기억력장애가 드러나기 이전에 나는 '가족회의가 열릴 예정이니 집으로 오라'는 연락을 받은 적이 있다. 회의를 주도한 사람이 누구인지는 몰랐지만 배후에 큰누나가 있을 것으로 추측하며 호기심을 안고 집에 도착했다.

사실 '가족회의'는 내게 익숙지 않은 단어다. 우리 집에서는 엄마가 그 단어를 처음 사용했는데 예전에는 중요하게 상의할 일이 있을 때마다 자주 그런 모임을 가졌다고 했다. 하지만 그것은 내가 어렸을 적에 있었던 옛날 일이다. 그게 아니라면 그동안 나를 모임에 부르지 않은 것이라고 할 수 있다. 어쨌든 내게 가족회의란 먼 옛날의 유물로 보였고, 모임에서 나는 방관자가 된 느낌이었다.

누나들과 내가 모두 모이자 엄마와 아버지는 자신들의 문제점을 설명하기 시작했다. 부모님은 그즈음 침실을 따로 쓰고 휴가를 각자 가는 정도를 넘어서 대화를 나누는 것에서도 어려움을 느끼고 있었다. 아버지는 자신의 처지에서 문제점을 설명하려고 노력했다.

"나는 일주일에 한 번, 두세 시간씩 숲에서 조깅을 해. 숲을 가로질러 달리는 동안 어떤 주제를 깊이 생각하곤 하지."

집으로 돌아오면 아버지는 엄마에게 자신이 생각했던 내용을 설명하며 엄마를 토론에 끌어들이려고 했다. 그런데 엄마는 아버지의 지적 견해에 호응하는 것이 아니라 아버지의 티셔츠에서 꼭 빼야 할 얼룩을 발견해 물에 담가두거나 쓰레기를 내다놓을 수 있느냐고 물어볼 뿐이었다. 그러면 아버지는 엄청나게 화를 냈다. 아버지는 아내와 함께 니체의 종교비판이나 애덤 스미스의 도덕감정론에 관해 대화를 나누고 싶었지만, 엄마는 아버지의 손에 쓰레기봉투를 쥐여줄 뿐이었다. 아버지는 모욕감과 함께 거부당했다는 느낌을 받았다.

엄마는 자신의 태도에 대해 아버지가 하는 말을 대부분 이해하지 못했고, 철학적인 토론보다 다른 일이 더 궁금하다고 말했다. 게다가 엄마는 아버지가 자신이 아닌 다른 사람과 얘기하는 것을 들을 때가 더 좋다고 덧붙였다.

"예를 들면 네 아버지가 다비트랑 우스갯소리를 주고받을 때가 아주 좋아."

이러한 논쟁은 이미 엄마의 지적 능력이 감퇴하기 시작했음을 암시하는 것일 수도 있었지만, 그때는 우리 중 누구도 그런 생각을 하지 못했다. 그저 전형적인 부부간의 마찰로 여겼을 뿐이다. 당시에도 운전은 논란거리 중 하나였다. 아버지가 운전석에 앉기만 하면 두 분은 말다툼을 했는데, 엄마는 길을 잃을까봐 불안해했다. 실제로 엄마의 그런 염려를 이해할 수 있을 만큼 아버지에게는 그런 일이 자주 발생했다.

걷거나 운전할 때 아버지는 계획을 자세히 세우지 않는 것이 진정한 삶의 재미라 여겼고, 만일 필요하다면 길을 돌아가는 수고로움도 감수했다. '길을 잃었을 때야말로 가장 아름다운 일을 경험할 수 있다!'는 것이 아버지의 신념이었다. 엄마는 그와 반대로 언제나 지도와 길안내서를 주도면밀하게 준비했다. 사실 두 분은 서로를 잘 보완해줄 수도 있었다. 그러나 엄마가 운전을 하면 규정된 차선으로만 달리거나 다른 차들에게 출구로 빠져나간다는 신호를 보내기 위해 필수적으로 방향지시등을 켰는데, 아버지는 그런 걸 아주 못마땅해했다.

부모님은 언제나 이런 식의 갈등을 겪어왔기 때문에 나는 별로 심각하게 여기지 않았다. 언젠가 아버지는 내게 두 분이 신혼여행 때부터 엄청나게 삐걱거렸다고 말했던 적이 있다. 당시 부모님은 2주간 이탈리아의 칼라브리아 해안으로 도보 여행을 갔다. 아버지는 특정한 목적지 없이 그냥 걷다가 피곤해지면 저녁때 보이는 곳에서 잠을 청하는 것도 기막히게 멋진 일이라고 생각했다. 친절한 농가나 버려진 헛간 같은 곳에 머물 수도 있다고 여긴 것이다. 그러나 엄마에게는 신혼여행을 하는 동안 어디서 자게 될지 모른다는 것이 전혀 멋지게 느껴지지 않았다. 이 오래된 에피소드를 계기로 엄마는 우리 가족의 수석 플래너가 되었고, 아버지는 '미스터 크레이지슈타인'이 되었다. 아버지가 복잡한 수학 모델에 대해 충분히 사고하고 공간과 시간에 관한 생각을 발전시킬 때 엄마는 가족을 돌보고 가사를 총괄했다.

언젠가 엄마는 아버지가 아버지 자신에게 온 편지를 뜯어보지 않는다며 의아해한 적이 있었다. 아버지는 아내가 그것을 대신 처리해줄 것이라고 믿었던 것이다. 엄마는 가정에서 자신의 역할을 자유의지로 선택한 게 아니었다고 했다. 네 자매 중 한 명으로 태어난 엄마는 모험을 추구하는 성향으로 열성적이고 즉흥적인 사람이었다. 호수를 가로질러 건너야 하는 상황일 때 다른 이들이 주저하며 선뜻 나서지 못하면, 용감한 엄마는 제일 먼저 거침없이 헤엄치던 그런 사람이었다. 한번은 하이킹을 갔다가 돈을 잃어버렸는데 히치하이크를 해서 집으로 돌아온 적도 있었다. 엄마는 예상할 수 있는 통제력을 지닌 사람이기보다 야생적인 도망자였다. 그런데 '계획을 혐오하는' 아버지를 만나면서 엄마가 이런 역할을 떠맡게 된 것이다.

가족회의 끝에 누나들은 아버지가 엄마를 더 배려하고 집안일도 도왔으면 좋겠다고 말했다. 그때만 해도 모든 상황이 완전히 뒤집힐 거라고는 상상조차 하지 못했다. 이제는 아버지가 집안의 하우스맨이 되어 모든 서류를 처리해야 했고, 심지어 아내가 옷은 잘 입었는지 양치질은 제대로 했는지까지 일일이 살펴야 했다. 하루아침에 모든 책임을 떠맡게 된 것이다. 물론 역할을 바꾼다는 게 그리 쉬운 일은 아니므로 두 분 모두 이 엄청난 격변에 맞서 힘든 싸움을 벌여야 했다.

엄마는 고관절수술 이후 몇 년 동안 마치 저속촬영처럼 능력을 하나씩 상실했다. 짧은 기간에 엄마에게서 모든 활기가 사라져갔다. 아침 운동은 곧 과거의 한 부분으로 묻혀버렸고, 정치적 신념으로 참여했던 에너지전환위원회 활동도 점점 흐지부지되었으며, 언어에 대한 열의도 식어버렸다.

엄마는 예순아홉 살까지 어학원에 근무하면서 외국인에게 독일어를 가르쳤다. 그러나 오랜 근무 후에 찾아온 마지막 순간은 지나치다 싶을 정도로 적막했다. 엄마가 일선에서 물러난 게 언제였는지 우리 가족은 모두 까맣게 몰랐다. 엄마는 어학원에서 독일어 교사로서 전설적인 명성을 가지고 있었다. 특히 수업을 할 때 일반적인 교본 대신 자신만의 특별한 교재를 사용하는 것으로 유명했다.

동료 교사들 사이에서 엄마는 풍부한 언어학적 지식과 문법에 대한 애정을 지닌 언어 천재로 통했다. 게다가 영어와 스페인어를 유창하게 구사했고, 프랑스어와 이탈리아어 능력도 상당한 정도였으며, 약간의 폴란드어와 아랍어까지 구사했다. 또한 자신만의 뛰어난 교수법과 테니스 스타인 보리스 베커의 테니스 코치나 미국계 제약회사인 릴리의 회장과 같은 유명인사를 직접 가르치기도 했다.

허지만 고관절수술 이후 엄마는 오랜 시간 수업할 수 없었고, 나중에 엄마의 동료에게서 전해들은 말에 따르면 그해 크리스마스 파티 때 공식적으로 일선에서 물러났다. 어학원 측은 최고이자 가장 오래된 교사의 퇴직을 기리기 위해 엄마에게 거대한 꽃다발을 증정했다. 한 동료는 퇴직 기념식 이후 엄마가 갈 곳을 찾지 못하고 우두커니 서서 어찌할 바를 몰라 하자 꽃다발을 대신 받아들고 엄마를 집까지 데려다주었다. 아버지도, 우리도 엄마의 퇴직과 모든 업무가 종료되었음을 인증하는 꽃의 의미를 알지 못했다. 이때 엄마가 가장 상심했던 점은 어학원 측에서 일방적으로 엄마에게 수업을 맡기지 않았던 일임을 한참 후에야 아버지에게서 들을 수 있었다.

엄마가 더이상 수업을 할당받지 못했다는 점은 참으로 서글픈 일이다. 그래도 엄마에게는 이십 년이 넘는 세월 동안 정기적으로 스페인어를 배우러 오는 개인 교습 학생이 한 명 남아 있었다. 그 부인은 엄마보다 정확히 열 살이 더 많았고, 세월이 흐르면서 어느새 할머니가 되었다. 나는 특히나 그녀를 좋아했는데 그녀는 수업이 있을 때마다 어린아이였던 내게 초콜릿을 하나씩 가져다줬기 때문이다. 스페인어 시간에 두 분은 스페인어 일간지 엘 파이스에서 발행하는 주간지를 읽었다. 이것은 예전부터 엄마가 두 사람을 위한 읽을거리로 선택한 것인데, 텍스트를 독일어로 함께 번역했다.

당시 갓 은퇴한 아버지가 수업시간에 스페인어 노래를 부르거나 회화를 같이 해보라고 권했지만 엄마는 흔들림 없이 잡지와 두꺼운 스페인어 사전을 가지고 번역 작업을 고수했다. 아버지는 엄마의 그 융통성 없는 태도에 화를 냈지만 어차피 엄마에게 그 수업은 차츰 버거워져서 텍스트 하나를 마무리짓는 것도 간신히 해내는 실정이었다. 엄마는 점점 더 많은 단어를 찾아야 했고 교습을 받는 부인에게 오히려 설명을 듣는 일이 잦아졌다. 결국 엄마는 스페인어 기사를 어려운 라틴어 문서처럼 번역하게 되었다.

"동사가 어디 있지? 희한하네, 이건 주어 같은데…… 형식이 정말 이상하지 않아요?"

어느 순간부터 노부인은 스페인어를 배우는 학생이 아닌, 엄마의 말동무로서 찾아오게 되었다. 어느 날 그녀가 예고도 없이 스페인 신문을 들고 찾아왔다. 두 사람이 함께 신문을 먼저 죽 읽은 다음, 그 부인은 사진의 의미가 무엇이고 기사 제목이 어떤 뜻인지 엄마에게 이야기했다. 그러고 나서 돌아갈 때는 엄마의 손에 얼마간의 돈을 쥐여주었다. 어느 날 엄마의 마지막 학생이 아버지에게 말했다.

"더이상 아무 의미가 없네요."

그렇게 엄마의 수업은 끝나버렸다.

아버지는 엄마를 여성단체의 정기 모임에 참석시키려고 노력했다. 그 모임은 1970년대 말 엄마가 몇몇 사람과 함께 만든 뒤 오랫동안 중추적인 역할을 했던 곳이다. 그런데 엄마는 몇 개월마다 한 번씩 밖에 열리지 않는 그 모임에 더이상 가고 싶어하지 않아 했다. 용기를 내서 신의를 지키는 곳은 합창단과 현악사중주 모임뿐이었다. 그러나 음악적으로 보조를 맞추는 것도 점점 힘들어져갔다.

그럼에도 엄마는 운전만큼은 물러서려 하지 않았다. 운전을 함으로써 자신은 물론 다른 이들까지 위험하게 만들 수 있다는 사실을 결코 인정할 수 없었던 것이다. 아버지가 엄마를 음악 연습장에 태워다주기는 했지만, 그것은 어디까지나 아버지가 음악 듣는 것을 좋아하고 모임 후 바로 만찬이 열렸기 때문에 가능했다. 하지만 여성단체 모임에까지 아버지가 참석하는 것은 무리였다. 보통은 엄마의 친구들이 데리러왔지만, 그래도 엄마 혼자 차를 몰고 나갈 위험성은 끊임없이 도사리고 있었다.

특히 아슬아슬했던 것은 부모님이 빌레펠트의 누나네 가족이나 베를린에 있는 나를 보기 위해 장거리 이동을 할 때였다. 일반적으로 어딘가에 누구와 함께 갔다면 돌아올 때도 둘이 함께일 거라고 예상하지만 우리 부모님에게는 해당하지 않았다. 두 사람의 관계에서 가장 중요한 요소는 바로 상대방의 자유와 독립에 대한 절대적인 존중이었기 때문이다. 그러므로 두 분이 함께 여행을 떠난다 해도 엄마가 급작스레 먼저 돌아올 가능성은 항상 있었다. 엄마는 아버지에게 부담을 주고 싶어하지 않았으니까. 그러면 나와 누나들은 서로 전화를 걸어 어떻게든 엄마가 혼자 운전하는 것을 막기 위해 누가, 언제, 어떻게, 어디에서 동승할 것인지 미리 계획을 세웠다.

한번은 누나가 학회에 참석해야 해서 부모님께 손녀를 돌봐달라고 부탁한 적이 있었다. 두 분은 주말에 누나가 사는 빌레펠트에 도착해서 누나가 돌아올 때까지 이삼일 정도 머물러야 했다. 그런데 다이어리의 일정표를 확인하던 엄마가 꼭 참석해야 할 합창단 연습이 월요일에 있는 것을 알았다. 엄마는 기차를 타고 돌아가는 대신 아버지에게 이렇게 제안했다.

"당신이 기차를 타고 오세요! 그러면 내가 기차역으로 당신을 마중 나갈게요."

엄마는 마음을 바꾸지 않았고 일요일 오후 자동차에 올라탔다. 그런 다음 약 삼백 킬로미터나 되는 긴 구간을 지체 없이 달리기 시작했고, 어둠이 내려앉았을 때 결국 엄마는 방향을 잃어버렸다. 아버지는 엄마가 어떻게든 집으로 돌아갈 수 있도록 휴대전화로 엄마와 통화하며 한밤중까지 길을 안내했다.

그 일이 있은 후 얼마 되지 않아 오랫동안 내가 우려했던 소식이 들려왔다. 엄마가 사고를 당한 것이다. 그나마 다행인 것은 아주 경미한 부상에 그쳤다는 점이다. 충돌사고는 집 근처에 있는 보행자 교통신호등 앞에서 일어났는데 약간의 물적 손해만 있었을 뿐이다. 보험회사에 제출할 보고서의 초안은 엄마가 직접 자필로 작성했고, 아버지가 그것을 타이핑하고 경위를 설명하는 그림을 그려 마무리했다. 엄마는 우회전을 하면서 교통신호와 혹시 튀어나올지 모를 보행자에게만 주의를 쏟느라 차를 다시 일직선 방향으로 운전해야 한다는 사실을 잊어버렸다. 결국 차는 오른편에 주차되어 있던, 사람이 탄 차량과 부딪혔다. 피해 차량 운전석에 앉아 있던 여성은 다행히 무사했다.

그 사고는 다시는 운전석에 앉는 것을 포기할 만큼 엄마에게 커다란 공포를 일으켰다. 나는 아슬아슬한 상황에서 벗어날 수 있게 되어 기쁘기도 했지만, 엄마가 또다른 수행 능력과 자립성의 일부를 잃어버렸다는 사실이 안타까웠다. 그 사고 이후로 엄마의 활동은 눈에 띄게 줄어들었다. 가끔 삐걱거리는 낡은 자전거를 타기도 했지만 자전거는 실제로 거의 장바구니를 걸어놓는 용도로 사용되었다.

작은누나는 엄마가 다시 예전처럼 자전거를 즐겨 타길 바랐고, 생일날 엄마를 기쁘게 해주고 싶었다. 그래서 아버지, 친할머니와 함께 셋이서 엄마가 운전에 대한 두려움을 잊게 만들 정도로 정말 멋진 새 자전거를 구입했다. 엄마는 생일을 일주일 앞두고 내게 전화를 걸어 소곤거렸다.

"다비트, 저들이 내 오래된 자전거를 버리려고 해."

엄마는 마치 누가 들으면 안 된다는 듯 조심스럽게 말했다.

"내게 새 자전거를 선물하고 싶은 모양인데, 그건 내가 바라는 게 아니야."

선물은 좋은 뜻으로 하는 거니까 새 자전거를 꼭 한 번 타보라고 엄마를 설득해보았지만 아무 소용이 없었다. 엄마는 새 자전거를 쳐다보지도 않았고 예전 자전거에도 전혀 관심을 보이지 않았다.

오랫동안 부모님 집에 가보지 못한 어느 날, 크리스마스를 앞두고 엄마로부터 오십 유로짜리 지폐가 들어 있는 편지를 받았다.

2007년 12월 7일.
다비트, 내일이면 네가 온다는 사실에 나는 오늘부터 벌써 들떠 있단다. 오십 유로는 이곳으로 올 때 차비에 보태 쓰도록 하렴.
안녕, 엄마가.

편지에 적힌 약속, 즉 내일 내가 부모님 집에 간다는 사실에 대해서 난 전혀 아는 바가 없었다. 사실 집에는 크리스마스이브에나 갈 생각이었다. 이미 여러 번 엄마에게 더이상 돈을 보내주지 않아도 된다고 말했건만. 그래도 이렇게 다정한 초대는 여전히 나를 기쁘게 했고, 나는 망설임 없이 곧바로 기차에 올라탔다.

하지만 집에 도착하자 들뜬 마음은 빠르게 날아가버렸다. 우리의 크리스마스는 더이상 예전과 같지 않았다. 아이들을 위한 행복한 장소는 이제 완전히 잿더미가 되었다. 올해에는 선물 테이블에 아무것도 없었을 뿐 아니라 놀랍게도 거실은 온통 지저분했고 먼지가 수북이 쌓여 있었다. 촛불도, 크리스마스트리도 없었고, 대신 엄마의 새로운 메모 몇 개가 눈에 띄었다.

스나우트 반사란 무엇인가? MRT? 아로마틱 후각상실증?

치매에 대항한 독립적인 삶이 가능한가?

의사가 약을 처방해주려고 하지 않는다. 치매 대신 우울증?

큰누나는 냉장고에서 유통기한이 지난 음식을 잔뜩 찾아냈다. 몇 개월 전에 기한이 지난 요구르트가 있었고 파스타 옆으로 곰팡이가 핀 고추냉이와 겨자가 줄지어 있었다. 엄마가 만든 이상한 샐러드소스는 바로 이 때문인 듯했다. 찬장에는 1980년대에 제조된 양념들이 여전히 놓여 있었다.

주방 다음으로 우리는 욕실을 점검했다. 샤워기 헤드가 빠져 있었고 역시 곰팡이가 피어 있었다. 특히 주목한 곳은 엄마의 약장이었는데, 엄마의 괴상한 기호에 맞춘 듯 유통기한이 지난 약들이 보관되어 있었다. 그러한 약은 복용해봤자 무용지물이 아닌가! 그러나 이런 논리적인 의심 자체가 무색할 정도로 십 년에서 이십 년까지 유통기한이 지난 알약과 크림도 발견되었다.

엄마의 방도 역시 뒤죽박죽이었다. 엄마의 고집 때문에 아버지의 손길이 미치지 못한 자잘한 물건이 모두 쌓여 있었다. 침대에는 각양각색의 비닐봉투를 매달아놓아 마치 노숙자의 보금자리 같았다. 침실 탁자 위에는 냅킨에 싸인 빵 껍질이 있었고, 니트 재킷에서는 달걀 두 개가 발견되었으며, 양말 속에는 1992년에 생산된 안약이 들어 있기도 했다. 이 난장판을 청소하려는 아버지의 시도는 번번이 무산되었다.

"당신 방이나 청소하세요!"

엄마는 아버지의 도움을 거부했다. 그러자 아버지도 "그렇다면 난 다른 곳도 청소할 수 없어!" 하고 고집스럽게 대응했다.

엄마, 아버지 사이에 작은 전쟁이 벌어진 것이다. 이 전쟁의 원인 가운데 하나는 바로 엄마의 신발이었다. 엄마는 이미 발에 문제가 있었고 걸을 때마다 통증에 시달렸다. 1990년대 초에는 무지외반증인 발가락을 곧게 펴는 수술을 받았다. 그 수술은 엄청난 고통이 수반되었으나 기대만큼의 성과는 없었다. 이제 문제가 심각해져서 엄마는 통증 때문에 산책 가는 것도 주저했다. 아버지는 수술로도 별 효과가 없자 이제 제화공에게 엄마의 발 형태에 꼭 맞는 신발을 제작해달라고 부탁했다. 그런데 엄마는 많은 비용이 든 그 신발이 너무 꽉 낀다며 신으려 하지 않았다. 아버지가 간곡히 부탁했지만 엄마가 보기에 그 신발은 너무 새것이었고 또 너무 비쌌다. 엄마는 주문 제작된 신발 한 켤레를 보란 듯이 계단 위에 놓아두었다. 신발을 '소중히' 다루겠다는 명목하에. 아내가 더 나은 신발을 신고 다시 정기적으로 산책을 가는 것을 바랐던 아버지는 엄마의 그러한 행동에 매우 화를 냈다. 그것은 엄마가 일상적으로 벌인 투쟁의 일부였다.

엄마는 언제나 밖으로 나가는 것을 꺼려했고, 특히 공원은 더 싫어했다. 작은 돌이 자꾸 신발 속으로 들어온다는 것이었다. 하지만 알고 보면 그 돌이라는 것은 대부분 그저 달갑지 않은 양말의 접힌 부분이었다. 통증을 일으키지 않으면서 엄마가 별 불만 없이 선뜻 신을 수 있는 신발은 오래되어 늘어난 샌들 몇 켤레 정도로, 당연히 겨울에는 신지 못하는 것들이다. 이 때문에 실제로 작은 돌이 발밑으로 굴러들어온다고 해도 결코 이상한 일은 아니었다.

또다른 충돌의 원인은 라디오였다. 아버지는 라디오를 계속 틀어놓는 엄마의 습관을 고치게 하려고 노력했다. 그러면 엄마는 또 그 반대로 노력했다. 부엌뿐 아니라 엄마의 침실에서도 라디오 소리가 계속해서 흘러나왔다. 이 소리는 특히 밤에 아버지의 신경을 긁었다. 아버지는 아내의 라디오 강박증을 일종의 방어행동으로 이해했다. 아버지가 어떤 행동을 못 하게 할 때 엄마는 항상 이렇게 말했기 때문이다.

"쉿! 라디오 소리가 안 들리잖아요."

어떠한 경제위기나 정치적 변화에 관한 뉴스도 엄마는 그냥 흘려듣지 못했다. 그러나 그 순간이 지나면 엄마에겐 그 어떤 정보도 남아 있지 않았다. 삼십 분만 지나도 똑같은 내용이 다시 최신 뉴스가 되어 엄마를 흥미진진하게 만들었다. 엄마는 그저 돌아가는 사정을 잘 알고 싶었던 건지도 모른다. 단기 기억력이 없다면 그 사람은 중요한 것들을 놓치거나 잊어버릴까봐 끊임없이 두려워할 수밖에 없다. 아버지는 엄마의 라디오 청취 습관을 고립감의 신호로 해석하고 모든 것을 감수하기로 했다.

공식적으로 치매라는 진단을 받지 못했으니 엄마의 변화를 설명할 만한 명확한 의학적 소견도 없었다. 그래서 아버지는 거침없이 자신만의 심리적 해석을 내놓기 시작했다.

"내가 지금까지 그레텔을 충분히 보살펴주지 못했기 때문에 이제 내게 되갚아주려나봐."

먼지 및 곰팡이와 함께했던 금년 크리스마스의 여파로 우리 남매들과 아버지는 긴급 대책회의를 열게 되었다. 우리는 아버지를 위해 집안일을 도와줄 사람을 구해주고 싶었다. 그런데 아버지는 가사도우미를 원치 않는 걸까? 아버지는 심지어 이렇게 말하기도 했다.

"청소하는 건 꽤 재밌어! 바닥 닦는 일을 도우미에게 빼앗기고 싶지 않아. 진공청소기도 별로야. 그보다는 손으로 멋지고 두꺼운 먼지 깃털들을 모두 거두어들이고 싶어. 무릎만 조금 굽힌다면 허리에도 좋을 거야. 중요한 건 내가 몇 번씩 구부리게 된다는 거야. 어차피 운동이 많이 부족하니까."

처음으로 나는 아버지가 그 모든 일을 다 해낼 수 있을지 심각하게 걱정이 되었다. 비록 이론적으로는 엄마가 아직 많은 것을 할 수 있었지만, 이젠 씻거나 옷 갈아입는 일에도 전혀 관심을 보이지 않아 일상생활을 일일이 지도해주어야 했다. 아버지는 자신에게 무슨 일이 일어날지 알고는 있는 걸까?

"너희들 그거 아니? 나는 존 베일리가 소설가이자 알츠하이머를 앓았던 자신의 아내 아이리스 머독에 관해 쓴 책(『아이리스』, 김설자 역,

소피아, 2004)을 읽었어. 거기에는 그가 어느 때 부인과 함께 침대에 누워 모든 혼란을 잠재웠는지 쓰여 있어. 그렇게 하는 게 최고의 해결 방법이고 가장 옳은 일이라고 생각했던 거지. 나도 그게 하나의 방법이라고 생각해. 지금 집이 조금 어질러진 게 그렇게 나쁜 일은 아니라는 거지."

물론 아버지는 엄마의 성년후견 신청에 동의하고 법정대리인이 되어 보살펴주기로 했다. 그렇다면 음식은 어떻게 되는 걸까? 아버지는 과일 샐러드를 제외하고는 아직 특별히 요리를 해본 적이 없었다.

"그러면 내가 전력을 다해 요리를 해보겠어!"

아버지가 도전적으로 대답했다.

"하지만 이건 몇 번 요리를 해보는 걸로 끝날 문제가 아니에요."

우리는 아버지의 잘못된 생각을 꼬집었다.

"매일 제때 식사를 해야 한다고요."

"그렇다면 지금 당장 배우겠어!"

엄마가 지금 있었다면 아마 날카로운 논평을 날렸을 것이다.

"그걸 누가 믿는다고⋯⋯"

크리스마스이브에는 아흔세 살의 친할머니가 누나와 함께 파티 음식을 준비했다. 음식은 할머니만의 요리법으로 만들어진 그 '유명한' 치킨 프리카세였다. 촛불이 밝혀져 있어 모두가 모인 자리의 분위기는 그야말로 화사했다. 증손주, 손주 그리고 자식들이 품위 있고 단정하게 머리를 손질한 할머니의 주변에 둘러앉았다. 할머니는 여전히 정신적, 신체적으로 모두 건강했다. 그러나 엄마에게는 이렇게 크고 둥근 테이블이 점점 힘들어졌다. 대화를 잘 따라오지 못했는데, 특히 사람들이 모여 와글와글 이야기할 때는 더욱 그러했다. 그런데 오늘밤은 엄마가 달라진 모습이었다. 조금 흐트러진 듯했지만 크리스마스 노래를 함께 불렀다. 이전부터 널리 알려져온 글을 낭독했고, 노래할 때는 후렴구를 두세 줄 정도 외워서 함께 부르기도 했다. 엄마는 두 손자가 낭독하는 크리스마스 시를 열심히 듣고 큰 박수갈채를 보내기도 했다.

오늘밤 엄마의 내면에서만 흐르던 운하가 활짝 열리며 오래전에 묻어두었던 기억이 마구 쏟아져나왔다. 엄마는 우리가 여태껏 들어보지 못했던 자신의 어린 시절 이야기를 들려주었다.

"어릴 때 나는 산타클로스를 무서워했어."

엄마가 말했다.

"그리고 학교에서 우리는 '하일, 히틀러' 하고 외쳐야 했지."

이때 엄마는 실제로 오른팔을 위로 들어올렸고, 또 엄격했던 선생님이 매일 아침 손과 손톱을 검사했다고 설명했다. 손이 청결하지 않은 사람은 회초리로 벌을 받았다고도 했다. 엄마는 손을 테이블 위에 올려놓고 마치 검사를 받는 사람처럼 손바닥이 위로 오게 돌려 자신의 옛날이야기에 배경 효과를 더했다. 순간 엄마는 자신의 기억력에 스스로도 놀란 듯 가만히 손을 들여다보았다. 어쩌면 그저 이야기의 맥락을 잊어버린 것일 수도 있었다.

잠시 뒤 엄마는 갑자기 내가 아기였을 때를 떠올렸다. 벌거벗은 나를 어떻게 두 팔로 안고 있었는지 그리고 거의 두 살 때까지 내게 젖을 물렸던 것까지도.

"튀니지 우유는 위험했거든."

내가 태어나고 일 년 뒤에 우리는 튀니지로 이사를 갔다. 아버지가 그곳 대학에서 두 학기 동안 강의를 했기 때문이다. 할머니는 엄마가 튀니지랑 그후에 에콰도르에서 보냈던 몇 년간의 체류생활을 준비하고, 그곳의 어려운 환경 속에서도 집안일을 하고 가족을 보살핀 것에 대해 다시 한번 칭찬했다. 엄마는 시어머니의 칭찬에 수동적인 반응을 보였다. 원래 주변에서 자신을 치켜세우는 것을 별로 좋아하지 않았다.

"아니에요! 그건 당연했어요. 저는 항상 모든 것을 스스로 해왔는걸요. 제 웨딩드레스도 직접 바느질했어요. 별거 아니었어요."

"얘야, 기억하니?"

할머니가 말했다.

"그때 튀니지에는 정말 아무것도 없었지."

할머니는 당시 우리의 짐을 아프리카로 운송해주던 화물선에서 불이 나는 바람에 타고 남은 일부 물건만 도착했던 일을 회상했다.

"나는 그것이 행운이었다고 생각해."

아버지가 말했다.

"우리가 쓸모없는 잡동사니에서 해방되어 조용히 북아프리카의 빈집을 아름답게 꾸밀 수 있었으니까."

그러나 엄마는 그때 불타버린 엄청난 양의 기저귀를 다시 받게 되길 고대했다. 그 당시 튀니지에는 팸퍼스 기저귀가 매우 부족했기 때문에 할머니가 방문하겠다고 엄마에게 연락하자 팸퍼스를 가져다 달라고 부탁한 것이다.

"내가 기저귀를 들고 도착했을 때, 나는 그때처럼 행복해하는 그레텔의 모습은 아직 한 번도 보지 못했어."

할머니가 그렇게 확신하자 뒤이어 엄마가 반사적으로 대답했다.

"제가요? 저는 그렇게 생각하지 않아요!"

할머니는 잠시 깊은 생각에 잠겼고, 우리에게 자신의 인생에 일어났던 가장 큰 재앙에 대해 말했다.

"그 일 역시 바다에서 생긴 사고였는데 전쟁 직후에 일어났지."

그 시절 할머니는 엄마와 남편 그리고 아들 둘과 함께 폭격을 맞은 함부르크의 방 두 개짜리 작은 아파트에서 살고 있었다. 할머니의 엄마, 그러니까 증조할머니는 딸의 부담을 덜어주기 위해 둘째 딸이 이민 간 호주로 떠나기로 결심했다. 둘째 딸의 연락처를 받고 수개월 간의 노력 끝에 화물선 좌석을 얻게 되었다. 여행은 아프리카 남단을 돌아 약 여섯 주가 소요되었는데, 도중에 배 안에서 대상포진이 발병했다. 일흔 살의 고령이었던 증조할머니는 감염되었고, 결국 쓸쓸히 죽음을 맞이했다. 증조할머니의 주검은 희망봉에서 깃발 천에 싸여 바다에 내던져졌다. 시드니에서 마중나와 기다리던 둘째 딸 앞으로 배와 함께 도착한 것은 증조할머니의 가방뿐이었다.

함부르크에 있던 우리 할머니에게 증조할머니가 돌아가셨다는 소식은 일생에서 가장 큰 충격이었다.

"내가 지금까지 쓴 편지를 엄마는 단 한 장도 받아보지 못했어."

할머니는 이야기를 마치며 눈물을 쏟아냈다. 그러고는 이내 아버지의 팔을 꽉 움켜쥔 채 슬픔을 이겨내지 못하고 맥없이 쓰러졌다. 분명 쇼크 상태였다. 우리는 반쯤 의식을 잃은 할머니를 서둘러 침대로 옮겼다. 밤에 잠이 들기 전, 문득 엄마가 지금 예전에 증조할머니가 호주로 떠났을 당시와 같은 나이라는 사실이 떠올랐다. 건강할 때 엄마는 먼 곳으로 자주 여행을 갔는데 그때마다 잘 연락이 되지 않았다. 그 여행이 얼마나 걸릴지 아무도 알지 못했는데, 엄마는 늘 알려지지 않은 곳으로 향했다.

아침을 먹을 때 할머니는 어느 정도 회복되어 있었다. 크리스마스이브에 정신을 잃었다는 사실에 할머니는 확실히 당황해했다.

"그건 분명히 레드와인 탓이야. 누군가 계속 레드와인을 따라주었다니까!"

그러나 할머니는 모든 것을 다 기억하지 못했다. 반면에 엄마는 침실에 앉아 일정표를 꼼꼼히 점검하고 있었다. 엄마는 아침식사 자리에 나오지 않고 그 자리에서 전날 밤에 있었던 일을 떠올려보려고 골똘히 생각에 잠겨 있었다. 그러다 자책하듯 혼잣말을 했다.

"이런 멍청한 할망구! 어제 무슨 일이 있었는지 전혀 모르겠어."

엄마는 굉장히 우울해했고 어젯밤의 좋았던 기분을 찾아볼 수 없었다. 그러나 나는 잠깐씩 반짝이는 엄마의 기억력을 보면서 기억력 감퇴가 혹시 우울증 때문은 아닐까 하는 희망을 품기도 했다. 한번은 어떤 의사가 실제 거의 모든 치매 환자들이 한동안 우울증에 시달린다고 설명한 적이 있다. 나는 엄마가 우울증을 앓기 때문에 건망증에 걸렸다는 추측을 믿지 않았다. 자신의 인격체가 점점 소멸되고 있다는 사실을 안다면 누구든지 깊은 상심에 빠질 것이다. 그런데 엄마는 지금 슬프기 때문에 건망증에 걸린 것일까, 아니면 건망증에 걸렸기 때문에 슬픈 것일까?

유쾌하고 자신감 넘치던 한 여성이 아무도 모르게 이 같은 경도 치매에 걸려 무너질 수 있다는 사실을 나는 상상조차 할 수 없었다. 누나들은 나와 다르게 생각했는데, 엄마가 오랫동안 자신의 괴로움을 표현하지 않고 속으로 억누르기만 했기 때문에 어찌 보면 당연한 결과라고 여겼다. 나는 기본적으로 우울증이라는 의견을 전혀 부정하지 않았다. 오히려 엄마가 심리적 질병을 앓고 있다는 게 솔직히 더 마음에 들었다. 치매에 비해 우울증은 최적의 장점을 지니고 있기 때문이다. 치료가 가능하다는 장점.

"내 머리를 검사하고 싶어하는 사람이 있어."

눈부신 기억력을 보여주었던 크리스마스 만찬 이후 몇 주가 지나 엄마가 전화로 내게 속삭였다.

"그건 별로 좋은 생각이 아닌 것 같아."

엄마는 또다시 아버지에 대해 불평했다.

"그 사람은 내 머리에 관해서 무언가를 꾸준히 하고 있어. 난 아무것도 모르고! 내가 그에게 뭐라고 하면 그는 틀림없이 하지 않았다고 할 거야."

곧이어 아버지가 내게 전화를 걸어 엄마가 계속 울고 있다고 전했다. 아버지는 자기가 무엇을 더 어떻게 해야 할지 모르겠으며, 엄마는 방에서 전혀 나오지도 않고 한참 동안 일정표만 뚫어지게 보고 있다고 했다. 멀리서 훌쩍거리는 엄마의 소리가 들렸다. 나는 아버지에게 엄마의 기분을 풀어줄 수 있게 전화를 바꿔달라고 했다.

"그레텔, 와서 전화 좀 받아봐. 당신 아들 다비트야."

"됐어요, 그러고 싶지 않아요."

엄마의 목소리가 작게 들렸다.

"그러지 말고 와서 받아봐요. 다비트가 좋아할 거야."

"싫어요, 그럴 수 없어요."

"네 엄마가 협조를 안 하는구나."

뒤쪽에서 엄마의 훌쩍거리는 소리가 다시 커지는 동안 아버지가 무뚝뚝하게 말했다. 이것이 내가 기대를 걸었던 우울증인 것일까?

당신한테 활짝 피어 있는
꽃을 보여줄게

아버지의 정원이

시작되다

봄이 서서히 다가오고 있었고, 집에서 소식을 듣지 못한 지도 꽤 오래
되었다. 나는 엄마가 우울한 상태에서 벗어났기를 간절히 바랐다. 그
러던 어느 날 휴대전화가 울리고 부모님의 전화번호가 떴을 때 내 머
릿속엔 최악의 상황이 떠올라 가슴이 좋아들었다.

"안녕, 다비트! 지금 뭐하니?"

놀랍게도 엄마의 밝은 목소리가 들려왔다.

"저는 엄마랑 얘기중이에요."

"그럼, 절대로 말하면 안 된다."

갑자기 음모를 꾸미는 듯 엄마가 소곤거렸다.

"내 이름이 그레텔이라는 것을."

그리고 나서 덜커덩하더니 쿵 하는 소리가 들렸다. 분명히 엄마

가 손에서 수화기를 떨어뜨린 것이다. 잠깐 동안 알 수 없는 소음과 엄마의 투덜대는 소리가 들려왔다. 수화기를 다시 집으려는 시도가 소용이 없었던 것이다.

"도대체 어디에 있는 거야, 이런 망할! 도대체 내가 이걸 어디에 놓은 거야, 이런 멍청이!"

결국 엄마는 깊은 한숨을 내쉬었고, 나는 삐걱거리는 마룻바닥 소리를 통해 엄마가 전화기에서 멀어지고 있음을 알 수 있었다.

"엄마! 엄마! 저 여기 있어요!"

내가 엄마를 큰 소리로 불렀다. 마침내 나는 엄마의 주의를 끄는 데 성공했다. 엄마가 멈춰 섰다.

"저 여기 있어요, 그레텔! 여기요!"

엄마는 되돌아와 소리가 들리는 곳으로 갔고, 이번에는 자신의 이름을 부르는 소리가 흘러나오는 수화기를 발견했다.

"아직 살아 있는 거니?"

엄마가 걱정스럽게 물었다.

"네, 저는 괜찮아요."

"계속 그렇게 하렴. 살아 있어야지."

엄마는 안심하며 말했다.

"수화기가 떨어졌어, 멍청하게도 내가 떨어뜨린 거야."

엄마가 그렇게 우왕좌왕하는 걸 거의 본 적은 없었지만 그래도 나는 기뻤다. 엄마는 대체로 기분이 좋은 것 같았고 우리의 마지막 통화 때보다 훨씬 나아진 모습이었다. 다행히 엄마는 유머 감각을 잃지 않았다. 설사 아들을 손에서 떨어뜨렸을지라도.

아버지의 말에 따르면 그동안 엄마는 항치매제, 그러니까 특수한 알츠하이머 약물을 복용했다. 그것은 엄마가 그토록 원했던 그 알약이었다. 유감스러운 것은 엄마가 그사이 자신이 소원했던 일을 기억하지 못했고, 아버지는 엄마가 규칙적으로 약을 먹을 수 있도록 바쁘게 움직여야 한다는 점이었다. 하지만 4주 동안의 약물 치료 기간이 지난 후에 아버지는 엄마의 인지능력에 차도가 없으며 오히려 소화기능이 많이 악화되었다는 사실을 알게 되었다.

그래도 의사는 이제야 결국 엄마의 병을 치매라고 똑바로 불렀다. 사실 알츠하이머라는 진단을 확실히 내리기 위해서는 몇 가지 영상검사를 더 받아봐야 했지만, 엄마가 너무 혼란스러워했기 때문에 뇌 촬영을 진행하는 것은 불가능했다. 낯선 컴퓨터 장치나 MRI는 엄마에게 커다란 공포감을 주었고, 아무리 그 과정을 잘 설명하고 안심시키려 해도 금방 다시 잊어버리고 말았다. 단층촬영을 하기 위해 테이블에 누워 동그란 통 안으로 들어가려 할 때는 패닉 상태에 빠졌기 때문에 엄마가 움직이지 않게 하는 것은 불가능했다.

엄마가 알츠하이머임을 알기 위해서는 PET(양전자단층 촬영) 검사를 해야만 했다. 알츠하이머 환자에게 전형적으로 나타나는 뇌 속의 단백질 침전물을 확인하는 검사였다. 엄마는 커다란 컵에 담긴, 방사성 입자가 들어 있는 우윳빛 액체를 마셔야 했다. 하지만 엄마는 그 대신 방사선과 의사에게 단호하게 말했다.

"저는 그게 필요 없어요!"

그러자 의사는 매정하게 대답했다.

"의사는 저예요!"

엄마는 이 퉁명스러운 반응에 더 심한 거부반응을 보였고 검사는 중단될 수밖에 없었다. 아버지는 전문의의 분별없는 태도에 매우 놀랐고, 그 의사가 치매 환자 치료에 대한 교육을 더 받아야 한다고 지적했다.

"그레텔의 치매를 뭐라고 부르든 결국 아무런 상관이 없어."

아버지가 격분하며 말했다.

"알츠하이머, 혈관성 치매, 전두엽 치매, 루이소체 치매, 픽병 등이 있는데 결국 증상은 다 똑같아. 병원 치료도 똑같이 소용없는 짓이지."

항치매제가 효과를 나타낸다 해도 그것은 병의 진행을 몇 개월 지연시키는 정도였다. 아버지는 한 연구 잡지에서 어떤 학자의 글을 읽었는데, 그는 알츠하이머를 위한 효과적인 약의 연구에 대해 다음과 같이 평했다.

"그것이 어떻게 작동하는 건지 전혀 이해하지도 못하는데, 어떻게 뇌를 치료할 수 있단 말인가?"

아버지는 엄마가 약을 복용한 뒤에도 일시적이나마 안정되었다는 느낌을 받지 못했다고 했다. 아버지의 느낌에 엄마의 상태는 오히려 빠르게 악화되는 것 같았다. 엄마의 격앙된 기분은 몇 주 전부터 추가로 받은 항정신병 약물, 즉 신경에 영향을 미치는 약과 관련이 있을 수 있었다.

의사는 그 약이 '엄마가 보이는 낯선 것에 대한 두려움이나 불신 그리고 그간 쌓아온 사회적 관계망을 끊고 후퇴하려는 경향'을 줄여줄 것이라고 했다. 그러나 아버지는 이 또한 회의적으로 보았다. 엄마는 더이상 울먹이지 않았고 낙담하지도 않았지만, 항정신병 약물을 복용하기 전보다 전체적으로 더 소극적이고 의욕 없는 모습이었다. 또한 그 약은 엄마의 체중 증가와도 관련이 있는 것 같았다.

시간이 지나 엄마는 '진료 레벨 1'에 속하게 되었고, 아버지는 보험회사에서 엄마의 간병비로 매달 이백이십오 유로씩 받게 되었다. 아버지는 가톨릭계 자선단체인 카리타스회♜의 한 부인과 상담을 나누기도 했다. 그 단체는 일주일에 한두 번, 아버지가 장을 보거나 운동할 수 있도록 한 시간 정도 도움을 주려고 했다. 아버지는 엄마가 보다 중증환자들이 속하는 '진료 레벨 2'로 판정받으면 더 많은 의료 지원을 받아 지금보다 훨씬 다양한 활동을 할 수 있을 거라고 말했다. 하지만 그러기 위해선 다시 의사에게 가야 하고 감정인과 티격태격해야 하기 때문에 치매 초기 환자가 그런 판정을 받는 것은 힘든 일이라고 했다. 심지어 해당 유형에 속할 수 있도록 진료 레벨을 상승시키라는 권고를 받기도 했다.

아버지는 다음 신청 절차를 준비하기 위해 간호 기록을 작성해야 했고, 엄마의 증상을 적은 메모를 내게 보내기도 했다.

메스꺼움, 피로, 쇠약, 콧물, 불안, 더이상 단어를 떠올리지 못함, 인지능력 감소, 행동 및 수행 능력 감소, 예를 들어 화장실에서 바지를 추켜올리는 것과 같은 수작업능력 감소, 딱딱한 것을 더이상 먹지 못함, 퓨어 버터를 가장 좋아함, 축축하고 차갑고 뜨겁고 날카로운 것을 무서워함, 매운맛을 제외한 모든 미각을 느끼지 못함, 눈을 감고 침대에 똑바로 누워 있음, 햇빛이 비치면 커튼으로 차단함, 삼십 분 이상 산책하지 못함, 낮과 밤을 제대로 인식하지 못함, 평상복과 잠옷을 혼동함.
약물 치료 : 아리셉트 10밀리그램(치매 치료약), 리스페달 0.5밀리그램(항정신병 약). 그러나 효과 없음.
오늘, 2008년 5월 14일에는 아침으로 달걀을 먹었음.

아버지는 특히 엄마의 고집과 끊임없이 싸워야 하는 것에 대해 하소연했다. 그러면서 엄마가 보이는 그 고집스러움은 자신의 존재를 위해 필사적으로 싸우는, 마지막 남은 그녀의 자존심이라고 했다.
"그레텔이 이해가 되기도 해."
아버지가 전화로 내게 말했다.

"아침부터 밤까지 하루종일 다른 사람이 자신을 감독하고 있으니까. 내가 낙담하는 것은 그레텔이 나를 좋아하지 않는다는 사실이야. 그래서 오히려 악화될 뿐이지. 점점 더 속으로만 움츠러들고 있어. 자기 방에 있는 걸 가장 좋아하고 밥 먹을 때만 모습을 드러내지. 막 식사를 끝냈을 때도 밥은 언제 주느냐고 계속해서 묻는단다."

아버지는 엄마가 곧 자신의 마지막 관심사까지 포기하지 않을까 하는 걱정으로 몹시 괴로워했다. 게다가 아버지는 엄마의 활동을 유도하기 위해 매번 끈질기게 엄마와 씨름을 했다. 이제 엄마는 합창이나 현악사중주 연습에 가지 않기 위해 매번 새로운 핑계를 생각해냈다. 예를 들어 더이상 악보를 볼 수 없다거나 연습을 충분히 하지 못했다고 우기는 것이다. 한번은 연습을 하러 출발하기 직전, 며칠 전에 손가락을 다쳐서 더이상 연주를 할 수 없을 것 같다고 말하기도 했다. 아버지는 속이 빤히 들여다보이는 변명임을 감지하고, 엄마가 바이올린을 연주할 때 도와줄 음대생을 구하기로 했다. 그러나 엄마는 이 제안을 거절했다.

"내가 알지도 못하는 사람이에요."

또한 한 시간에 이십 유로는 너무 비싸다며 연습하는 데 도움은 필요치 않다고 했다.

사사건건 엄마와 맞서 싸워야 했던 아버지는 얼마나 힘들었을까! 아버지가 엄마를 고무시키기 위해 엄청난 에너지와 상상력을 동원하는 것을 보고 나는 정말 놀라지 않을 수 없었다. 아버지는 엄마와 함께 음악을 연주하기 위해 플루트 교습을 받기 시작했다. 그뿐 아니라 엄마가 기쁨을 느끼기 바란다며 정원 가꾸기에 달려들기도 했다. 그러나 아버지의 이 모든 생각은 너무 때늦어버린 것처럼 보였다. 엄마에게 활기를 전달하기 위한 아버지의 의도적인 플루트 연주는 아무런 힘도 발휘하지 못했다.

"그리고 집 전체도……"

아버지가 전화로 한숨을 쉬었다.

"예전에 그레텔은 집을 잘 가꿨어. 새로 고치고 페인트칠을 하고, 아니면 꽃을 따는 일처럼 손을 움직이는 소일거리를 찾는 게 그레텔을 위해서도 좋을 것 같은데…… 그레텔이 왜 그러는지 모르겠어."

아버지의 열의 속에서 간혹 비관적 숙명론이 엿보이기도 했다.

"그레텔이 계속 그런 식으로 한다면 일 년 정도밖에 살지 못할 거야. 언젠가는 말도 하지 못하고 화장실도 가지 못하겠지. 그리고 그다음에는 어떻게 되는 거지?"

아버지의 우울한 목소리는 나를 무섭게 만들었다. 정말 벌써 그렇게까지 진행되었단 말인가? 나는 상상조차 하지 못했다. 아버지의 비관적인 생각은 누나들의 생각과도 다른 것이었다. 그사이에 아버지까지 우울해진 것일까? 전화로는 판단을 내릴 수가 없었다. 나는 상황을 파악하기 위해 곧바로 출발해야 했다.

2008년 가을, 엄마의 치명적인 고관절수술 이후 이 년이 흘렀다. 금융위기를 맞아 세계경제가 흔들리는 동안 나는 기차를 타고 독일의 경제 중심지인 프랑크푸르트로 들어서고 있었다. 도이치뱅크의 반짝이는 고층 유리 빌딩을 보며 치매에 걸리지 않은 사람들조차 세상을 조금도 이해하지 못하는 건 아닐까 하는 생각이 들었다. 신문에서 내가 상상도 할 수 없는 금액을 읽으면 현기증이 일었다. 아버지는 컴퓨터 프로그램을 개발한 수학자로서 일부 책임을 느낀다고 말했다. 그 프로그램에 근거한 예측과 잠정적 집계가 오늘날 은행과 세계경제 시스템을 파멸의 경계로 몰아세운 대규모 사업을 벌이도록 만들었다는 것이었다.

원래 아버지가 마중나오기로 했지만, 늦을 것 같다는 문자 메시지가 왔다. 나는 그냥 전철을 타고 가기로 했다. 삼십 분쯤 후 바트홈부르크에 도착하자 흐릿했던 가을의 오후는 훨씬 더 어두워져 있었다. 그곳에서도 나를 기다리는 사람이 없어 길을 걷기 시작했다. 그런데 저 앞, 절대 주차금지 구역인 버스 정류장에 당당히 세워져 있는 부모님의 차가 보였다. 처음에는 운전석에 앉아 있는 아버지만 보였는데, 가까이 다가가자 뒷좌석에 있는 엄마도 보였다. 보조석 차문을 열고 아버지께 인사를 건네자 아버지가 쓴웃음을 지어 보였다. 그러고 나서 나는 뒤에 있는 엄마 쪽으로 몸을 돌렸다. 뒷좌석에는 엄마가 버릇없는 여자아이처럼 무언가를 잡아뜯으며 뾰로통해 있었다.

"안녕하세요, 엄마! 나와주셔서 정말 기뻐요!"

"글쎄, 난 그렇게 좋지는 않아."

엄마가 고집스럽게 우물쭈물하며 대답했다.

"그래도 아무것도 아닌 것보단 나아!"

나는 미소를 보냈고 아버지는 차를 출발시켰다. 아버지는 엄마와 작은 전쟁을 치르느라 늦었다고 했다. 엄마가 역으로 아들을 마중나 가야 한다는 아버지의 말을 믿지 않았던 것이다.

"그리고 어렵게 차에 태웠더니 이제는 안전벨트를 안 매려고 하는 거야."

"당신 정말 미쳤군요!"

엄마가 뒤에서 항의를 했고 우리는 모두 크게 웃었다.

저녁은 평화로웠고 모든 분노는 사라진 듯 보였다. 아버지가 저녁식사를 준비했는데 어느 틈엔가 요리사 역할을 완전히 받아들인 듯했다. 요리를 지속적인 요리법을 발명해내야 하는 새로운 연구 분야로 여기는 듯 보였다. 오늘의 메뉴는 파인애플을 곁들인 대구요리였고, 디저트로는 정원에서 따온 박하를 곁들인 마르멜로 빵이었다.

엄마의 기분을 풀어주기 위해 인기 드라마 〈폴티 타워스Faulty Towers〉를 가져왔지만 영국 시트콤을 보며 아직도 뭔가를 할 수 있을지 확실치는 않았다. 드라마는 무능한 사장이 경영하는 영국 남쪽 해안의 한 몰락한 호텔을 중심으로 펼쳐지는 이야기였다. 엄마는 보통 텔레비전을 몇 분 정도 보다가 금세 흥미를 잃곤 했지만 〈폴티 타워스〉는 기꺼이 시청했다. 이미 한 번 즐겨 보았던 드라마라는 사실을 기억하진 못했지만 추억을 불러일으키기엔 충분했다.

"나도 바로 저런 호텔에서 일을 했어! 바로 저기야! 사장도 정말 똑같고 제대로 돌아가는 건 하나도 없었어."

엄마가 시트콤을 끝까지 지켜본 뒤 말했다.

"그때 나는 영어를 공부했고 폴 앵카의 음악을 들었지. 아침에는 언제나 바닷가로 수영을 하러 갔어."

거의 십 년 전, 영화 학교 지원 당시 엄마가 나를 위해 써주었던 그곳의 경험을 더이상 기억하진 못했지만 오십 년 전 간직해둔 시간 그 자체는 엄마의 눈앞에 생생히 남아 있었다.

"난 수영 강사와 사랑에 빠졌고 T. S. 엘리엇의 시를 읽었지."

아버지는 이날 저녁처럼 그렇게 활기찬 엄마를 실로 오랜만에 봤다고 했다.

내가 엄마에게 밤인사를 하려고 침대맡에 앉았을 때도 엄마는 여전히 옛일을 추억하고 있었다.

"말테에게 어떻게 말했는지 모르겠어. '아이를 하나 더 갖고 싶어요. 셋 정도가 가장 좋을 것 같아요!'라고 했던가. 그렇지만 말테는 아이를 전혀 원치 않았어."

나는 매우 놀라서 바라보았고 엄마는 측은한 미소를 보냈다.

"아이를 갖고 싶니?"

"네, 기본적으로는 그렇죠."

"분명 잘될 거야. 혼자서는 할 수 없다는 걸 나는 잘 알고 있지."

엄마는 상황을 잘 분별했다! 그런데 사실 아버지가 나를 원치 않았다는 게 정말이었을까? 조금 뒤 맥주를 한잔 마시러 부엌으로 갔을 때 아버지에게 그 일에 관해 물어보았다. 아버지는 생각에 잠긴 채 두 눈썹을 바짝 치켜세웠다.

"글쎄, 사실 내가 너를 원하지 않았다고는 말할 수 없어. 하지만 그레텔이 가끔 내가 어린 너를 잘 돌보지 않는다고 비난했던 건 사실이야."

나는 어릴 때 한 번도 소홀히 다루어졌다거나 아버지의 '부재'를 느껴본 적이 없었다. 아마도 내가 그런 느낌을 받지 않도록 엄마가 언제나 살뜰히 챙겨주었기 때문일 것이다.

다음날 아침, 전날 밤의 고조된 기분은 다시 사라져버렸다. 아침 식사를 하기 위해 내려왔을 때 아버지는 엄마를 막 일으켜세우려 하고 있었다.

"어서, 그레텔, 아침 먹어야지. 당신 아들이 집에 와 있잖아. 우리랑 같이 식사를 하고 싶어한단 말이야!"

아버지는 과일 샐러드를 준비했지만 엄마는 관심을 보이지 않았다. 아버지는 실망한 얼굴로 방에서 나왔고 우리는 같이 커피를 마셨다. 어젯밤은 정말 평온히 지나갔고, 아버지에게 듣기로 엄마는 다른 곳을 헤매지도 않았다. 엄마는 주로 밤에 화장실을 찾아 헤맨다고 했다. 그런데 엄마의 가장 큰 문제는 집안을 헤매거나 집 밖으로 나가는 게 아니라, 침대에서 아예 나오지 않는 것이었다.

"가서 네 운을 한번 시험해보렴!"

아버지가 격려했다. 나는 엄마의 방으로 가서 침대 위에 일어나 앉아 있는 엄마를 보았다. 엄마는 얼굴에 근심 어린 깊은 주름을 새기고 다이어리를 뒤적이고 있었다.

"이걸 어떻게 해야 할지 모르겠어."

엄마가 중얼거렸다.

"뭘 해야 하는데요?"

엄마는 내게 메모와 쪽지가 수북한 자신의 일정표를 보여주었다. 메모의 일부는 달력 페이지에 클립으로 고정되어 있었다. 내용을 헤아리는 게 불가능해 보였다. 이것을 보고는 전체적인 개요를 이해하지 못하는 게 당연했다.

"더이상은 못하겠어. 할 수 없어."

엄마가 신음 소리를 내며 고개를 저었다.

"끔찍한 건 아이들을 마중나가야 한다는 거야. 이것 좀 봐!"

그리고 내게 메모지를 하나 보여주었다.

금요일(11월 16일) 오후 두시 출발.

유치원에서 믹+레온 마중 : 두시 오십분(혹은 두시 사십오분).

그런 다음 아카데미로 출발. 가능하면 세시 십오분에 도착해서 네

시 삼십분까지 맡겨둠.

그후에 믹이랑 놀아주기, 예를 들면 카페에서.

네시 삼십분 레온을 데려와 집으로 출발.

오후 여섯시 안나가 감자-채소-수프 재료를 들고 오면 샐러드 만들기.

"걱정하지 마세요."

나는 엄마를 안심시켰다.

"이 메모는 지난 일이에요. 지금은 10월인데 여기는 11월이라고 적혀 있잖아요."

"아, 그럼 곧 닥칠 일들이니?"

"글쎄요, 제가 보기엔 작년 일 같아요."

엄마는 손주들 돌봐주는 일을 가장 좋아했다. 아이들에게 책을 읽어주거나 함께 주사위놀이도 했다. 하지만 시간이 지나면서 그 모든 게 부담이 되었던 것 같다. 두 꼬마들 또한 개구쟁이가 되었고 시끌 벅적한 일도 많이 벌였다.

"그래, 정말 슬픈 일이야."

내가 엄마의 걱정에 대해 이야기했을 때 아버지가 말했다.

"그레텔은 손주들이 요구하는 걸 모두 들어주고 싶어했는데, 더 이상 해주지 못할까봐 많이 걱정했어. 수요일에는 항상 우리가 학교로 아이들을 데리러 간다고 합의를 했었지. 그런데 그레텔이 갑자기

'난 못하겠어요, 더이상 할 수 없어요'라고 하는 거야. 그것 때문에 말다툼을 크게 했어. 한번은 그레텔과 얘기하고 나서 화가 머리끝까지 치밀어올라 문을 걷어차는 바람에 발가락이 부러진 일도 있었지. 아이들이 학교에서 기다리고 있는데 그레텔이 가고 싶지 않다고 해서 내가 출발을 하지 못했거든."

그 순간 엄마가 헝클어진 머리에 잠옷을 입고 신발을 끌며 부엌으로 들어와 눈을 크게 뜨고 우리에게 물었다.

"먹을 게 좀 있을까?"

엄마는 아침식사를 했지만 바로 다시 침대에 누웠고, 점심때가 되자 똑같은 일이 처음부터 다시 시작되었다.

"어서, 그레텔, 같이 정원에 한번 나가보자고."

아버지는 살살 달래기 시작했다.

"당신한테 아직 활짝 피어 있는 꽃을 보여줄게. 달리아 꽃이 아주 화려해보여!"

하지만 엄마는 아무런 반응도 보이지 않았다. 아버지는 다른 방법을 시도했다.

"당신 예전에 정원에서 기공체조를 했었지? 우리 다시 한번 시도해보지 않을래? 다비트도 같이 할 거야."

그러나 엄마는 그런 감언이설에도 넘어가지 않았다.

부모님이 사는 곳은 암퓔베르크라는 곳인데, 부모님 집에는 비교적 가파르고 경사진 테라스풍 정원이 딸려 있었다. 이곳은 작은 포도

원을 연상시키기도 했다. 사 년 전 이 집 주인이 숲을 산책하다가 뇌졸
중으로 쓰러져 혼수상태에 빠진 후로 삼층 건물 중 일층을 사용하던
그녀의 공간이 비워졌고 정원의 대부분도 황폐해졌다. 부모님은 아버
지가 은퇴할 때까지 이십 년 동안 이곳에 살면서 단 한 번도 토지에 관
심을 보인 적이 없었다. 그런데 아버지가 갑자기 외국으로 나갈 수 없
게 되고 엄마를 보살펴야 할 상황에 놓이자 정원 가꾸기에 몰두하기
시작한 것이다. 남아메리카의 안데스 산맥 봉우리를 정복하는 대신 헤
센 주의 작은 정원에서 잡초 뽑는 일에 전념하기로 한 것이다.

아버지는 잘 잊어버리는 아내를 위해 애쓰지 않아도 충분히 즐길
수 있는 멋진 무언가를 만들어주고 싶어했다. 그래서 점차 화단에 손
을 댔고, 허브를 심었으며, 작은 길을 복원했다. 이제 정원에는 로맨틱
한 장미 울타리가 조성되었고, 집에서 정원으로 이어지는 계단 난간
에는 매년 봄마다 시선을 끄는 담청색 메꽃이 피어났다. 가을인 지금
은 억센 호박넝쿨이 테라스 난간을 휘감았고, 통통한 오렌지색 과실
을 자랑스럽게 뽐내고 있었다.

엄마를 데리고 나오지 못하자 아버지는 내게 정원을 보여주었다.
늦가을이라 정원의 색채가 그리 화려하지는 않았다. 울긋불긋했던 백
합 화단은 거의 시들었고, 여름날처럼 샐비어와 백리향 향기도 감돌
지 않았다. 그러나 커다란 달리아가 회갈색 주변 풍경 속에서 부끄러

움도 모르고 노란빛으로 환하게 반짝이고 있었다. 분홍빛 국화도 볼 수 있었고, 아버지는 내게 흐린 하늘을 향해 씩씩하게 뻗어나간 청보랏빛 과꽃을 보여주기도 했다. 아버지는 원예장갑을 끼고 이곳으로 와서 끊임없이 무언가를 했던 것이다.

"내 계획은 그레텔과 여기서 함께할 수 있는 일을 찾는 거였어."

아버지는 나뭇잎을 치우며 설명했다.

"그런데 완전히 실패했지."

그러면서 높이 자란 해바라기 화단 옆을 지나 계속해서 나를 정원의 다른 곳으로 안내했다. 몇몇 해바라기는 거의 삼 미터는 자랐으며 시들어 거대한 머리 무게를 견디지 못하고 아래쪽으로 크게 고개를 떨구고 있었다. 아버지는 가던 길을 멈추고 고개를 들어 간신히 매달린 해바라기 머리를 지나 엄마의 침실 창문이 보이는 건물을 올려다보았다.

"그레텔이 어떻게든 여기서 손으로 할 수 있는 활동적인 일을 할 수 있을 거라 생각했어. 설령 인지능력을 상실한다 해도 말이지."

아버지의 머리 위로 지친 해바라기꽃이 마치 버팀목을 찾는 것처럼 흔들거렸다.

"그런데 네 엄마는 정원으로 내려오는 걸 싫어해. 여기에 들어서는 걸 무서워하지. 그레텔이 꽃을 보기 위해 발코니로 나와준다면 정말 기쁠 것 같아. 그리고 이런 말을 하는 거야. '정말 예뻐요, 예전에도 본 적이 있어요.' 그러고는 다시 안으로 들어가는 거지. 언젠가 한번은 내가 바라던 대로 그레텔이 내려와 정원이 예쁘다고 느낀다 해도 어쨌든 금방 다시 잊어버리게 될 거야. 그러면 난 자문諮問하겠지. '이런 게 무슨 의미가 있느냐'고."

아버지는 계속해서 나를 정원 아래쪽으로 안내했다. 잡초로 뒤덮인 엉겅퀴 화단을 지나 산딸기 관목을 밀치며 벚꽃나무 아래를 가로질러 걸어갔다. 석판을 깔아놓은 길은 여기서 끝나고 가파른 비포장 길이 이어졌다. 아버지는 벚꽃나무 아래에 아늑한 테라스를 증축할 계획이었다. 이미 엄청나게 많은 양의 돌을 쌓아올렸고, 소박한 베란다를 위한 경계선도 세워놓았는데 내년에는 이곳에 철쭉꽃을 심고 싶다고 했다.

"그레텔이 한 번쯤 잡초를 뽑아주길 바랐는데…… 돌을 여기로 가지고 내려올 때 딱 한 번 나를 도와준 적이 있었어. 앞치마를 두르고 거기에 작은 돌을 담아 옮겨주었지. 그땐 정말 행복했는데. 유감스럽게도 그게 끝이었어."

아버지는 생각에 잠긴 채 낙엽 사이로 의심스럽게 바스락거리는 쐐기풀 들판을 바라보았다.

"고슴도치도 이곳을 좋아하는데 그레텔은 왜 그럴까? 그 사람이 정원 일을 자기 자신이나 자신의 세상에 속하지 않는다고 생각하는 게 이상해. 그레텔은 건축가인 아버지로부터 풍부한 미감과 예술적 재능을 분명히 이어받았거든."

아버지는 작은 꽃을 꺾기 위해 무릎을 꿇었다.

"이것 좀 봐, 정말 예쁘지! 아네모네야."

아버지가 밝은 분홍색 꽃을 손가락 사이에 넣고 핑그르르 돌려보았다.

"이 꽃은 쉽게 볼 수 없는 건데 아마 가을아네모네라고 할 거야."

아버지는 잠시 동안 넋을 잃고 바라보았다.

"아직 네 엄마가 하고 있고 내가 근사하다고 생각하는 건 바로 조그만 꽃 장식품이야. 그레텔은 꽃잎이나 아주 작은 데이지를 가져다 접시 위에 얹거나 작은 잔에 꽂아두지. 얼마 전에 생각해낸 거야. 나는 그게 정말 굉장하다고 생각해. 여하튼 그것도 네 엄마가 생각해낸 거니까. 그렇게 아기자기한 것들이 정말 아름다워. 사람들도 모두 그쪽을 바라보지. 사람들의 이목을 끄는 장식품인데, 그건 그게 아주 작기 때문이기도 해."

돌아오는 길에 나는 눈에 잘 띄지 않는 것들을 좀더 자세히 보려고 노력했지만 뾰족한 바위와 미끄러운 나뭇잎만 쌓여 있는 거친 지형만 보았을 뿐이다.

"요즘 엄마하고는 좀 어때요?"

집 뒷문 앞에서 철쭉꽃 분갈이를 하는 아버지를 도우며 물었다. 우리 머리 위로 커다란 무화과나무의 큰 가지가 늘어져 있었는데, 군데군데 몇 개의 나뭇잎이 달려 있었다.

"글쎄, 그러니까……"

아버지가 화분 속의 흙을 삽으로 뜨다가 멈추었다.

"만약 한 사람이 파괴되면, 그러니까 뇌기능이 소진되면 그 사람 전체가 소진되는 것이나 다름없지."

아버지는 자리에서 일어나더니 위쪽에 있는 무화과 나뭇가지에서 말라비틀어진 나뭇잎을 떼어내버렸다.

"사람이 나이가 들면 기억의 가치가 전혀 달라져. 젊은 시절엔 끊임없이 미래에 대해서만 생각하는데, 언젠가 그 생각의 방향이 정반대로 향하게 되고, 뒤를 돌아보게 되는 거지. 사람이라면 꼭 그렇게 되어야 하고, 그렇지 못한다면 인생은 정말 무익해지는 거야! 그리고 바로 그렇기 때문에 노년에야 비로소 아름다운 인생을 사는 이가 많은 거지. 모든 사람은 언젠가 죽어. 그렇게 무無로 사라지지만, 그들은 기억 속에서 계속 살아가고 있는 거야."

아버지의 말이 온종일 머릿속에 남아 있었다. 그리고 할아버지가 존경했던 시인 장 파울의 문장 하나가 떠올랐다.

기억이란 인간에게서 몰아낼 수 없는 유일한 낙원이다.

할머니는 이 인용구가 적힌 종이 한 장을 서랍장 위 돌아가신 할아버지의 흉상 옆에 가져다놓았다. 그곳은 고인이 된 남편을 추모하기 위해 할머니가 마련한 작은 장소였다. 장 파울의 문장은 언제나 명쾌하고 위안을 주었지만, 엄마가 기억을 잃은 이후엔 우리가 기억의 낙원에서 축출되지 않을 거라는 보장은 어디에도 없다는 생각이 들었다.

저녁식사로 엄마와 함께 타이 수프를 요리할 계획이었다. 이 수프 요리는 엄마에게서 배운 것으로, 절대 잊고 싶지 않았다.

"엄마, 우리는 오늘 코코넛우유가 들어간 톰카가이 수프를 만들 거예요."

그러자 엄마는 마법의 주문에서 깨어난 것처럼 침대에서 벌떡 일어나 부엌으로 향했다.

"드디어 뭔가 먹을 게 생기는 거야?"

"네, 곧 생겨요. 하지만 그전에 먼저 재료를 구입해야 해요."

"이런, 세상에!"

엄마는 망연자실한 얼굴로 나를 쳐다보았다.

"난 돈이 하나도 없어!"

우리는 마침내 장바구니와 배낭을 메고 거리로 나왔고, 나는 마음이 한결 가벼워졌다. 그런데 얼마 못 가 갑자기 내가 완전한 미지의 세계로 들어섰음을 깨닫게 되었다. 난생처음으로 엄마가 나를 데려간 게 아니라 내가 엄마를 모시고 장을 보러 나온 것이다. 엄마는 어디로 가야 하는지 전혀 몰랐고, 목적지를 결정해야 할 사람은 나였다. 멍청하게도 나는 우리가 어느 방향으로 가야 할지 정확히 몰랐다. 고수나

레몬그라스같이 타이 수프를 위한 재료는 구하기 쉽지 않았다. 엄마가 예전에 어디로 장을 보러 갔는지 최대한 떠올려보았고, 터키 청과물 가게를 첫번째 장소로 정했다.

"뭘 찾는 거니?"

사람들이 지나치는 청과상 앞에서 엄마가 내게 물었다.

"고수요."

"고수? 이 멍청한 늙은이는 고수가 어떻게 생겼는지 이젠 전혀 모르겠어."

"제가 알 것 같아요."

나는 이렇게 중얼거리며 내가 아는 그 향과 맛을 지닌 향신료를 찾기 위해 열심히 노력했다. 그때 갑자기 엄마가 자신의 무능력함을 자각했으며 그런데도 기분 좋은 상태라는 사실을 깨닫게 되었다. 엄마는 흥미롭다는 듯 채소가 담긴 상자들 위로 몸을 구부렸다.

"그럼, 우리는 어떤 채소를 가져가야 하지?"

"샐러드요? 그건 수프를 만들 땐 필요 없어요. 그래도 저기 있는 빨간 거는 필요해요."

나는 토마토를 가리켰고, 엄마는 그 즉시 봉투에 토마토 담는 일을 도와주었다. 엄마는 어떤 것이 좋은 토마토인지 모르는 것이 분명했지만, 나와 함께 뭔가를 하는 게 그저 즐거웠던 것이다. 엄마는 예전에 알던 게 무엇인지 잊어버렸기 때문에 자신의 지식과 능력을 상실한 것에 대해서도 더이상 슬프지 않은 걸까?

우리는 집으로 돌아와 함께 부엌에 섰고, 나는 엄마에게 재료 자르는 방법을 가르쳐주었다. 처음에는 칼날에 베일까봐 걱정스러웠지만 엄마는 칼을 매우 능숙하게 다뤘고 토마토는 특히 더 얇고 예쁘게 잘랐다.

"예전에 공장에서 일할 때 감자 껍질을 벗겼었지."

엄마가 말했다. 실제로 엄마는 함부르크에서 대학을 다니기 전에 제철소의 사원식당에서 잠시 일한 적이 있다.

"제철소에서의 일은 어땠어요?"

내가 물었다. 유감스럽게도 전에는 한 번도 물어보지 않았던 수많은 질문 중의 하나였다. 그러나 엄마의 작은 기억의 창은 이미 다시 닫혀버렸다.

"몰라."

엄마가 대답했고, 거기에 대해 조금도 괴로워하지 않는 모습이었다. 오로지 엄청난 기량을 발휘하여 마늘이나 고급 치즈를 다루는 것처럼 토마토를 동그랗고 얇게 자르는 데만 집중했다.

저녁식사로 완성된 수프를 거실로 내왔을 때 엄마는 아버지와 함께 테이블 앞에 앉아 있었다. 엄마가 다이어리를 열심히 들여다보는 동안 아버지는 나폴리풍 연가戀歌를 읽고 있었다.

"네가 11월 4일에 온 거니?"

엄마가 메모를 보며 물었다.

"아니요, 지금은 10월이에요, 엄마. 그것 저 좀 보여주세요! 이 다

이어리는 2007년 거고, 지금은 2008년이에요."

"그래!"

엄마는 자리에서 일어나 방으로 사라졌다가 2008년 다이어리를 들고 다시 돌아왔다. 여기저기 살펴보고 곰곰이 생각한 다음 마침내 엄마가 정답을 발견했다.

"그러니까 너는 10월 21일에 온 거구나, 화요일."

"네, 어제였어요."

내가 집에 다녀간 후 아버지는 시험 삼아 엄마의 약을 모조리 치워버렸고, 그후 엄마의 몸 상태는 확연히 좋아졌다. 치매, 우울증 그리고 심장부정맥 약들을 복용하지 않은 엄마는 소화불량 문제가 줄어들었고 대체로 활발하고 활동적인 모습을 보였다. 분별력이 완전히 사라지고 여전히 혼란스러워했지만 적어도 더이상 불행해하지는 않았다. 시간이 지나면서 자신이 기억을 잊어버린다는 사실도 완전히 잊는 것 같았다. '예전의 나' '원래 내 모습'이라는 무거운 짐에서 벗어난 엄마는 이제 전혀 새로운 모습을 보여주었다.

"봐봐, 네 머리에 코가 없어."

엄마는 모두가 함께하는 또다른 저녁식사 자리에서 어딘가를 주시하며 말했다.

"이제 다시 생겨났어."

엄마의 시선을 따라가보니 내 뒤쪽 벽에 생긴 그림자가 눈에 들어왔다. 실제로 내가 고개를 돌리는 방향에 따라 그림자의 머리에서 코가 생기거나 사라진 것처럼 보였다.

다음날 아침, 공원으로 산책을 갔을 때 엄마는 개구리가 우는 소리를 "옳아, 옳아"라고 해석했다. 호수에 떠다니는 오리들이 꽥꽥거리자 "모두 괜찮아"라고 통역해주기도 했다. 작은 나뭇잎이 길을 가로질러 바람에 흩날릴 때는 동작을 멈추고 안타까운 눈빛을 보냈다.

"오, 불쌍해라……"

우리는 그곳에서 떨어진 낙엽을 몇 개 주워모아 장식품처럼 엄마의 주머니에 끼워놓았다. 그러자 엄마는 비교적 푸른빛이 도는 낙엽을 보고는 낄낄 웃으며 말했다.

"오, 새파랗게 어린 것이로군. 늙는다는 게 어떤 건지 아직 모를 거야."

나뭇가지가 매우 낮게 늘어진 아주 거대한 고목을 보자 엄마가 흥미로워하며 가까이 다가갔다. 나무줄기에 주소지가 새겨진 금속판이 걸려 있었다. '미시시피 늪지 사이프러스, 원산지 : 미국.' 엄마는 계속 걸으며 언제나 그 내용을 기억하려고 노력하지만 다음날이면 다시 잊어버린다고 했다. 몇 걸음 더 걸은 후에 내가 엄마에게 물었다.

"그 나무 이름이 뭐였죠?"

엄마는 곧바로 '미시시피'라고 대답했고 그 나무의 원산지가 미국이라는 것도 알고 있었다. 그런 후에 '사이프러스' 또한 기억해냈지만 □사이에 있는 짧은 단어를 떠올리지 못했다. 내가 힌트를 주며 엄마를 도왔다.

"습지가 아니라……?"

"미시시피 늪지 사이프러스."

드디어 엄마는 단어를 모두 맞혔다.

"정답이에요!"

엄마는 계속 걸으면서도 그 단어를 리드미컬하게 반복하며 머릿속에 새기려고 노력했다.

"미시시피 늪지 사이프러스, 미시시피 늪지 사이프러스……"

그 산책은 정말 최고의 두뇌훈련이 되었다. 우리가 경쾌하게 걷는 동안 엄마의 노래하듯 읊어대는 소리와 꽥꽥거리는 오리 소리가 하나로 혼합되었다.

"모두 괜찮아."

인생에 있어서 최고의 행복은
우리가 사랑받고 있다는 확신이다.

빅토르 위고Victor-Marie Hugo, 1802-1885

난파되어가는 배

마지막 순간을 준비하는 가족회의

기분 좋았던 두뇌훈련 산책 이후 약 삼 년이 흘러 크리스마스를 얼마 앞두고 엄마는 간병인과 산책을 나갔다가 넘어졌다. 엑스레이 촬영 결과 뼈에 가느다란 금이 가 있었다. 의사는 진통제 처방과 물리치료를 권했지만 엄마는 원치 않았고 결국 더이상 일어서지 못했다. 혹은 일어서고 싶지 않았거나.

12월 중순쯤 누나는 전화로 엄마의 다리와 발꿈치에서 상처를 발견했다고 했다.

"엄마를 간호한다면 못 보고 그냥 지나칠 수는 없는 거잖아?"

누나가 격분하며 말했다. 아버지와 숙련되지 못한 리투아니아 출신의 간병인 가비야는 연달아 터진 사건들로 지나친 부담감을 느끼고 있었다. 별안간 많은 일이 한꺼번에 일어난 것이다. 엄마가 갑자기 몸

져누웠고, 음식을 잘 먹지 못했으며, 원인을 알 수 없는 발열과 오한이 일어났다. 주치의는 엄마의 오한을 일종의 통증으로 생각하고 진통제를 처방해주었다. 유감스럽게도 그 의사는 욕창이 생길 수도 있으니 세심히 살피라는 주의는 주지 않았다. 처음에는 엄마의 병세가 회복되는 듯 보였고 크리스마스에도 어느 정도 안정된 상태를 유지했다. 그런데 연휴 기간에 진통제가 다 떨어지고 추가로 약을 구입하지 못하게 되자 상태가 갑자기 악화되었다. 주치의가 휴가중이었기 때문에 당직 의사가 왔고, 그는 엄마의 고열과 오한이 통증 때문이 아니라 감염 때문이라고 생각했다.

아버지는 종합병원의 과장의사로 재직중인 삼촌에게 조언을 구했고, 삼촌은 연말이 되기 전에 숙모와 함께 우리 집을 찾아왔다. 두 분 모두 엄마의 상태에 큰 충격을 받았다. 엄마는 혈관주사를 맞는 중이었고 입을 크게 벌린 채 의식 없이 누워 있었다. 호흡이 매우 약했는데 삼촌과 숙모처럼 평소에 환자를 많이 다루는 사람이라면 마지막을 향하는 환자의 상태를 잘 알고 있을 터였다. 두 분은 그날 밤 아버지를 도와 엄마를 돌봤다. 그리고 엄마의 옷을 갈아입힐 때 보니 발뒤꿈치뿐 아니라 등에서도 상처가 발견되었다. 꼬리뼈 위로 이른바 욕창이라는 궤양이 생긴 것이다. 거기서 썩는 듯한 냄새가 났고 굉장히 심각해보였다. 그렇지 않아도 이미 불안정한 상태인지라 그런 큰 상처는 생명의 위협이 될 수도 있음을 의미했다.

숙모가 삼촌에게 이렇게 말했다.

"내가 만일 이런 상황에 처하게 된다면, 기억해두세요. 나는 무의미한 수명 연장 치료는 절대로 원하지 않아요. 그런 경우 제발 그대로 끝낼 수 있게 해줘요!"

삼촌은 연말을 하루 앞둔 그날 밤, 엄마가 새해를 맞이할 수 있을지 확신하지 못했다. 사실 치매가 상당히 진행된 단계에서 발병하는 합병증은 굉장히 위험한 상황을 초래할 수 있다. 엄마의 등에 생긴 욕창은 둑이 무너진 것이나 마찬가지였다. 상처를 통해 세균이 끊임없이 몸속으로 들어오고, 그러면 감염증을 일으키므로 곧바로 항생물질을 투여해야 한다. 엄마의 발열은 패혈증의 초기 증상이었던 것일까?

설날이 지난 후, 삼촌은 우리에게 엄마가 더이상 살지 못할 것 같다고 알려주었다. 의학적 관점에서 수명 연장도 이젠 무의미하다고 했다. 욕창으로 인한 심각한 상태에서 회복될 수 있을지도 의문스럽다고 했다. 우리가 할 수 있는 것은 엄마의 의향을 고려하는 일이었다.

"이런 욕창은 건강한 사람도 쓰러뜨리거나, 적어도 큰 타격을 줄 수 있어."

삼촌이 내게 설명했고, 나는 엄마의 상태가 어떻게 그 지경까지 되었는지 물었다.

"사람들은 일반적으로 밤에 잠을 자다가 한 시간에 네 번 정도는 깨어나서 몸을 뒤척이지. 깨지 않고 계속 잠을 잔다고 생각하지만 실제로는 스무 번에서 서른 번 정도 몸을 돌리고 방향을 바꾸는 거야. 그렇게 함으로써 혈액순환이 원활해지고 욕창이 예방되니까 건강에는 이로운 거지. 너무 오랫동안 한 자세로만 누워 있으면 몸속의 뼈가 조직을 압박해 피가 잘 통하지 않게 되고, 결국 괴사가 시작되는 거야."

삼촌과의 충격적인 대화 이후 아버지에게 전화를 했을 때 어떤 말로 위로를 해야 할지 정말 막막하기만 했다.

"문제는 엄마에게 마지막 순간이 찾아오면 어떻게 하느냐는 거예요. 엄마를 중환자실로 옮겨야 할까요? 도대체 어떤 의료적 조치를 취해야 하는 걸까요?"

아버지는 깊이 숨을 내쉬고는 이렇게 말했다.

"장례를 어떻게 치러야 할지도 생각해봐야 하고, 그레텔이 원하는 게 어떤 건지도 고민해야 할 거야."

나는 이해할 수가 없었다. 집에서 욕창이 생겼다니? 어떻게 이렇게 큰 상처가 보이지 않을 수 있단 말인가? 나는 열심히 인터넷을 검색해보았다. 욕창은 피부 아래에서 보이지 않게 진행되다가 아주 짧은 시간 내에 그 모습을 드러낼 수도 있다고 했다. 즉 피부조직의 저항력에 따라 가끔은 몇 시간 만에 욕창이 생겨날 수도 있다는 것이다. 미리 예방하지 못한 우리가 멍청했던 것일까? 일 년 전 아버지와 나는 압력 조절 매트리스에 대해 몇 차례 이야기를 나눈 적이 있었다. 그렇지만 우리는 터무니없게도 엄마에게 생길 수 있는 욕창보다는 매트리스가 해진 것만 염려했었다.

엄마의 침대에 시험 삼아 누워본 다음 나는 골반이 닿는 쪽 매트리스의 스펀지가 특히 움푹 패어 있는 걸 발견했다. 아버지도 매트리스를 재빨리 살펴본 뒤 기회를 봐서 새로 장만해야겠다고 했고, 곧 실행해 옮겼다. 사실 우리는 엄마가 계속 헤매고 다니지 않고 얌전히 한곳에 머물러 있어서 기뻐하기까지 했다. 그러면 낙상사고의 위험도 훨씬 줄어들 거라고 생각했던 것이다. 몇 가지 예외를 제외하면 엄마는 결코 말없이 돌아다니는 법이 없었기 때문에 다른 치매 환자처럼 밖에서 집을 못 찾고 '헤맬 위험성'은 없었다. 정반대로, 엄마는 밤에도 누워 있고 낮에도 거의 양손을 배 위에 포개어놓고 움직임 없이 똑바로 누워만 있었다. 이런 자세로 눈을 감고 있는 엄마의 모습은 미라를 떠올리게 했다.

삼촌에게서 중요한 말을 들은 이후 나는 누나들과 긴급회의를 열기로 했고, 며칠 뒤 바트홈부르크에 도착했다. 나는 여전히 희망을 품고 있었다. 엄마는 예전에도 여러 번 목숨이 위태롭다는 말을 들은 적이 있었지만 언제나 다시 기운을 차리고 건강을 회복했었다. 뇌출혈 사고 당시 의사들이 절망적이라는 결론을 내렸을 때처럼.

그러나 방에 들어섰을 때 죽은 사람처럼 보이는 엄마를 보고 나니 내 희망은 완전히 무너져내렸다. 엄마는 아무런 미동도 없는 밀랍인형처럼 보였다. 피부는 누렇게 떴고 입은 크게 벌어져 있었다. 엄마의 그런 모습을 보자 예전에 집에서 돌아가신 할아버지가 떠올랐다. 당시 할아버지는 흉상 같아 보였다. 머리는 비례가 맞지 않을 정도로 지나치게 컸고, 용기를 내어 내가 손을 맞잡았을 땐 차디찬 느낌에 소스라치게 놀라고 말았다. 그때처럼 이번에도 두근거리는 가슴을 안고 엄마의 손을 만져보았는데 다행히도 따뜻한 감촉이 느껴졌다! 마음이 한결 가벼워졌다. 그제야 처음으로 이불 아래에서 엄마의 가슴이 약하게 오르내리는 것이 보였다. 엄마는 깊은 잠에 빠진 것이다. 몇 시간 동안 엄마는 완전히 의식을 잃은 상태였고, 나는 재택 치료를 대체할 만한 게 무엇인지 고심해보았다. 요양원 혹은 호스피스 병원?

엄마가 치매 진단을 받았을 때 친분이 있던 신경과 전문의에게 조언을 구했더니, 그는 이렇게 했다.

"치매 진단을 받은 사람은 평균 육칠 년 정도 더 살지만, 물론 그보다 더 오래 사는 경우도 분명히 있습니다."

하지만 그 전문의의 말을 엄마의 경우에 대입해보니 이런 생각이 들었다.

'정말 불공평해! 우리는 아직 오 년도 안 됐다고!'

엄마를 병원으로 옮기진 않았지만 침실을 병실처럼 바꿀 필요는 있었다. 결국 침실 공간의 대부분을 차지하는 환자용 침대를 들여놓았다. 그 침대는 자동으로 작동시킬 수 있었고 몸을 일으킬 때 필요한 손잡이도 설치되어 있었다. 또 그 옆에는 휠체어가 놓여 있었다. 엄마의 책상은 치료에 필요한 재료를 보관하는 장소가 되었다. 엄마는 침실의 새로운 용도에 대해 분명히 불쾌해하지 않을 것이다. 그곳이 엄마만의 신성한 은둔의 공간은 아니었고, 방문은 언제나 활짝 열려 있었다. 엄마는 실용적인 것을 좋아하기 때문에 머뭇거리는 걸 결코 원치 않았을 것이다.

방은 부엌 맞은편에 위치한 엄마만의 주요 활동 공간으로, 잠을 자기에 유용하게 꾸며져 있었다. 예전에는 옷장도 없이 모든 물건을 아버지의 방에 있는 장에 두고 사용했다. 실제로 엄마는 부엌에 야전침대를 갖다놓고 사용한 적이 있을 만큼 사적 공간에 큰 의미를 두지 않았다. 책상과 접이식 장식장 옆에는 재봉틀과 책장 두 개가 놓여 있었다. 엄마 자신에게 무슨 일이 일어나는지 엄마 스스로 더이상 정확히 인지하지 못할 때쯤에야 누나들은 엄마를 위해 무언가를 해주고 싶어 옷장을 마련했다. 옷장을 들여놓기 위해 책장 하나를 포기해야 했고, 그래서 엄마 도서관의 절반 정도는 위층으로 옮겨졌다.

한번은 내가 새 옷장에서 카디건을 꺼내오자 엄마는 경악하며 그것이 누구의 것인지 모른다고 했다. 엄마는 자신이 옷을 훔쳤다고 다른 사람들이 오해할까봐 두려워했던 것이다. 엄마의 그런 반응에 나는 많이 놀랐다. 치매를 앓았던 외할머니는 항상 그 반대였다. 할머니는 항상 자식과 손주가 자신의 물건을 훔친다고 의심했다. 외할머니가 끊임없이 무언가를 잃어버렸다고 한 반면, 엄마는 오히려 모든 게 너무 많다고 말했다. 엄마는 이미 오랫동안 자신의 물건에 대한 소유권을 포기한 상태였다.

잠자리에 들기 전에도 엄마는 여기가 어딘지 모르겠고 방에는 한번도 본 적 없는 물건이 놓여 있다고 내게 몇 번이나 말했다. 그러므로 예전에 가족에 관한 서류와 수업 자료를 보관했던 옷장과 서랍에 이제 붕대와 반창고가 놓여 있다고 해서 결코 기분 나빠하지는 않을 것이다. 엄마의 작은 책상 위에는 한 무더기의 스프레이 병과 연고, 다양한 치료용품과 간호 기록이 놓여 있었다. 나는 간병인이 일상 업무를 기록해놓은 서류철을 훑어보았다. 단순한 서식들 사이로 보기 힘든 사진들이 눈에 들어왔다. 인터넷을 통한 내 지식은 충분치 못했고, 그래서 엄마의 욕창은 첫번째에서 두번째 단계일 거라고 확신하고 있었다. 그러나 지금 나는 엄마가 네번째, 그러니까 마지막 단계에 와 있다는 사실을 확인했다. 심장이 약한 사람은 못 볼 사진이었다. 나는 그것을 부정했다! 절대로 엄마의 사진일 리가 없다고. 속이 메스꺼웠다.

다행히 다음 장부터는 등에 있던 커다란 욕창이 치유되기 시작했고 회복되는 과정을 볼 수 있었다. 발꿈치 또한 벌어진 상처가 아니라 그저 붉어진 상태로 보일 뿐이었다. 그러나 발 부분의 압박을 경감시키기 위해 종아리 아래에 쿠션을 대기 시작하면서 상처가 일어날 만한 또다른 압박 부위가 생겨났다. 그리고 새로운 문제는 엄마의 다리에 물이 찬 것인데, 이는 심장박동이 느려진다는 신호이며 혈전증의 원인이 될 수도 있었다. 엄마는 심한 악천후 속의 오래된 선박과도 같았다. 승무원들이 이제 막 한쪽에 물이 새는 것을 수선하자 다른 곳에서 또 물이 스며들어오는 것이다. 이를 도우려고 얇은 갑판 위로 계속 생겨나는 구멍에 발을 들여놓는 사람은 자신마저도 위험에 내몰리게 된다.

긴급회의가 열리던 날 우리 삼남매는 모두 저녁 늦게야 도착했고, 부모님과 간병인 가비야까지 모두 저녁식사 자리에 모였다. 가비야는 엄마의 입을 벌리고 음식을 떠먹여주느라 분주했는데, 엄마는 여전히 눈을 감은 상태에서 미동도 없었다. 때로는 엄마의 턱을 일부러 벌려야만 했고, 그러기 위해선 힘을 좀더 줘야 할 것 같았다. 하지만 엄마는 혀에 음식물이 닿으면 반사적으로 움직이며 씹기 시작했고 마지막에는 삼키기도 했다. 음식을 잘 섭취하고 있는 것 같았다.

　음식으로는 허브샐러드와 연어가 준비되었다. 나는 두 가지 모두 먹기에 수월한 음식은 아니라는 생각을 하며 접시 위의 튼튼한 가시가 박혀 있는 미심쩍은 생선을 뒤적거려보았다. 식사 자리에는 긴장감이 돌았고, 우리 모두 하고 싶은 말은 있었지만 누구도 선뜻 말을 꺼내지는 못하고 있었다. 엄마와 함께 식사를 하는 것은 매우 드문 일이었는데, 하필이면 엄마의 죽음에 관한 말을 해야 했다. 엄마는 지금 우리와 함께 있지만 언젠가는 그렇지 못하게 될 것이다.

　치매 환자 가족을 위한 모임에서 알게 된 한 노부인이 떠올랐다. 그녀는 언제나 자신의 '유령'에 대해 이야기했다.

　"내가 다시 돌아왔을 때 우리 유령은 정말 기뻐했어요."

　유령이란 그 노부인의 남편을 뜻했지만, 섬뜩하게 들리기는커녕 오히려 사랑이 가득 묻어났으며, 마치 아이들 책에 나오는 꼬마 유령을 떠올리게 했다. 오늘밤, 엄마와 마주하며 나는 그 노부인의 마음을 잘 헤아릴 수 있었다. 엄마는 어느새 유령과도 같은 사람이 되어 있었다. 유령이란 단어가 맞는 말일까? 정신이 몸을 벗어난 빈자리에 낯선 방문객만 머물고 있다고 하는 편이 오히려 더 맞을 것 같았다. 엄마의 몸은 정신을 포기한 상태였다. 가비야가 엄마에게 후식을 먹이는 동안 아버지와 우리 삼남매는 부엌에 있는 에스프레소 기계 옆으로 모여들었다.

"엄마가 이전에 사전의료의향서를 써놓은 적이 있어요?"

우리가 아버지에게 물었다.

"아니, 그레텔이 직접 언급한 적은 없었어."

아버지는 잠시 생각에 잠겼다.

"하지만 일 년 넘게 정성을 다해 그레텔이 친한 친구를 보살핀 적은 있어. 그 친구는 사 년간 혼수상태로 누워 있었지."

아버지는 일층에 살았던 집주인을 말하고 있었다.

"그레텔은 한 주에 여러 번씩 요양원을 찾아가 일지를 작성했고 발가락과 손가락의 미세한 움직임도 놓치지 않고 주의를 기울였어. 그리고 병실에서 음악을 직접 연주하며 환자에게 자극을 주려고도 했지. 사람들은 친구를 대하는 그레텔의 행동을 자신이 받고 싶은 치료의 척도로 삼고 싶어했지만 사실 두 경우를 서로 비교할 수는 없는 거겠지. 친구는 뇌졸중으로 쓰러지기 전까지 정신이 멀쩡했고, 어느 정도는 다시 회복할 것이라는 희망이 있었으니까. 게다가 당시 그레텔은 친구에게 어떠한 법적 책임도 없는 사람이었어."

외할머니를 간병할 때 엄마는 이모들과 함께 최선을 다해 가능한 한 오랫동안 집에서 돌보았다. 법적 전권 위임과 외할머니를 요양원으로 보내야 할지에 관해 의논하면서 네 자매는 서로 다른 견해를 내놓을 때가 많았고, 엄마는 그사이에서 중재 역할을 했다. 결국 법적 전권은 자식이 없는 둘째 큰이모가 얻었고 외할머니도 이모네 집 근처의 요양원에 입원했다. 이 년 반 전쯤 아버지는 엄마의 법정대리권을 행사할 수 있는 절차를 밟았다. 하지만 이미 엄마와 사전의료의향서나 법정대리인에 관한 이야기를 나누기에는 너무 늦은 상태였다. 엄마는 자신이 어디에 서명을 했는지 전혀 알지 못했고, 그저 맹목적으로 남편을 신뢰해야만 했다.

"엄마가 장례 절차에 대해 얘기한 적 있어요?"

우리가 아버지에게 물었고, 아버지는 어깨를 으쓱했다.

"교회 관습대로가 아니라는 건 확실해."

엄마는 대학 시절부터 교회에 나가지 않았는데, 어릴 때부터 자신을 위해 돌아가셨다는 하느님의 아들에게 언제나 감사해야 한다는 점에 화가 났다고 했다. 엄마가 십자가를 져달라고 기도하지 않은 것은 확실했다! 불현듯 장례 문제에 관해 엄마가 말했던 것이 떠올랐다.

"엄마가 저한테 얘기한 게 있어요. 지정된 장소에 영원히 묻히는 건 싫다고요. 그보다는 바다에 뿌려지고 싶다고 했어요."

아버지와 누나들은 놀라서 나를 바라보았다. 내가 바다에 묻히고 싫다는 엄마의 바람을 들은 유일한 사람임이 분명했다. 엄마는 왜 내게 그런 말을 한 것일까? 단순한 우연이었을까, 아니면 그저 나만의 착각이었을까?

"그 마음을 잘 알 것 같아."

큰누나가 말했다.

"나도 바다에 뿌려지고 싶어. 바다는 최고의 장소라고 생각해. 하지만 그건 남겨진 사람들과도 관련된 일이야. 손주들을 위해서도 한 번씩 찾아가서 할머니를 추억할 수 있는 장소가 있는 쪽이 확실히 더 좋을 것 같아."

"자식을 먼저 보낸 친구가 하나 있는데……"

작은누나가 덧붙였다.

"아이를 보러 묘지에 찾아가는 일을 굉장히 소중하게 여기더라. 그게 지난 수년간 중요한 추모 과정의 일부가 되어버린 거야."

"내 동료 하나가 수목장으로 묻혔어."

아버지가 불쑥 말을 꺼냈다.

"나는 그게 정말 멋진 일이라고 생각해. 그 동료의 유골은 아름답고 오래된 너도밤나무 아래에 묻혔지. 숲에서 바라보는 광경이 어찌나 수려하든지. 일전에 그 친구의 딸과 그곳을 찾아가 인사를 하고 왔어. 그곳이라면 그레텔도 틀림없이 좋아할 거야."

그때 작은누나가 작은 헛기침을 하며 말했다.

"엄마가 바로 곁에 있는데 여기서 계속 이런 얘기를 하는 게 불편

해요."

엄마 바로 앞에서 우리가 그런 얘기를 하는 건 정말 소름끼치는 일이었다. 그런데 이미 오래전부터 우리는 엄마를 대할 때 마치 세상에 없는 사람처럼 행동했다. 함께 있지만 엄마를 제삼자처럼 대하는 것이다. 엄마가 아직 대화를 이해하는지, 자신에 대한 말을 할 때마다 불쾌하게 여기지는 않는지, 모든 것은 완전히 불확실했다. 그래서 오늘밤은 조금 뒤에 산책을 나가 대화를 계속하는 것이 최상이라는 결론을 내렸다.

밤이 되어 가비야는 엄마 곁에 있었고, 우리는 시내 공원 쪽으로 산책을 나갔다. 아버지가 대화를 이어갔다.

"너희 할머니는 함부르크에 있는 가족묘지가 가장 적당한 장소라고 생각하셔."

우리는 엄마가 지베킹 집안의 가족무덤에 묻히고 싶어하지 않는다는 걸 분명히 알고 있었다. 그리고 함부르크는 아주 먼 곳이었다.

"그레텔에게 마지막 순간이 다가오면 너희는 어떻게 하고 싶은지 알고 싶구나."

갑자기 아버지가 신음 소리를 냈고, 누나들은 아버지 옆으로 달려가 팔을 부축해서 자신들에게 기댈 수 있게 했다. 그러자 아버지의 기분이 한결 나아졌다.

"아무래도 내가 그레텔의 유골함을 짊어지고 베수비오 산에 오르기라도 해야 할 것 같구나!"

아버지가 상상력을 쏟아냈다.

"유골을 어떤 식으로든 독일에서 가지고 나가 외국에서 화장하는 건 불법일 거예요."

내가 주의를 주었다.

"법에 따르면 유골함을 벽난로 위에 놓거나 자신의 집 정원에도 묻을 수 없어요."

우리는 침묵을 지킨 채 몇 걸음을 걸었다. 눈을 밟을 때마다 발밑에서 뽀드득거리는 소리가 났다. 그리고 그제야 나는 내가 옷을 아주 얇게 입었고 대화의 주제로 흥분하여 오싹한 추위를 완전히 잊고 있다는 사실을 깨달았다.

"아버지는 어떻게 묻히고 싶어요?"

내가 아버지에게 물었다.

"나는 내 몸을 연구용으로 기증하고 싶어."

순간 어색한 침묵이 흘렀다. 그건 대부분 장례비용을 감당할 수 없는 사람들이 선택하는 방법이다. 즉 이런 경우 의료기관에서 시신을 연구용으로 사용한 후에 장례비용을 대신 치러준다.

"하지만 엄마한테 똑같은 방법을 적용할 필요는 없어요."

큰누나가 말했다. 그리고 작은누나가 덧붙였다.

"그 말씀은 엄마가 아버지 없이 무덤에 혼자 묻히게 된다는 말인가요?"

"글쎄, 우리는 항상 침실도 따로 사용했으니까."

아버지의 말에 우리는 다들 키득거렸다.

"어쩌면 연구에 내 몸 전체가 필요하지 않을 수도 있겠지. 그래, 적어도 내 엄지발가락 하나 정도는 잘 유지했다가 그레텔 옆에 묻어 주면 될 거야."

그 말에 우리는 웃음이 크게 터져버렸다. 긴장감은 눈 녹듯 사라졌고 우리는 솔직한 대화를 이어갔다.

"너희 삼촌하고 새로운 주치의가 모두 같은 의견을 내놓았어."

아버지가 설명했다.

"앞으로도 그레텔이 병원에 입원하는 건 될 수 있는 한 피하는 게 좋겠다고."

집에서 할 수 없는 것은 병원에서도 할 수 없었다. 모든 의료장비와 첨단의학이 엄마에게 더이상 의미가 없을 뿐 아니라, 병원에 투입되는 인력 또한 제한적이었다. 특히 휴가 때가 되면 집에서 돌보는 것보다 환자 관리가 소홀했다. 우리는 아버지의 의견에 모두 동의했다. 그리고 엄마의 생사가 불투명해진다면 다시 혈관주사를 놓아야 할지, 아니면 그게 도를 넘어선 행동인지에 관해서도 생각해보았다.

"생명 연장 조치를 해야 할지 말아야 할지 결정하는 건 정말 어려운 일이야."

아버지가 골똘히 생각하며 말했다.

"사실, 그레텔이 지금까지 도움을 받지 못했다면 벌써 오래전에 목숨을 잃었을 거야. 이미 오래전부터 스스로를 포기했으니까. 그런 말을 내게 자주 했지. '더이상은 할 수 없어요'라거나 '더이상 하고 싶지 않아요' 하고는 침대에 누워버렸어."

우리는 발걸음을 늦추었고 어두운 가지를 늘어뜨린 거대한 나무 아래에 멈춰섰다. 아버지는 이제 전혀 다른 톤으로 말을 이어갔다.

"그레텔은 항상 이렇게도 말했어. '오, 제발, 제발요.' 아마도 이런 뜻이었을 거야. '제발, 계속 살 수 있게 해주세요.' 그 사람이 겪는 모든 일은 누군가가 그레텔을 위해 애썼기 때문에 가능했던 거야. 그러니까 그 모든 존재가 그레텔에게는 하나의 생명 연장 조치가 되었던 거지."

삼촌은 사람이 자발적으로 음식을 더이상 섭취할 수 없게 되면 생명 연장 조치를 하지 않는 것이 법적으로 허용된다고 알려주었다. 갈증이나 기아로 인한 죽음은 상상하는 것처럼 고통스러운 것이 아니라, 고요히 영면하는 것 혹은 일종의 반수면 상태로 있다가 사그라지는 것이라고 했다. 완화치료에서는 이를 '애정 어린 단념'이라고 부른다고 했다.

"내가 삼촌한테도 물어봤어요."

나는 삼촌과 나누었던 말을 들려주었다.

"엄마에게 더이상 마실 것을 주지 않기로 결정한다면 인공호흡기의 플러그도 뽑아야 하는 거냐고요. 삼촌이 그러더라고요. '플러그는 이미 오래전에 뽑았어. 하지만 너희가 한 건 아니야'라고요."

잠시 어색한 침묵이 흘렀다. 곧 아버지가 침묵을 깨고 설명하기 시작했다. 일전에 가까운 친구와 전화 통화를 하다가 자신의 귀를 의심할 만한 이야기를 들었다는 것이다.

"그녀는 그레텔의 심각한 상황을 듣고는 내게 말했지. '필요하다면…… 우리 집 옷장 속에 그 약상자가 하나 있어요.' 그 말은 모든 것을 끝낼 수 있는 치사량의 약을 가지고 있으니 필요하다면 얘길 하라는 거였어."

그 제안은 아버지를 전혀 고려하지 않은 충격적인 말이었다. 엄마의 생명에 관련한 그런 결정은 결코 아버지에게 속한 문제가 아니다. 병세가 돌이킬 수 없을 정도로 악화되어 특정한 상태에 이르면 모종의 결정을 해달라는 그 어떤 부탁도 엄마는 한 적이 없다. 엄마는 기본적으로 자살을 반대하진 않았지만, 언젠가 내게 자살은 정말 극도로 이기적인 일이라고 말한 적이 있었다. 스스로 목숨을 끊은 사람이야 죽은 후에 편안할 수 있겠지만 남겨진 가족과 친구는 상실감을 품고 계속 살아가야 하기 때문이었다.

'떠나감은 머무르는 것의 절반만큼도 고통스럽지 않다.'

마샤 칼레코의 시구詩句가 머릿속에 떠올랐다.

작은누나는 차츰 몇 걸음씩 앞서가기 시작했고 얼어붙은 작은 호숫가에 멈춰섰다. 밤에도 완전히 어둡진 않았지만 매서운 바람이 얼음 위로 불고 있어 우리는 작은 무리를 지어 함께 꼭 붙어 서 있었다.

"엄마에 대한 이야기를 하는 게 너무 괴로워요."

작은누나가 낮은 소리로 말하더니 흐느껴 울기 시작했다. 아버지가 한 걸음 가까이 다가가 누나의 어깨 위에 손을 얹으며 위로했다.

"그레텔이 다시 한번 건강을 회복해서 조금 더 움직일 수 있을 거라고 기대한단다. 그렇지만 또다시 쓰러지면 그땐 더이상 일어날 수 없게 될까봐 그게 정말 두렵구나."

그동안 나는 소외된 사람처럼 뭔가 속상한 마음으로 그 옆에 서 있었다. 가족을 따뜻하게 위로해주고 싶었지만 몸이 꽁꽁 얼어붙은 사람처럼 감정을 표현할 수 없었다. 그와 반대로 아버지는 계속해서 속마음을 털어놓았다.

"그레텔이 아직 모든 걸 다 듣고 있다는 건 참 놀라운 일이야. 최근에 내가 쿠바의 쿰비아 음악을 틀었는데 '좋아요'라고 말하더니 일어나서 '만약 사랑이라는 게 정말 있다면 당신을 사랑하고 싶어요. 하지만 대부분은 없더라고요'라고 말하는 거야. 그때 우리는 포옹을 하고 춤을 추는 것처럼 몸을 약간씩 흔들기까지 했어."

얼마 전 나는 발터 옌스의 아내를 인터뷰한 글을 읽으며 사전의료의향서 작성에 대해 생각해보았다. 잉게 옌스는 치매를 앓던 남편 발터를 돌보았는데, 그 남편은 저명한 문필가이자 학자였다. 그는 사회활동을 하는 동안 안락사를 적극적으로 찬성한다고 표명했고(『안락사 논쟁의 새 지평』, 한스 큉·발터 옌스 지음, 세창출판사. 2010) 아내에게도 자신이 더이상 지적 활동을 하지 못하게 되면 생을 마감시켜달라는 주문을 명확히 해놓은 상태였다. 시간이 흘러 여든여섯 살의 노학자는 더이상 책을 읽을 수도, 말을 할 수도 없게 되었다.

"나는 그의 뜻을 잘 알고 있었고 정확히 말했던 그대로 사전의료 의향서를 작성했습니다."

여든두 살의 노부인이 인터뷰에서 말했다.

"제 남편이 남은 인생을 지금처럼 살아야 한다면 그는 차라리 죽고 싶었을 거예요. 그이의 상태는 언젠가 그가 직접 상상해보았던 것보다 훨씬 더 끔찍합니다."

하지만 그런데도 그 부인은 남편이 삶에 애착을 느끼며 죽고 싶어하지 않을 것이라고 확신했다.

"최근에 그가 말하는 것 같더군요. '죽게 하지 말아요, 제발 나를 죽게 하지 말아요.' 엄청난 고민 끝에 저는 확신하게 되었습니다. 남편은 제게 안락사를 부탁하는 게 아니라 살 수 있도록 도움을 요청한다는 것을요."

잉게 옌스가 말했다. 남편의 인생에는 아직 커다란 기쁨을 일으킬 만한 순간이 존재한다고 말이다. 예를 들면 그는 먹을 때 '최고의 즐거움'을 느낀다는 것이다.

엄마 또한 식사의 즐거움을 알고 있었다.

"그레텔은 아직 큼직한 사과 주스 병을 보고 기뻐해."

아버지는 야밤에 무리를 지어 서 있는 우리에게 열심히 말했다.

"최근에 조카 녀석이 새로 태어난 딸을 데리고 집에 왔는데, 그레텔이 얼마나 좋아했는지 몰라. 아기를 보고 '예쁜 우리 아가'라고 말하기도 했어."

우리는 모두 감동받았고 누나는 흐느끼기 시작했다.

"그런데 어떻게 그런 결정을 내릴 수 있겠어요? 절대로 안 돼요! 절대 안 된다고요!"

누나의 흐느낌이 커다란 울음소리로 변했고 우리 모두에게 전염되었다. 우리는 울면서 한데 뒤엉켜 서로를 얼싸안았다. 영하의 추위 속에 오싹할 정도로 매서운 바람이 부는 우뚝 솟은 앙상한 나무 아래 우리는 광활한 남극의 키 작은 펭귄 가족처럼 서 있었다.

온갖 실패와 불행을 겪으면서도
인생의 신뢰를 잃지 않는 낙천가는
대개 훌륭한 어머니의 품에서 자라 난 사람들이다.

앙드레 모루아Andre Maurois, 1885–1967

구급차를 부르다

희망이라는 단어의
또다른 의미

우리는 엄마를 병원에 입원시키지 않기로 결정했다. 그런데 우리가 남극의 펭귄 가족과 같은 풍경을 연출한 날로부터 열흘 후 상황은 더욱 심각해졌다.

아버지는 엄마의 침실에서 새로운 주치의 엘타렉 박사가 욕창수술을 하는 동안 보조로 서 있었다. 시리아 출신의 이 의사는 엄마에게 국소마취만 했는데, 이는 큰 상처가 생겼는데도 엄마가 별다른 통증을 호소하지 않았기 때문이다. 오히려 엄마는 수술을 하는 동안 정말로 편안해보이기까지 했다. 아버지가 엄마의 손을 붙잡고 안심할 수 있도록 머리를 부드럽게 쓰다듬는 동안 젊고 건장한 체격의 의사는 수술을 하면서 가끔씩만 엄마의 눈앞에 나타났다. 엄마는 그에게 호의적인 미소를 보내며 새로 온 의사에게 칭찬을 건넸다.

"정말 잘하시는군요!"

"지베킹 부인도 마찬가지입니다."

젊은 의사는 엄마의 매력적인 친절함에 고무되어 수술을 잠시 멈추고 곧바로 환한 미소를 보내주었다.

"아주 좋아요, 계속 그렇게 해주세요."

아버지도 엘타렉 박사의 진료에 만족스러워하며 물었다.

"어째서 토요일 밤에 이런 스케줄을 잡은 거죠?"

"선생님 말이 맞습니다, 아무도 이렇게는 하지 않죠."

괴사된 조직을 떼어내며 대답한 그는 아버지에게 윙크를 보냈다.

"그냥 개인적인 명예심 때문이라고 해두죠. 예전에 저는 노인병원에서 근무했고 종합병원 외과에도 있었어요."

수술은 무사히 끝났지만, 아버지는 그날 밤 한잠도 자지 못했다. 아내의 등에 생긴 끔찍한 상처를 머릿속에서 지워버릴 수가 없었기 때문이다. 의사는 아버지에게 욕창은 완쾌가 굉장히 어렵고, 상처가 아무는 데는 여러 달이 소요된다고 알려주었다. 아버지는 무엇보다 죄책감으로 괴로워했다.

"욕창이란 간병을 잘못했을 때 생기는 거지."

아버지가 내게 말했다.

"최근에 네 할머니가 전화로 이런 말을 하는 거야. '그건 절대로 일어나선 안 되는 일이었어!' 정말 맞는 말이지. 의료적으로 간병했어야 했는데 그걸 소홀히 한 거야."

"너무 자책하지 마세요."

나는 아버지를 위로하려고 애썼다.

"그런 일은 최고의 요양병원에서도 일어나는 일이고, 아버지가 할 수 있는 일은 다 했잖아요."

나는 아버지, 가비야와 함께 부모님 집 거실에 있었다. 휠체어에 앉은 엄마가 텔레비전 앞에서 꾸벅꾸벅 조는 동안 우리는 어제 일어난 사건을 다시 생각해보았다.

오늘 아침에 나를 깨웠던 꿈속에서 엄마는 갑자기 다시 혼자 걸을 수 있는 모습이었다. 아버지와 가비야도 엄마가 다시 두 발로 걸을 수 있을 거란 희망을 버리지 않았고, 물리치료사에게서 운동이야말로 엄마를 위한 최고의 치료법이라는 말을 들었다. 혼자 일어서는 것만으로도 혈액순환을 촉진시켜 욕창에 최고의 치료제가 된다는 것이다. 그래서 어제 아침 가비야는 엄마와 함께 부엌까지 걸어가보기로 했던 것이다. 침실에서 부엌까지 몇 미터를 가는 데 두 사람은 삼십 분도 넘게 걸렸다.

엄마는 보행보조기에 기대고 있어 안전해보였고, 가비야는 의자 위에 걸쳐놓은 겉옷을 옷장에 정리해두지 않은 것에 대해 생각하고 있었다. 가비야가 엄마에게 주의를 기울이지 못한 바로 그때, 갑자기 엄마가 균형을 잃었다. 어쩌면 엄마가 갑작스레 잠이 들었을 수도 있다. 가비야는 쓰러지는 소리만 들었고 엄마를 돕기 위해 급하게 달려 갔다. 그리고 엄마를 다시 일으키려고 했을 때 가비야의 등 쪽 허리에 통증이 몰아닥쳤다. 도와달라는 외침에 아버지가 서둘러 달려왔고, 부엌 바닥에 쓰러진 아내와 그 옆에서 큰 소리로 울부짖는 가비야의 모습을 발견했다.

그리고 오늘밤에도 가비야는 다시 눈물을 쏟아냈다.

"미안해요, 정말 미안해요."

가비야가 울먹였고 나는 고개를 저으며 그녀를 안아주었다.

"미안해하지 말아요. 당신이 있어줘서 얼마나 기쁜지 몰라요."

그녀의 근면하고 애정 어린 보살핌이 없었다면 이곳은 벌써 오래 전에 엉망이 되었을 것이다. 가비야는 눈물을 훔치고 결연한 모습으로 나를 바라보았다.

"그레텔은 다시 건강해질 거예요. 나는 알아요!"

아까부터 뒤편에서 휘파람 소리 같은 것이 계속 들려왔고, 그것 이 내 호기심을 자극했다.

"저건 무슨 소리죠? 냄비로 요리중인가요?"

아버지는 소리를 내는 근원지를 보여주기 위해 나를 부엌이 아니 라 압력 조절 매트리스가 있는 엄마의 방으로 안내했다.

"정말 좋은 생각이지."

아버지가 시니컬하게 말했다.

"수면에 적합한 상태를 만들기 위해 저런 소리를 내고 있는 거야."

매트리스의 여러 칸들이 몇 분마다 번갈아가며 부풀었다 다시 소리를 내며 수축되고 있었다.

"어쩌면 말만 압력 조절 매트리스지, 그저 시늉만 하는 건지도 몰라! 환자용 침대, 압력 조절 매트리스, 휠체어, 이 모든 것을 마련하는 데 수천 유로가 들었어."

아버지는 화를 가라앉히며 말했다.

"사실 내가 그레텔을 집에서 돌봄으로써 엄청난 액수의 간병보험비를 줄여주는 셈이지. 그러니까 내가 말하고 싶은 건, 꼭 필요한 물건을 승인받는 건데 왜 그렇게 복잡한 과정이 따라야 하느냐 이거야."

아버지는 보험회사와 주고받는 반복적인 전화 통화와 각종 문서에 관해 불만스럽게 토로했다.

"내가 환자침대가 즉시 필요하다고 하면 이렇게 말하는 거야. '의사가 원하는 걸 처방해줄 거고, 그와 관련해 우리 측 전문가가 우선 판단을 내릴 겁니다.' 그러고 나서 언젠가 재료에 대해 아무것도 모르는 게 분명한 전문가라는 사람이 오더니 질문도 하나 없이 아주 잠깐 간호 기록만 훑어보는 거야."

그런 후에야 의료장비 업체에서 환자침대를 대여할 수 있도록 허가가 났다. 그리고 그 업체의 조립팀이 방문해서 아버지에게 자랑스럽게 설명했다는 것이다. 이 제품은 "환자침대 중에서도 '포르셰'쯤" 되는 것이라고.

"그건 안 좋은 징조였어."

아버지는 '오펠'이나 '폴크스바겐'쯤 되는 환자침대를 오히려 더 선호했을 것이다.

"포르셰는 알다시피 비싸기만 하고 비실용적이야. 특히 차에 오르고 내릴 때는."

그 침대는 사람이 생각해낼 수 있는 조정이 가능한 옵션을 모두 갖추었고 트랜스포머 로봇이 일종의 안락의자로 변신한 것 같아 손주들에게는 큰 즐거움을 줄 수 있었다. 그렇지만 유감스럽게도 엄마가 문제없이 침대에 앉을 수 있을 만큼 충분한 높이로 낮출 수가 없었기 때문에 엄마를 휠체어에서 매트리스로 옮기려 할 때마다 미끄러질 위험이 항상 도사리고 있었다. 최첨단이긴 하지만 우리에게는 몹시 비실용적인 이 환자침대를 이십사 개월간이나 대여한 상태였다. 단기간 대여가 불가능했기 때문이다. 보험회사는 엄마의 가까운 장래에 대해 우리보다 걱정을 덜 하는 듯했다.

"우리가 모든 것을 잘 해내고 있다는 게 정말 기뻐."

아버지가 말했다.

"나는 장을 보고 요리도 하고, 가비야도 돕고 있어. 그 이상은 나도 할 수가 없는 거고. 나는 여전히 수학공부도 하고 싶어. 실제로 모든 일이 잘 돌아가고 있어. 가끔 우리 둘 다 기분이 좋지 않을 때는 순조롭지 못하기도 하지만, 그 외에는 한 사람이 다른 쪽을 언제나 즐겁게 해주지."

잠시 동안 아버지와 나는 주인 없는 환자침대에서 작동중인 압력 조절 매트리스를 무의식적으로 바라보았다. "푸-푹" 부풀었다가 다시 공기가 빠지면서 각 매트리스 칸에서 소리가 새어나왔고, 침대 아래에서는 압축기가 계속해서 붕붕거리며 작동하고 있었다.

"재택간호 서비스에서 매일 아침 간호사가 욕창 상처를 돌봐주러 오고 있어."

아버지가 이야기를 계속했다.

"금요일에는 그 간호사 때문에 화가 머리끝까지 치밀었지. 나한테 치매 환자는 결국 굶어죽거나 목말라죽는다는 사실을 분명히 알고 있느냐고 묻는 거야. 그래서 내가 말했지. '당연히 여기서 내 아내를 굶어죽도록 내버려두지는 않을 겁니다!' 하고 말이야."

"간호사가 왜 그런 말을 했죠?"

내가 다시 물었다.

"호스피스 병원에서 근무하는 사람인데 경험에서 나오는 말이겠지. 치매 환자들의 문제점은 시간이 흐르면서 말하는 법과 화장실 가는 법을 잊어버릴 뿐 아니라, 나중에는 음식 씹는 법과 삼키는 법도 모르게 된다는 거야. 다행히 현재 그레텔은 아직 그 정도는 아니지만, 점점 더 심각해질 게 분명해."

엄마가 기분 좋은 순간을 이용해 휠체어로 옮겨 앉히는 동안 아버지는 계속해서 일상적인 간병 이야기를 들려주었다.

"최근에 피오트르라는 물리치료사가 다시 왔어. 그 사람은 그레텔에게 큰 소리로 강요하듯 말하고, 그레텔은 그에게 거의 복종해. 그런 명령조는 별로 마음에 들지 않지만, 그래도 두 사람은 실제로 함께 계단 층계 몇 개를 올라갔다 다시 내려오더라고. 그레텔이 따로 그렇게 하는 게 얼마나 어려운 일인지 생각한다면 정말 인상적인 일이지. 하지만 피오트르는 일주일에 한두 번 와서 기껏해야 이십 분 정도만 있을 뿐이야. 그 짧은 시간에 아무것도 안 할 때도 종종 있고. 여하튼 그는 그레텔의 정신 상태를 전혀 고려하지 않아."

잠자리에 들기 전, 나는 엄마에게 활기를 불어넣어주려고 애썼다. 내가 집에 왔어도 아직까지 엄마가 내게 아무런 반응도 보이지 않았기 때문에 조금 슬프기도 했다. 예전에 엄마가 내게 기타 치는 법을 가르쳐주었을 때 사용하던 엄마의 오래된 기타를 가져왔다. 그리고 엄마 옆에 앉았다. 나는 엄마가 예전에 연주했던 레너드 코언의 〈수잰 Suzanne〉을 들려주기 시작했지만, 엄마는 이 아름다운 아르페지오 연주에도 관심을 보이지 않았다. 어쩌면 엄마가 깊은 잠에 빠졌기 때문일지도 모른다. 두번째 후렴구에서는 엄마의 몸이 이미 옆으로 넘어갈 듯 보였다. 나는 조금 빠른 비틀스의 음악을 연주해보았다. 그러나 〈하드 데이스 나이트A Hard Days Night〉도 완전히 실패였다. 나는 엄마의 몸을 똑바로 세우려고 기타를 옆에 내려놓았다. 그때 엄마가 눈을 잠깐 떴지만 그 무엇도 인지하지 못하는 듯 보였다. 나는 엄마의 주의를 끌어보려고 파란색 고무공을 손에 얹어보기도 했지만 모두 헛수고였다. 엄마가 붙잡지 않아 공은 바닥에 떨어져 통통 소리를 내며 구석으로 애처롭게 굴러갔다.

오늘은 아버지의 밤 근무를 넘겨받아 가비야와 함께 엄마를 돌보기로 했다. 등에 생긴 욕창 때문에 엄마는 꽉 막힌 기저귀를 착용할 수 없었고, 그래서 요실금용 시트를 계속해서 갈아주어야 했다. 어떤 경우에도 욕창 상처를 축축한 침대에 방치해서는 안 된다. 머리를 짜서 고안해낸 압력 조절 침대였지만 그래도 욕창이 번지는 걸 예방하기 위해서는 네 시간마다 한 번씩 엄마의 자세를 바꿔줘야 했다.

새벽 세시, 휴대전화 알람이 깊은 잠에 빠졌던 나를 깨웠다. 갑작스러운 기상에 머리가 어지러웠다. 좀비처럼 비틀거리며 계단을 내려갔다. 엄마의 침실 앞에서 나는 티셔츠에 속바지만 입은 아버지와 마주쳤다.

"제가 엄마를 돌보기로 했잖아요."

내가 의아해하며 물었다.

"저절로 눈이 떠졌어."

아버지가 속삭이듯 말했다.

"그럼, 가서 다시 주무세요."

내가 말했다. 사실은 '그럼, 저는 다시 들어가서 잘게요'라고 말하고 싶었지만.

내가 엄마의 어깨를 잡아 조심스럽게 내 쪽으로 돌릴 때 엄마의 목에서 그르릉 하고 울리는 소리가 들렸다. 엄마는 기침을 시작했지만 눈은 감고 있었다. 가비야가 밑에 깔고 있는 요실금 시트를 바꿀 수 있도록 나는 엄마를 두 팔로 안아올렸다. 그레텔이 눈을 떴고, 밝게 웃으며 나를 올려다보고 말했다.

"아, 예쁘다! 위에 있는 이건 뭐지?"

나는 정말 기뻤다. 엄마가 눈을 뜬 모습을 본 건 정말 오랜만이었다. 잠에서 힘겹게 깨어난 보람이 있었다! 하지만 유감스럽게도 나는 엄마를 그 상태로 더 오래 안고 있을 수가 없었다. 자세를 바꾸기 위해 엄마를 다시 내려놓고 옆으로 살짝 굴렸다. 엄마는 옆으로 누운 상태의 바뀐 자세를 무서워했고 있는 힘을 다해 나를 꼭 붙잡았다.

"오, 맙소사!"

엄마가 겁먹은 듯 힘주어 말했다. 나는 엄마를 조심스럽게 대했다. 환자침대에는 안전 난간이 있었지만 엄마는 내가 자신을 침대 밖으로 던지려 한다고 생각하는 것 같았다.

"다 잘될 거예요. 걱정 마세요, 엄마."

나는 엄마를 진정시키며 옆으로 누운 자세를 약간 비스듬하게 바꾸어주었다.

내가 침대에서 다시 몸을 일으키려 했을 때 엄마가 내 손을 꼭 붙잡고 있다는 사실을 알게 되었다. 손을 잡으면 엄마는 거의 반사적으로 움켜쥐었고, 잡고 있는 손을 스스로 놓지 못했다. 오늘밤 엄마의 악력은 특히 더 강했다. 가비야는 간호사에게 배운 요령을 내게 알려주었다. 새끼손가락만 뒤로 약간 젖히면 나머지 손가락은 저절로 풀린다는 것이다. 그 방법은 마치 열쇠를 사용하는 것처럼 놀라울 정도로 잘 작동했다. 야간 당번 간병인으로서 엄마의 간호를 만족스럽게 끝마치고, 나는 다시 침대에 누워 바로 몇 시간 후에 있을 아침 교대시간까지 눈을 붙였다.

아침 늦게 일어났지만 간밤의 피로는 여전히 강하게 남아 있었다. 주방에 가보니 엄마는 가비야와 함께 아침식사를 하는 중이었다. 전화벨이 울렸고, 누나가 수화기 너머에서 지난밤을 어떻게 보냈는지 궁금해했다. 나는 꽤 힘들었다고 하소연을 늘어놓았다.

"아이를 한번 가져봐!"

누나가 말했다.

"그때는 한밤중에 계속해서 일어나야 하니까. 한 번 일어나는 건 아무것도 아니야."

병들고 겁에 질린 엄마에게 마른 시트를 갈아주는 건 갓난아기의 기저귀를 갈아주는 것과 심리적으로 차이가 있을 거라는 생각이 들었다. 하지만 사실 누나 말이 옳았다. 불평만 늘어놓을 것이 아니라 엄마의 간호를 내 인생을 위한 좋은 훈련으로 생각해야 한다.

아침에 일단 엄마를 침대에서 모시고 나와 씻기고 옷을 갈아입히면 모두가 한시름 놓을 수 있었다. 그러나 불행히도 간병 전문 간호사는 언제나 늦은 오후에 방문했고, 그 때문에 엄마는 아침식사 후 바로 다시 침대로 가서 누웠다. 욕창 상처는 옆으로 누워야만 치료할 수 있었다. 침대에서 모시고 나오기 위해 온갖 노력을 다했는데 곧바로 다시 눕혀드려야 한다는 게 정말 어이없었다. 다행히 엄마는 그 모든 걸 금세 잊어버렸다.

아버지는 간호 서비스가 어느 정도 잘 행해진다는 사실만으로도 안도했다. 이미 일 년 전, 아버지가 일을 밀어붙여 엄마를 돌봐줄 간호 팀을 요구한 적이 있었다. 얼마 후 어느 날 아침, 두 사람이 찾아와 엄마가 누워 있는 침대로 들이닥쳐 일어나라고 말했다. 엄마는 그런 배경을 전혀 알지 못하고 낯선 이들에게 물었다.

"누구시죠?"

간호사와 간호조무사는 자신들을 소개했지만 엄마는 정신이 혼미한 상태였다. 두 사람이 몇 분 후 다시 말하자 엄마는 자는 척하며 중얼거렸다.

"저를 그냥 놔두세요! 여긴 제 방이에요."

그러자 간호사는 아버지에게 "할 수 있는 게 아무것도 없습니다. 강요할 수는 없거든요"라고 말했고, 이십 분 후에 아무런 보람도 없이 다시 돌아가버렸다. 분 단위로 산정되는 일상적인 간호 서비스 업무의 빠듯한 일정과 한 번에 십오 분 이상 머무는 경우가 드문 치료 전문가와 간호사에게 고집 센 치매 환자를 위한 여유는 있을 수가 없었다. 특히 엄마처럼 강한 반발을 일으키는 사람이라면 더더욱.

그러나 시간이 흐름에 따라 상황은 전혀 다르게 변해갔다. 엄마가 더이상 자신을 방어하지 않게 된 것이다.

"반감이 사라졌어."

아버지가 슬퍼하며 상황을 간단히 설명했다. 엄마는 이제 더이상 거부하지 않았지만 협조도 하지 않았다. 그것 또한 사태를 그리 수월하게 만들지는 못했다. 의식이 없는 사람을 한 번이라도 옮겨본 사람은 누구나 상황이 얼마나 어려운지 알 것이다.

우리는 엄마를 휠체어에 태워 부엌에서 방으로 돌아가 침대에 다시 눕히려 했다. 나는 가비야를 도와주려 했지만 그녀는 고개를 힘차게 저었다.

"아니, 아니, 아니에요! 제가 혼자 할게요."

가비야는 몸을 구부려 엄마를 안고 몸을 일으켰다. 가비야의 요통은 다 나았나? 체격이 좋은 그녀는 엄마보다 체중이 덜 나갔지만 힘주어 일어섰다. 엄마의 몸은 뻣뻣하게 경직되어 두 무릎이 잘 모아지지 않았다. 두 사람은 이미 옆으로 기울어져 균형을 거의 잃었고 나는 재빨리 휠체어를 옆으로 치웠다.

"말테, 말테!"

가비야는 너무 당황해 나를 아버지의 이름으로 불렀다. 나는 가까스로 두 사람을 꼭 붙잡을 수 있었다. 정말이지 큰일날 뻔했다! 가비야의 노력은 가상했지만 위험하기도 했다. 그녀의 열정은 도를 넘는 경향이 있었다.

오후에 약국에서 전화가 걸려왔다. 진통제가 도착했다는 것이다.

아버지는 마약류로 지정돼 관리되는 약의 경우 평소보다 조달받기가 어렵다고 설명했다. 나는 약을 받아오기 위해 길을 나섰는데 욕창 상처에 필요한 특수 드레싱도 함께 사 와야 했다. 아버지가 우선 모든 경비를 지불하고 나서 이후에 보험회사에 청구해 돈을 환급받을 수밖에 없었다.

터무니없이 비싼 가격이란 뜻의 '약국 가격'이란 옛말이 그 이름값을 드높이고 있었다. 엄마의 발꿈치에 사용할 아주 작은 스펀지조각 두 개가 백이십 유로에 달했다. 그 말인즉, 우리는 누구나 말년이 되면 지금까지 살면서 든 돈만큼 많은 비용이 들게 된다는 의미였다. 지금까지 나는 첨단기술이 필요한 집중치료를 할 때만 그런 줄 알았다. 이제는 '티끌 모아 태산'이라는 말을 더 잘 알게 되었다. 우리는 매주 몇백 유로를 상처 드레싱에만 사용했다. 약사가 내게 작고 좁다란 백삼십팔 유로짜리 약봉지를 건네주었다. 그녀는 펜타닐(진통제의 일종)은 합성마취제 성분으로 모르핀과 같은 효과를 보인다고 설명했다.

엄마의 치료는 아무런 피드백을 받을 수 없었기 때문에 여러 가지 관점에서 계기비행을 하는 상황과 똑같았다. 예를 들면 엄마는 통증 여부에 관한 그 어떤 정보도 주지 못한다. 엄마의 반사반응도 더이상 기대할 수는 없었다. 간호사 중 한 명은 말기 치매 환자가 자신의 통증을 인지하지 못하는 것은 일반적이라고 설명해주었다. 한 요양원에서는 어떤 부인이 다리를 저는 게 눈에 띄었고 그제야 그 부인의 대퇴경부가 며칠 전에 골절되었다는 사실이 밝혀졌다. 이 같은 기이한 통각상실증이 심각한 욕창 상태에서 나타나는 경우도 흔하다고 했다. 통증은 욕창의 초기 단계에서 가장 먼저 나타난다. 그러나 주치의나 삼촌도 엄마가 정말 통증이 하나도 없는 것인지 감을 잡을 수가 없었다. 불행히도 그런 상태를 객관적으로 측정할 수는 없었다. 엄마가 계속 눈을 감고 있는 건 어쩌면 고통으로 감각을 잃고 내면으로 쑥 들어가버렸음을 나타냈던 게 아닐까?

엘타렉 박사의 의견은 어쨌든 진통제가 엄마에게 해롭지 않다는 것이었다. 엄마가 통증에서 해방된다면 더 오래 살고 싶어할 수도 있을 것이다. 약국에서 돌아와 나는 충분히 생길 수 있는 오피오이드(아편과 비슷한 작용을 하는 합성진통마취제)의 부작용에 관해 조사했다. 엄마의 경우 '기억력 저하'와 '불안정 상태'에 대해 크게 염려할 필요는 없었다. 그렇지만 '환각'이나 '호흡기능 저하'가 나타나면 어찌 되는 것일까?

저녁식사 시간에 아버지는 우리 집 고유의 진통제인 보드카를 내왔다. 폴란드계를 선조로 둔 가비야는 일상적인 식사에서 우리와 함께 '정화를 위한 의식'을 함께하고 있었다.

"이건 소독하는 거야!"

아버지는 보드카를 작은 유리잔에 따르며 말했다. 가비야는 "세 방울을 마신다"라고 표현하며 우리에게 리투아니아어로 '건배하다'라는 말을 가르쳐주었다. 그 소리는 '이쓰-비-카터(고양이처럼 먹어)'

라는 말로 들렸다. 우리는 잔을 가볍게 부딪쳤고 건배사를 즉석에서 지어냈다.

"고양이처럼 먹고, 고양이처럼 마시자!"

우리는 큰 소리로 웃으며 마셨다. 그때 엄마가 눈을 떴고 작은 목소리로 중얼거리며 청했다.

"오, 제발, 제발."

우리는 두 번 말하게 하지 않고 엄마에게도 '약간의 물' 한 모금을 마시게 했다. 엄마는 홀짝홀짝 마셨고 입술을 찌푸렸다.

"오! 엄청나. 속을 할퀴는 것 같아. 굉장히 날카로운 맛이야!"

그러고 나서 가볍게 기침을 했다.

"오, 이런, 기침이 나와요?"

내가 걱정스럽게 물었다.

"내가? 절대! 이제 자고 싶어."

엄마의 대답은 우리에게 웃음을 안겨주었다. 엄마는 건강해 보이는 홍조를 띤 채 자신의 상황을 수다스럽게 말했다.

"이걸 없애줘, 없애줘, 없애줘."

우리는 안전을 위해 입가심으로 사과 주스 한 모금을 마시게 했고, 엄마는 이를 인지했다.

"이건 좋아."

아버지는 기분이 한껏 고조되었다. 식사중에 이러한 담소를 나누는 것은 실로 오랜만이었다. 엄마 또한 식사중에는 좋은 기분을 유지했다. 엄마가 붉은 양배추를 거부하자 아버지는 초록빛의 방울양배추를 먹이기 위해 노력했다.

"이것 좀 봐요, 당신을 보고 웃고 있어!"

그러자 엄마는 잠시 눈을 뜨고 방울양배추를 한 번 흘끗 바라보더니 말했다.

"바보예요?"

식사 후에 아버지가 맥주 두 병을 땄다.

"뭐하는 거예요?"

엄마가 호기심이 가득한 눈으로 바라보며 물었다.

"당신하고 함께 여기 앉아 있어요."

"아주 좋아요."

엄마는 전례 없이 오랫동안 눈을 뜨고 있었고, 우리가 맥주를 마실 때 아버지와 나를 유심히 쳐다보며 말했다.

"신기하네요. 당신 둘은 어딘지 매우 닮았어요."

저녁에는 낙관적인 분위기였지만 다음날 아침 엄마의 상태는 좋아 보이지 않았다. 뭐, 어제 너무 늦게까지 무리한 건 사실이니까. 오늘은 엄마를 조금 오랫동안 잠자리에 누워 계시게 했다. 그래도 간호사가 올 때까지만이었다. 아버지와 가비야는 부엌에서 장 볼 목록을 작성하고 있었다.

엄마는 어제와 비교가 되지 않을 정도로 점심에도 여전히 피곤해하고 얼이 빠져 있었다. 불행히도 약으로 통증이 경감되고 생기를 되찾았다는 인상은 전혀 받을 수가 없었다. 엄마가 자꾸 처지는 것은 펜타닐 패치 때문일까, 아니면 그저 어제의 피로 때문인 걸까?

나는 원래 영화를 마저 완성하기 위해 아침에 다시 베를린으로 돌아가려고 했다. 하지만 이야기를 여기서 끝내야 할까, 아니면 마지막으로 치닫는 엄마의 투병과정을 끝까지 영화에 담아야 할까 고민스러웠다. 실제로 엄마의 상태가 계속 악화되고 있는데 엄마에 대한 다큐멘터리 작업을 한다는 것은 매우 이상한 일이었다. 이를테면 엄마의 변화는 정체기인 셈이었다. 새로 전개되는 상황은 고려하지 말아야 하는 것일까?

그러나 이러한 생각은 잠시 제쳐두기로 했다. 촬영을 하고 싶지는 않았다. 특히 엄마의 상태가 이렇게 좋지 않을 때는 더욱 그랬다. 그리고 나는 아직 희망을 버리지 않았다. 엄마가 살아 있는 동안 영화를 꼭 끝마칠 수 있을 것이다! 하지만 엄마를 위해 세웠던 계획 대부분은 생각처럼 실행되지 않았다. 집을 이사하고 엄마가 지내기 편하도록 리모델링하려던 계획 모두 늦어지고 있었다. 어쨌든 엄마의 현재 상태로는 어떤 계획도 모두 아무런 소용이 없었다.

오후에 아버지와 함께 적당한 환자침대를 살펴보기 위해 한 의료장비 업체를 찾아갔다. 그곳에서 충분히 깊게 낮출 수 있는 침대를 발견했는데, 이천 유로 이상을 지불하고 임대한 '포르셰'보다 가격이 확실히 저렴할 것 같았다. 확실히 이 년간 임대하는 비용보다는 더 저렴했다. 하지만 제조업체가 보험회사의 거래처가 아니었기 때문에 비용은 아버지가 자비로 충당해야 했다.

우리는 높이 조절이 가능한 환자용 안락의자에 대해서도 문의했다. 담당자는 삼천 유로짜리 모델을 보여주었다. 그녀는 이런 안락의자도 보험회사에서 지원받을 수는 없을 거라고 말했다. 아버지와 나는 과연 이 안락의자가 엄마에게 얼마나 큰 도움이 될지 생각해보았다. 우리는 지금까지 이케아에서 구입한 백 유로짜리 안락의자도 잘 사용해왔다. 엄마는 분명 이렇게 말했을 것이다.

"정말 쓸데없는 소리 말아요, 너무 비싸잖아요!"

게다가 우리는 이런 생각도 들었다.

'이 물건을 도대체 얼마나 사용할 수 있을까?'

아버지는 작은 이정표를 그리며 생각하는 습관을 가지고 있었다. 다만 너무 먼 미래까지 생각하지는 않았다. 그러면 그저 우울해질 뿐이니까.

아버지가 가끔 다른 곳으로 생각을 돌렸다면 그것은 틀림없이 탁구였을 것이다. 아버지는 탁구경기를 매우 좋아하지만 회원으로 가입한 협회에서는 언제나 적절한 경기 파트너를 구하기가 어려웠다. 훈련을 가서도 몇 시간 동안 벤치에 앉아서 시간을 보낼 때가 많았다. 그래서 오늘밤 내가 같이 가겠다는 말에 아버지는 매우 기뻐했다. 오늘은 요리하고 싶은 기분이 들지 않아 가기 전에 시내에서 피자를 사오기로 했다.

내가 피자 상자를 들고 집 쪽으로 오는 동안 길가에 서 있는 한 남자가 눈에 들어왔다. 거리가 가까워지면서 우리 집 문 앞에 서서 초조하게 무언가를 기다리는 사람이 바로 아버지라는 사실을 알았다. 내가 너무 늦었나? 나와 만나 곧바로 탁구를 치러 가고 싶었던 것일까? 그러나 아버지는 나를 전혀 인지하지 못했고, 내가 불과 몇 미터 앞까지 다가갔을 때도 전혀 알아차리지 못했다. 아버지는 무언가를 기다리고 있었다. 거의 코앞까지 왔을 때 내가 물었다.

"무슨 일이에요?"

"구급차를 불렀어, 그레텔이 질식 상태야."

나는 피자를 들고 달리기 시작했다. 이제 손에 있는 뜨거운 상자가 성가시기만 할 뿐이었다. 아버지를 지나 열린 대문을 통과해 위층으로 다급히 올라갔다. 엄마는 침대에 누워 숨을 헐떡였고 몸은 이상하게 비틀려 있었다. 가비야는 그 옆에 앉아 공포에 떨며 흐느꼈다.

"미안해요! 내 잘못이 아니에요, 내 잘못이 아니라구요!"

그녀가 나를 향해 외쳤다. 나는 넋을 잃은 채 피자를 내려놓고 부들부들 떠는 엄마에게 가까이 다가갔다. 엄마의 입가에 약간의 거품이 묻어 있었고 당장이라도 구토를 할 것만 같았다. 어깨를 잡고 흔들며 엄마를 불렀지만 아무런 반응도 보이지 않았고 신음 소리를 내며 불규칙적이면서도 빠르게 가쁜 숨을 내쉬기만 했다. 지금 당장 무슨 조치를 취하지 않으면 나중에는 손을 쓸 수도 없을 터였다!

다행히도 그 순간에 아버지를 따라 구조대원이 들어왔다. 세 명의 건장한 남자가 상황을 살펴보았고, 그중 한 명은 무거운 제세동기를 들고 있었다.

"어떻게 된 일이죠?"

구급대원이 물었다.

"후식으로 요구르트를 먹였습니다."

아버지가 설명했다.

"그랬더니 갑자기 기침을 시작했고 얼굴이 파랗게 질리면서 가래가 끓는 거예요. 금방이라도 숨이 멎을 것 같았습니다."

"어떤 병력을 가지고 있나요?"

구조대장이 엄마의 얼굴을 간단히 살피며 물었다.

"제 아내는 중증 치매를 앓고 있습니다."

"흡인증상입니다."

구조대원이 추론했다.

"환자를 밑으로 내리겠습니다."

흡인Aspiration, '삼키다'라는 뜻을 가진 이 낯선 단어를 속으로 되새겨보았다. 지금까지 나는 '애스퍼레이션'이란 단어를 희망이란 의미로만 알고 있었다.

"어제 처음으로 엄마한테 펜타닐 패치를 드렸습니다."

구조대원이 엄마를 실어나를 방수포를 푸는 동안 나는 그들이 기록해두어야 할 내용을 알려주었다.

"우리는 엄마가 진통제를 먹고 나아지길 바랐지만, 오늘 하루종일 기운이 하나도 없었습니다. 그것과 어떤 관련이 있을까요?"

구급대원은 고개를 저었다. 내 질문에 대한 대답인지, 지금 그게 중요한 게 아니라는 뜻인지 확실히 알 수 없었다.

구조대원들은 냉정한 표정으로 엄마를 방수포로 감싸고 있었는데, 이때 불현듯 시신 운반용 자루가 떠올랐다. 엄마는 이제 가망이 없는 것일까? 나는 구조대원들의 표정을 읽어보려고 했지만 희망을 가져도 되는 것인지 전혀 기미를 찾아볼 수 없었다.

저들에게 이런 일은 그저 일상일 뿐이다. 토요일 밤에 노부인 하나가 흡인을 일으킨 것이다. 우리 가족에게는 세상이 무너지는 일이지만 구급대원들에게는 평소와 다를 게 없는 일상적인 업무에 불과했다. 이제 남자들이 엄마를 위로 들어올려 빠른 걸음으로 집을 나섰다. 엄마는 병원으로 향했다. 우리가 절대로 피하고 싶었던 바로 그곳으로. 그러나 달리 무엇을 할 수 있을까? 엄마가 질식사하도록 내버려둘 수는 없지 않은가!

"주치의랑 연락이 되지 않았어."

아버지가 말했다. 곤경에 빠져 구급차를 부른 것이었다.

"가비야가 수건으로 목에서 가래를 빼내려고 했지만 그레텔이 수건을 꽉 물고 숨을 가쁘게 내쉬었어. '놔두세요, 놔두세요' 그러는 거야. 그레텔은 이제 가망이 없다는 생각이 들었어."

불쌍한 아버지는 최선을 다한 것이다. 흡인은 질식사 외에도 기관지에 도달한 이물질을 통해 폐렴을 일으킬 위험도 있었다. 항상 아버지가 염려하던 일이었다.

"그러면 그레텔은 정말로 끝이야."

대문 앞에서 구조대원들은 엄마를 들것에 눕히고 앰뷸런스에 밀어넣었다. 앰뷸런스의 푸른색 등이 으스스한 빛을 발하고 있었다. 밖에선 이미 교통체증이 조금씩 시작되고 있었다. 아버지는 그들에게 구급차를 타고 같이 병원으로 갈 수 있는지 물었다.

"그럴 필요는 없습니다."

구급대원이 말했다. 그는 한 시간 안에 연락을 주겠다고 했다.

"지난번에는 같이 타고 갈 수 있었는데."

아버지가 이상하게 여기며 말했다. 우리는 앰뷸런스가 날카로운 마찰음을 내며 신속하게 출발하기를 고대했지만 그대로 서 있기만 했다. 자동차들은 이미 다음 모퉁이를 돌아서까지 정체되고 있었다. 구급차가 출발은 했지만 앞으로 달리지 못하고 있는 것이다. 이제 가비야도 대문 앞으로 내려왔다. 그녀는 눈물을 흘리며 흐느꼈다.

"내가 잘못한 게 아니에요, 내 잘못이 아니라고요!"

나는 고개를 저으며 가비야의 어깨에 손을 얹었다.

"당신이 할 수 있는 일이 아니었어요. 정말이에요."

그녀는 기도하듯 두 손을 포개었다.

"제발, 제발, 제발요!"

그리고 하늘을 올려다보았다. 한 번만 더 봐달라고, 신의 마음을 움직이게 해보려는 듯……

시간이 지나도 구급차는 계속해서 우리 집 문 앞에 그대로 머물러 있었고 푸른빛과 붉은빛을 띤 불빛이 우리 얼굴에 스치고 있었다. 저 안의 사람들은 엄마를 소생시키기 위해 필사적으로 노력하고 있을까? 운전을 하는 동안에는 할 수 없는 것일까? 나는 그들이 사이렌을 끄고 밖으로 나올 때 전혀 서두르지 않는 모습을 상상했다. 침착하고 태연하게 사고 현장에서 자신들의 물건을 챙기는 구급대원들의 모습은 정말로 오싹한 장면이었다. 어떤 도움을 주기에는 너무나도 늦어버린 탓에 대원들은 자신의 의무를 종결하는 것이다.

실제로는 오 분밖에 지나지 않았지만 영겁처럼 느껴졌던 시간이 지난 후에 구급차의 문이 열렸다. 가슴이 철렁 내려앉았다. 구급대원이 무섭도록 침착하게 행동했다. 이제 다 틀린 것인가? 구급대원이 아버지를 다가오게 해 잠깐 응급차 뒤쪽을 살펴보게 했다. 아내에게 작별인사를 하라는 것일까? 차 가까이 다가갔을 때 내 심장은 미친 듯이 뛰고 있었다. 그러나 천만다행으로 아버지는 안심했다.

"그러니까 더이상 생명이 위급한 상황은 아니라는 말씀이군요. 폐에서 어느 정도 이물질을 제거했고 상태도 다소 안정되었고요. 호흡이 안정된 것은 저도 확인했습니다. 그럼 이제 응급실로 가겠군요."

구급차가 드디어 움직이기 시작했다. 엄마의 흡인으로 이제 우리의 바람은 엄마를 병원으로부터 안전하게 지키는 것이 되었다.

어떤 조건으로
보내드릴지 숙고해보세요

저마다 다른 조언들

"어머님의 상황이 좋지 않습니다, 지베킹 씨."

엄마가 실려간 뒤 한 시간 후에 중환자실 의사가 아버지에게 전화로 설명했고, 마음이 동요된 아버지는 그 의사에게 자신의 엄마가 아니라 아내라고 정정하는 것을 잊어버렸다.

"환자는 심방세동(심장이 규칙적으로 뛰지 않아 불규칙한 맥박을 보이는 질환)을 동반한 심부전 상태입니다. 약물로 안정시키려 노력하고 있습니다."

의사는 친절했지만 상황을 여과 없이 모두 알려주었고, 아버지에게 어떠한 의료조치를 원하는지 물었다. 스피커를 통해 대화를 듣던 나는 별안간 우리 손에 달린 막중한 책임감이 느껴졌다.

"우리 아이들과 나는 마지막이 다가온다면 집에서 보내는 게 가장 좋겠다는 생각입니다."

아버지는 질문에 바로 대답하는 대신, 난호하게 우리의 입장을 요약해서 전달했다. 그리고 자신에게 법정대리권이 있으며 자식들에게 부▦대리권이 있음을 알려주었다. 아버지는 엄마에 관한 중대한 결정을 혼자 내리고 싶어하지 않았다.

아버지와 나는 침묵 속에 병원으로 향했다. 병원은 내가 다닌 초등학교 바로 뒤편에 있었다. 나는 어릴 적에 통학하던 길을 아버지와 함께 걸으며 입학 이후 한동안 엄마가 자전거로 나를 학교에까지 태워다주던 때를 회상했다. 엄마는 당시 소비자 보호에 관한 최신 정보에 굉장히 밝았으며, 제품 평가지인 『슈티프퉁 바렌테스트』를 꾸준히 읽었다. 우리를 위해 어떤 건강보험, 책임보험, 손해보험이 좋고 유익한지 찾아주기도 했다. 특히 아버지와 나는 건강에 관해서라면 엄마에게 전적으로 맡긴 상태였다. 그런데 이제 갑자기 우리더러 엄마에 대한 중대한 의료 결단을 내리라니! 뒤죽박죽 같은 세상!

길을 걸으며 아버지가 마치 내 큰형 같다는 느낌이 들었다. 아버지도 꼭 나처럼 소중한 엄마를 잃어버린 것 같았다. 의사가 아버지를 엄마의 아들로 착각한 게 어쩌면 완전히 틀렸다고는 할 수 없을 것 같았다.

병원 응급실로 들어서자 어렸을 때 질식해서 실려와 이곳에서 엄마와 똑같이 치료받았던 일이 떠올랐다. 초등학생이던 나는 엄마의 애정이 담긴 누텔라 초코잼이 듬뿍 발린 빵을 베어물었다가 말벌에 쏘였다. 말벌도 나처럼 빵에 발린 달콤한 것을 즐기고 있었던 것이다. 그 말벌이 살아남았는지는 알 수 없지만 확실한 건 벌에 쏘인 내 목이 아주 빠르게 부어올라 숨조차 쉴 수 없는 지경이 되었다는 것이다. 조금 전에 엄마가 겪은 상황과 매우 비슷했다. 당시 나는 쉬는 시간에 운동장에 있다가 곧바로 이곳 병원으로 옮겨졌고, 부기를 가라앉히는 주사를 맞았다. 부디 엄마에게도 오늘 그때와 같은 효험 있는 처치가 되었기를!

"일단 안정되었습니다."

중환자 대기실에서 흰색 가운을 입은 레지던트가 우리에게 설명했다.

"환자를 계속 주시할 수 있도록 모니터실로 옮겼습니다."

그는 엄마의 병력을 물었고, 메모를 했다.

"유사시 심폐소생술을 실시할까요?"

그는 다시 고통스러운 질문을 던졌다. 우리는 그것이 정확히 무엇을 의미하는 것인지 듣고 싶었다.

"말하자면, 경우에 따라 소생술은 혼수상태로 이어질 수도 있습니다. 그러면 우선 인공호흡을 위해 튜브를 기관 내에 삽입하고, 일주일 후에는 기관지를 통한 직접 호흡을 하게 합니다. 문제는 나중에라도 튜브를 그렇게 간단히 제거할 수 없다는 것입니다."

아버지와 나는 불확실한 경우 심폐소생술을 하지 않을 것이라는 게 엄마의 뜻이자 우리의 뜻이기도 하다는 데 의견을 같이했다. 의사는 고개를 끄덕였다.

"그럼 식사는 어떻게 하시겠습니까? 현재는 주사를 통해 영양분을 공급하고 있습니다만, 앞으로도 계속 흡인이 발생한다면 위관 삽입도 생각해보셔야 합니다."

엄마에게 묻지도 않고 어떻게 그런 결정을 내릴 수 있을까? 내가 말벌에 쏘여 실려왔을 때는 엄마에게 선택의 여지가 없었다. 질식 상태인 어린아이에게 의사는 무조건 조치를 취해야만 했다. 하지만 이번에는 그렇게 일이 명확하지 못했다. 의사는 어찌할 바 모르는 우리의 얼굴을 바라보았다.

"오늘밤에 전부 결정할 필요는 없습니다. 하지만 어떤 조건으로 환자를 보내드릴지 숙고해보셔야 할 겁니다. 때로는 끔찍한 마지막이 끝없이 이어지는 공포보다 나을 수 있습니다."

모니터실에 들어서자 우리가 이미 엄마를 아주 멀리 보내고 있다는 느낌이 들었다. 엄마는 첨단 의료장비에 둘러싸인 채 휴식을 취하는 중이었고 몸에는 각종 튜브가 연결되어 있었다. 팔에는 주삿바늘이 꽂혀 있었고 튜브는 손가락 쪽에 달려 있었다. 산소마스크가 팽팽히 고정되어 있었는데, 침대 뒤쪽에 김이 서리는 장치에서 산소가 공급되었다. 엄마는 마스크 아래로 격하고 빠르게 호흡을 이어갔는데, 기침을 할 때마다 호흡이 중단되었다. 엄마는 고군분투하고 있었다. 모니터상으로 곡선이 두드러지게 나타났고, 숫자는 계속 변경되었으며, 수치는 오르내렸다. 얼핏 증권거래소처럼 보이기도 했다. 내게는

엄마의 상태가 매우 좋지 않아 보인 반면, 아버지는 엄마가 다시 좋아
지고 있다고 생각했다.

"뺨이 발그스름해."

아버지가 작게 속삭이며 엄마의 손을 잡고 얼굴을 어루만졌다.

"오, 그레텔. 나의 그레텔."

엄마는 눈을 감고 있었지만 지금까지 약하게만 동요하던 모니터
의 수치가 갑자기 큰 폭으로 오르락내리락했다. 곡선 하나가 급격히
움직였는데, 바로 심장박동수가 뚜렷이 상승한 것이다. 아버지가 엄
마의 손을 다시 놓아주자 수치는 즉시 안정되었다. 아버지는 자신 때
문에 엄마가 불쾌한 반응을 보인 것이라고 생각했다. 그러나 나는 오
히려 이 강한 반응을 아버지의 애정에 엄마가 기뻐하는 것이라고 해
석했다. 아마도 엄마의 심장이 약하게 두근거렸을 것이다! 예전에 아
버지가 한 말이 옳았다. 확실히 엄마에게는 소중한 것이 몇 가지 더 남
아 있었다. 나는 혈중 산소 함량이 구십칠에서 구십구 퍼센트로 증가
하는 것을 보고 흡족해했다. 그날 저녁, 증권시장은 아주 놀랄 만큼 긍
정적으로 마감되었다!

아버지와 가비야 그리고 나는 다음날 희망을 안고 중환자실에 도
착했다. 엄마는 이제 호흡기가 아니라 작은 산소비강캐뉼라(콧줄을 이
용한 산소흡입장치)를 꽂고 있었다. 그러나 엄마는 아직 대답을 할 수

없었다. 간호조무사는 엄마가 심각한 폐렴 증상을 보인다고 설명하며 침대 뒤쪽에 있는 흡입장치를 보여주었다. 기기에는 우유통 크기의 용기에 누렇고 붉은 분비물이 거의 가득 차 있었다.

"우리는 입으로 음식을 먹이려고 노력중입니다."

그가 말했다.

"하지만 환자가 제대로 삼키지 못하고 기침만 하고 있어요."

그는 간단히 설명한 후 다시 자리를 비켜주었고, 아버지는 벼락이라도 맞은 사람처럼 동요했다.

"이제 마지막이야."

아버지가 창백한 얼굴로 말하며 의자 위에 털썩 주저앉았다. 혼란스러워진 나는 작은누나가 도착하기 전까지 주위를 서성거렸고, 누나에게 전화를 걸어 대기실에서 중환자실을 지나 모니터실까지 오는 길을 알려주었다. 누나는 엄마의 무기력한 상태를 보자마자 바로 울음을 터뜨렸다. 가비야도 누나에게 다가가 울기 시작했다.

"내 잘못이 아니에요. 내 잘못이 아니에요……"

두 사람은 마침내 나와 아버지마저 눈물이 날 때까지 서로를 부둥켜안았다. 우리는 모두 서로에게 가까이 다가갔고, 그렇게 울음을 멈출 때까지 한참을 안고 있었다. 엄마는 반응을 보이지 않았다. 우리가 잔잔하게 말을 걸었을 때도, 손길이 닿았을 때도 마찬가지였다. 엄마가 한 번이라도 다시 눈을 뜰 수 있을까?

어쨌든 방금 전 간호조무사는 엄마에게 무언가 음식을 삼키게 하려고 노력중이라고 말했다. 그 말은 엄마에게 분명히 의식이 있었다는 말이다. 누나는 침대 옆 탁상에 놓인 간호기록부를 살펴보았고 다음과 같은 글을 발견했다.

'환자가 매우 고집스러움.'

나는 재미로 엄마에게 권위적인 간호사 말투를 시도해보았다. 엄마의 어깨를 살짝 흔들며 회진을 온 것처럼 말을 걸었다.

"지베킹 부인?"

바로 뒤를 이어 엄마가 순순히 눈을 뜨고 대답했다.

"네, 접니다."

우리는 모두 웃고 말았다.

다음날 엄마는 호전되었고 일반병실로 옮겼다. 하지만 그곳 상황도 긴급하긴 마찬가지였다. 엄마는 나이가 많은 두 명의 다른 노부인과 방을 같이 써야 했다. 한 부인은 몸 전체에 시퍼런 멍이 들었고, 다른 부인은 끊임없이 기침을 했다. 냄새가 썩 좋지 않았다. 그 노부인 환자들은 병문안 오는 사람이 거의 없어 우리가 계속해서 음료나 인사말을 건네야 했다. 가비야는 자신이 바라던 이상적인 환경에 둘러싸이게 되었으며, 노인 간병인으로서 직업적인 능력을 유감없이 발휘할 수 있었다. 그리고 엄마는?

"환자분의 염증 수치가 내려갔습니다."

한 레지던트가 설명해주었다.

"지금은 심부전으로 인한 폐부종이 생기지 않길 바랄 뿐입니다."

엄마가 계속 안정된 상태를 유지할 때까지 현재 착용중인 산소 비강캐늘라는 제거하지 않을 것이라고 했다. 우리는 엄마에게 음식을 먹여도 되는지 물었고, 의사는 엄마가 음식을 잘 삼킬 수 있는지 확인한 후 결정하자고 말했다. 만약 괜찮다고 한다면 우리는 간호사나 간호조무사가 엄마에게 음식 먹이는 것을 도울 수 있을 것이다. 그들에겐 여유를 가지고 엄마에게 음식을 먹일 만한 시간이 없을 수도 있기 때문이다.

우리는 튜브를 떼어내고 가능한 빨리 엄마와 함께 집으로 돌아갈 수 있길 바랐지만, 아버지는 엄마의 상태가 다시 좋아진 것인지 확신하지 못했다. 이런 환경에서 어떻게 그 많은 질환이 완쾌될 수 있겠는가? 아버지는 내게 병동 입구 승강기 맞은편에 눈에 띄게 걸려 있는 포스터를 가리켰다. 그것은 마치 아이들을 위한 서커스 광고처럼 보였다. 거기에는 다양한 색으로 칠해진 알록달록한 손이 묘사되어 있고, 그 위로 '청결한 손 씻기 캠페인'이라고 색칠된 글씨가 쓰여 있었다. 그와 함께 위생원칙에 대한 정보를 얻을 수 있는 웹사이트 주소도 실려 있었다.

"이 위험한 항생물질 내성균은……"

아버지가 말했다.

"네 삼촌의 경고에 따르면 환자가 아니라 대부분 병원 직원들을 통해 감염된대."

화려한 포스터를 보며 내가 화가 났던 점은 환자와의 접촉 전후에 손을 씻는 것과 같은 당연한 위생규칙을 어떻게 캠페인까지 벌여서 알려야 하나 하는 것이었다.

그러나 얼마 못 가 우리가 있는 병실에 훨씬 더 심각한 부주의가 많다는 것을 알게 되었다. 누나는 저녁에 엄마의 혈관주사 용액이 새면서 바닥에 방울져 떨어져 있는 것을 보았다. 다음날 아침에는 엄마의 이불이 매우 축축해서 확인해보니 수액 튜브가 또다시 새고 있었다. 나는 간호사를 호출했고, 그는 수액 백의 작은 플라스틱 탭을 잠갔다. 그는 탭이 왜 열렸는지, 예정된 만큼의 수액이 들어간 건지 아닌 건지도 전혀 몰랐다.

"항생제 병 같은 경우 영양액처럼 탭을 열어두어야 합니다. 누가 만져서 이렇게 된 건지 모르겠습니다."

아버지는 처음 며칠 밤을 보내는 동안 욕창 방지를 위해 엄마의 자세를 바꿔주는 병원의 조치에도 문제가 있음을 알게 되었다. 모니터실에서 중환자실까지는 두 시간에 한 번씩 자세를 바꿔주었다. 이곳 일반병동에서는 낮에는 세 시간에 한 번씩, 밤에는 네 시간에 한 번씩 바꿔주었지만, 기입된 내용을 보니 한번은 여섯 시간 동안 한 자세로 계속 있었던 적도 있었다. 아마 기입하는 걸 깜빡 잊었을 뿐이라고 변명하겠지만, 엄마가 어느 방향으로 누워 있어야 하는지 따져보았을 때 우리가 애초에 가졌던 의심은 사실임이 드러났다.

특히 문제가 되는 것은 아무 힘도 써볼 수 없는 상황이었다. 예를 들어 밤중에 병실에서 불쾌한 냄새가 날 경우 창문을 열어 환기라도

시키고 싶은데, 그게 간단치가 않았다. 한 명의 특정 간호사가 창문 열쇠를 소중한 보물처럼 관리했기 때문이다. 그리고 그 열쇠 파수꾼은 대개 자리를 비우기 때문에 환자들이 신선한 공기를 마시려면 오랫동안 기다려야 했다. 음식물 삼키는 능력을 테스트해야 할 언어치료사는 첫째 주엔 아예 모습을 볼 수도 없었다. 대신 엄마가 자력으로 요구르트를 넘길 수 있는지 한 간호사가 시험해보았다. 엄마는 요구르트를 삼키자마자 곧바로 흡인을 일으켰고, 그래서 의료기구로 다시 빼내야 했다.

다음날 언어치료사 대신 금발의 젊은 작업치료사가 모습을 나타냈다. 엄마가 그녀의 인사에 반응을 보이지 않자, 그녀가 조심스럽게 엄마의 팔을 쭉 펴며 물었다.

"할머니께선 늘 이렇게 혼미한 상태로 계시나요?"

"대부분 혼미한 상태지만 그렇다고 주무시는 건 아닙니다."

그 말에 따르기라도 하는 것처럼 엄마는 그 순간 치료사의 손에서 팔을 빼냈다.

"아야! 무서워!"

엄마가 눈을 감고 말했다. 나는 치료사를 돕기 위해 엄마를 부드럽게 쓰다듬었다.

"무서워하지 마세요, 엄마. 그냥 무료로 해주는 마사지예요."

그제야 엄마는 눈을 뜨고 치료사를 보더니 미소를 지었다.

"예뻐라!"

그러고는 아무런 저항도 없이 자신의 팔을 구부리고 스트레칭 할 수 있도록 가만히 있었다. 엄마의 팔다리는 극도로 경직된 상태였다. 손은 심하게 구부러져 거의 뇌성마비 환자 같았다. 이른바 '수동적 관절운동'을 시키면서 나는 엄마의 몸이 단단히 굳어진 것을 느낄 수 있었다. 엄마의 어깨근육은 거의 뼈처럼 느껴졌다.

"몸을 어루만지고 움직여주는 것이 환자에게 좋습니다."

치료사가 말했다. 그 말은 물론 전적으로 옳았다. 어째서 우리는 지금까지 엄마의 팔다리를 움직여주지 않았던 것일까? 엄마의 자세를 바꿔주는 계획을 세우기는 했지만, 몸 전체를 한쪽에서 다른 쪽으로 바꾸는 것만 행했을 뿐 팔다리에는 주의를 기울이지 않았다. 우리는 지금까지 모습조차 나타내지 않은 병원의 물리치료사에게만 의지하고 있었던 것이다. 나는 운동 프로그램을 통해 엄마가 천천히 이완되는 것을 감지했다. 엄마의 팔을 운동시키며 내가 말했다.

"엄마, 이제 발을 움직여봐요. 할 수 있겠어요?"

그리고 치료사를 돌아보며 말했다.

"한번 시도해보지 않을래요?"

하지만 작업치료사는 고개를 저었다.

"그건 물리치료사가 할 거예요."

이해할 수는 없지만 작업치료사는 팔과 손 그리고 상반신만 책임겼다. 나는 '발가락치료사'나 '귀치료사'에 대해 묻는 것을 단념하고, 유감스럽게도 이곳에서 아직 물리치료사를 보지 못했다는 말만 꺼냈다.

"못 보셨다고요?"

그녀가 이상하게 여겼다.

"이상하네요, 실제로 그는 환자들에게 매일 오고 있거든요. 일단 제가 바로 물어볼게요."

그녀가 돌아가려고 할 때 엄마의 혈관주사 장치에 연결된 수액 백이 빈 게 눈에 들어왔다. 그것은 이미 오래전에 교체됐어야 했다.

"삼키는 것하고 음식은요?"

나는 뒤늦게 그녀를 불렀다. 그리고 이렇게 덧붙였다.

"그건 언어치료사가 하는 거잖아요, 안 그런가요?"

"어머? 이곳에 제 동료가 필요하다는 사실을 전혀 몰랐어요. 제가 알려드릴게요."

그러나 언어치료사도, 물리치료사도 주말에야 처음으로 모습을 볼 수 있었다.

병원에서의 부조리 연극은 주말 회진에서도 계속되었다. 의사는 엄마를 알지 못했고 병실에 들어와서도 엄마를 쳐다보지 않았다. 그는 차트만 유심히 살펴보더니 엄마의 옆 침대에 있는 환자에게 방향을 돌렸다.

"안녕하세요, 지베킹 부인."

아무도 대답하지 않았기 때문에 그는 자신의 착오를 알아차리지 못했고 검사 결과에만 몰두했다.

"신장에는 이상이 없고, 간도 괜찮고, 혈액도 괜찮군요."

그가 중얼대더니 덧붙여 물었다.

"알레르기가 있으십니까?"

"제가 알기론 없습니다."

내가 끼어들었고, 의사는 처음으로 나를 주목했다.

"잠시 덧붙이자면 지베킹 부인은 이쪽입니다."

나는 내 옆에 있는 엄마의 침대를 가리켰다. 의사는 어깨를 으쓱하더니 메모를 했다. 어쨌든 누구도 대답할 수 없다면 상관없었다. 나는 그에게 엄마가 삼킬 수 없고 정맥 내 영양 주입을 받는 상황에서 어떻게 알약과 소시지빵이 아침식사로 나올 수 있는지 물었다. 의사는 그건 간호사의 일이라고 말한 뒤 사라져버렸다.

나중에 우리는 등에 생긴 엄마의 욕창 치료에 대해 설명해줄 외과의사와 만나기로 약속했다. 우리는 의사가 환자를 만나고 싶어하는 게 아니라 병실 문 앞에 서서 보호자와 이야기하고 싶어한다는 사실에 의아해했다.

"저희 엄마에게 같이 가보지 않겠습니까? 저쪽에 간호 기록도 있는데요."

"아니, 아니요, 그럴 필요 없습니다."

의사가 대답했다. 그녀는 매우 조급해 보이는 모습으로 계속해서 시계를 쳐다보았다. 전화기가 쉬지 않고 울렸지만 그녀는 소리를 죽이지 않고 통화 버튼만 눌러댔다. 그리고 우리에게 '진공 상처 봉합'의 절차와 위험성에 관해 빽빽하게 기록되어 있는 서류를 몇 장 건네주었다. 상처 부위를 깨끗이 소독하고 봉합하는 것은 매우 권장할 만한 치료였다. 이 치료를 할 때는 작은 스펀지를 상처에 끼워놓고 얇은 막을 연결해 밀폐한다. 전기 펌프가 계속해서 상처에서 나오는 분비물을 뽑아내어 근본적으로 치유가 빨라지는 것이다.

"그럼 정말 상처를 보지 않겠습니까?"

외과의사에게 물었다.

"어쩌면 상처 부위를 봉합하지 않아도 될 것 같은데요."

"그건 월요일에 집도의가 판단할 겁니다."

"어? 선생님께서 직접 하시는 게 아니군요?"

"아니요, 저는 주말 당직이라 월요일 아침에는 다른 의사가 올 겁니다."

의사는 그건 아주 간단한 수술이라 걱정할 필요가 없다고 말했다. 수술 후에 드레싱을 교체할 때까지 며칠 동안 상처를 그대로 놔두면 된다는 것이다. 하지만 이후에 다시 가벼운 수술이 이어질 수도 있다고 했다.

"그건 국소마취로 진행되겠군요. 그렇죠?"

아버지가 물었다. 사실 그건 수사적인 질문이었다. 그러나 의사는 고개를 저으며 말했다.

"아니요, 전신마취를 할 겁니다. 환자가 움직이기라도 하면 매우 아프고 힘들어지기 때문입니다."

전신마취를 한다고? 우리에게 경고음이 울렸다! 엄마가 마지막으로 전신마취를 했던 육 년 전 고관절수술 당시 심각한 혼란만 일으켰던 일들이 떠올랐다. 당시 그 일은 우리에게 엄마의 치매가 공식적으로 시작되었음을 알리는 출발신호나 다름없었다. 전신마취는 반드시 피하고 싶은 것이었다. 이제 우리는 똑같은 말을 여러 번 해야 하는 것일까?

"마취에 관한 걱정은 하지 않으셔도 됩니다."

의사가 자신감 있는 목소리로 우리를 달랬다.

"그저 간단한 수술일 뿐입니다. 기껏해야 십오 분 정도 소요될 거고요. 진공 상처 봉합을 하지 않으면 욕창 치료 효과를 크게 기대할 수 없을 겁니다. 이 치료는 순전히 미용적인 이유로도 이미 시행되고 있습니다."

의사는 매우 유능해 보였고, 그녀의 말은 우리에게 강렬한 인상을 주었다.

"이 치료는 수명이 얼마 남지 않은 환자에게도 추천됩니다. 기본적인 치료에 해당하거든요. 환자가 계속 이런 상처를 지니고 살게 하시겠습니까?"

물론 그렇지는 않다! 의사는 '수술에 관한 설명'을 마친 다음, 우리가 전신마취 상태에서 붕대를 몇 번이나 교체하게 되는지와 같은 질문을 하기 전에 만족스러운 모습으로 서둘러 자리를 떠나버렸다.

다음날 마취과 의사가 나타나 마침내 엄마를 살펴보기 위해 침대 가까이로 다가왔다. 그것으로 잃어버린 시간을 다시 만회하기라도 하듯 그 의사는 믿어지지 않는 속도로 설명하며 알아들을 수 없는 말을 쏟아냈다. 진통제를 투여하는 것에 대해 반감을 가질 수도 있을 거라고 했다. 전신마취는 신경쇠약과 전혀 관계가 없지만, 엄마가 탈수 증세를 보여 걱정이 된다고도 했다. 이는 피부나 소변 색깔로 알아볼 수 있다고 했다.

내가 엄마의 수술을 꺼린 이유 중 하나는 엄마에게 중심정맥카테터를 끼워야 한다는 사실 때문이었다.

의사는 엄마가 어떤 진통제를 복용했는지 물었고, 우리는 펜타닐 패치라고 대답했다. 그리고 그 약을 처음 받아온 다음날 음식을 먹었을 때 사레가 들렸다는 이야기도 해주었다.

"놀랄 일도 아닙니다."

마취전문가가 말했다.

"펜타닐을 복용하면 자연히 운동능력이 떨어지고 삼킬 때의 보호반사능력도 감소됩니다. 흡인은 가장 일반적인 부작용입니다. 응급실 근무 때 알게 된 사실이지요."

의사는 엄마에게 진정작용이 강하게 나타난 것 같다고 하며 운동능력이 다시 살아나도록 진통제를 복용하지 말라고 조언했다. 그런 다음에 엄마가 씹거나 삼킬 수 있는지 살펴보자는 것이다. 우리는 의아해했다. 지금까지 모든 의사가 진통제와 흡인의 연관성을 배제해왔기 때문이다. 그러나 마취과 의사에게는 분명히 문제점이 보이는 것 같았다.

"제가 진통제를 빼도록 조치하겠습니다."

그가 자리를 뜨며 말했다. 그러나 오늘은 일요일이라 아무런 조치도 취할 수 없었다. 수간호사는 오늘 진통제를 빼라고 지시할 만한 의사가 아무도 없다고 말했다. 아버지가 방금 의사와 함께 얘기를 나누었다고 하자 간호사는 불쾌함을 표하며 말했다.

"절대 안 됩니다!"

다음날 아침 병원에는 다시 의사들로 북적거렸지만, 아무도 엄마를 수술하려고 하지 않아 나는 매우 기뻤다. 엄마는 아무런 조치도 없이 수술실에서 병동으로 다시 밀려나왔다. 엑스선 촬영에서 폐의 염증이 확실히 발견된 것은 아니지만 마취과 의사는 마취제를 사용하기엔 엄마의 호흡이 너무 약하다고 말했다. 게다가 외과의사는 현재 욕창이 엄마에게 큰 문제가 되지 않는다고 판단했다. 우리는 엄마가 또다시 수술을 피해갔다는 사실에 안도했다.

지난밤 우리는 진공 상처 봉합술에 분별없이 설득된 것을 후회하고 있었다. 의사로 재직중인 한 지인의 설명에 따르면, 전신마취는 적어도 네다섯 번 정도 더 행해질 것이며 엄마의 상처가 회복되는 정도에 따라 드레싱을 교체하는 횟수도 결정된다. 상처 봉합 부위의 표면이 예민하기 때문에 불상사도 자주 일어난다고 했다. 이런 경우 상처를 다시 소독하고 봉합해야 한다는 것이다. 물론 전신마취를 한 상태에서. 운명의 장난이었을까, 엄마는 허약한 몸 덕분에 안전을 보장할 수 없는 다량의 마취 행위에서 또다시 자신을 구출한 것이다.

엄마의 건강을 위해 우리가 한 일들이 오류로 판명되고 회복에 전혀 도움이 되지 않았던 것이 이번이 처음은 아니었다. 일 년 반 전, 몇몇 방송사 및 영화 제작사와 협의를 마치고 부모님을 중심으로 한 다큐멘터리 촬영을 시작했을 때 나는 엄마의 앞니 네 개가 빠져 웃을 때마다 커다랗고 어두운 틈이 생긴다는 걸 알게 되었다. 아버지는 촬영이 있기 며칠 전 엄마의 이를 닦아주다가 이 몇 개가 흔들리는 걸 확인했는데, 다음날 아침 이가 한꺼번에 빠져버린 것이다. 아버지는 엄마가 빠진 이를 삼키지 않았길 바라며 샅샅이 뒤져보았지만 결국 아무것도 찾아내지 못했다. 엄마는 씹을 때 생기는 약간의 문제를 제외하면 이 빠진 자리가 전혀 불편하지 않은 것 같았다.

그러나 카메라에 비춰지는 엄마가 예쁘게 보이지 않는다는 것은 문제였다. 엄마는 예전부터 치과에 가는 걸 무서워했지만 우리는 어쩔 수 없이 치과 진료를 예약했다. 그러나 문제는 내 상상보다 훨씬 더 복잡했다. 엄마를 진료 의자에 앉히고 잠시 동안 입을 벌리게 하는 것만도 엄청나게 힘든 일이었다. 원래 이뿌리수술과 브리지 치료를 해야 했지만, 치과의사는 엄마의 상태를 고려해 간단한 의치를 만들기로 결정했다.

두번째 진료 때는 무려 한 시간 동안이나 엄마를 설득하느라 애를 써야 했다. 엄마가 치과의사나 간호사들보다 나를 더 많이 신뢰했기 때문에 내가 거의 의사 역할을 떠맡아야 했다. 엄마가 피곤해질 때까지 오랫동안 설득을 했고, 마침내 엄마가 꾸벅꾸벅 졸기 시작했을 때 겨우 약물의 도움 없이 치료를 할 수 있었다. 엄마가 입을 크게 벌리고 잠을 잘 때 응고성 젤이 가득 채워진 메탈 틀을 치아 위에 눌러 모형 만들 준비를 마쳤다. 그런데 문득 앞으로 엄마의 입속에 의치를 끼울 때마다 치과에서 한 것처럼 할 수는 없을 것이라는 생각이 들었다. 그러자 더 큰 걱정이 밀려왔다.

시술은 세번째 예약 때 진행되었다. 동시에 일상적인 치료도 병행하기로 했다. 의치를 끼우기 위해 엄마의 입을 크게 벌리게 하려고 우리는 끝도 없이 연극을 했다. 엄마는 이 사이로 뭔가가 느껴지면 반사적으로 깨물었기 때문에 손가락을 넣어 엄마의 입안을 수술하는 건 위험했다. 그래서 다시 나만의 방법인 미사여구를 마취제로 삼았고, 엄마가 반수면 상태에 빠졌을 때 의치를 밀어넣기로 했다. 마침내 치아 사이로 짧고 단단한 의치를 끼워넣었다. 딸깍. 엄마는 깜짝 놀라 눈을 떴고, 그 낯선 물건을 입에서 제거하려고 필사적으로 노력했다.

"이게 뭐지? 다시 빼줘, 제발 부탁이야! 다시 빼달라고! 제발!"

나는 버둥거리는 엄마를 양팔로 꼭 안고 집에 돌아가서 맛있는 파이를 먹자고 약속했다. 다행히도 엄마는 금세 방금 전 일을 까맣게 잊어버렸고 의치에도 익숙해졌다. 카메라맨과 나는 이때 엄마가 다시 예쁘고 하얀 미소를 보이게 된 것에 기뻐했다. 하지만 식사 후에는 언제나 의치를 꺼내 닦아야 한다는 의사의 설명을 듣고 나는 믿을 수 없다는 듯 물었다.

"하루에 세 번 이런 서커스를 반복해야 한다는 말입니까?"

"현재로서는 적어도 저녁식사 후 잠자리에 들기 전에는 그렇게 해야 합니다. 그렇지 않으면 환자분께서 의치를 스스로 빼버릴 우려도 있고 사레가 들릴 수도 있습니다."

그날 저녁 욕실에서 엄마와 마주했을 때 좋지 않은 예감이 들었다. 나는 엄마에게 잠깐 입을 벌려보라고 했다.

"뭐라고? 뭘 해보라고?"

엄마가 내게 물었다.

"그저 엄마의 치아를 꺼내려는 거예요. 제 말은 엄마 의치 말이에요. 그건 엄마의 진짜 이가 아니에요. 의사가 끼워넣은 거예요. 이제 그걸 꺼내서 칫솔질을 해야 해요."

엄마는 당연히 내 말을 못 알아듣고 나를 미치광이처럼 쳐다보았다. 엄마로서는 정말 이상한 일이었을 것이다. 자신의 아들이라고 주장하는 한 남자가 앞에 서서 자신의 입에서 치아를 빼고 싶어하고 있으니.

"엄마, 거기에 뭔가가 있어요."

나는 다른 핑계를 대보려 했다.

"잠깐만 입 좀 벌려보세요."

그러자 엄마는 내 부탁을 들어주었고, 나는 잽싸게 입속으로 손을 뻗어 턱을 잡고 짧고 강하게 의치를 당겨 떼어냈다. 딸깍. 몇 개의 조각이 떨어져나왔고, 엄마는 아연실색하여 내 손을 바라보았다.

"오, 맙소사! 당신은 미쳤어, 미쳤다고! 무슨 짓을 한 거야?"

엄마의 얼굴이 공포로 뒤덮였다.

엄마에게 그것이 첫번째, 두번째 혹은 세번째 것인지는 중요하지 않았다. 문제는 내가 방금 단단하게 고정되어 있던 엄마의 입속에서 무언가를 뽑아냈다는 데 있었다. 나는 다시 껴안기 전략을 펼치며 엄마의 뺨에 길고 긴 키스를 보냈다.

"이제 드디어 잠잘 수 있게 됐어요, 엄마! 좋지 않아요?"

망각이란 축복이 우리를 이 상황에서 벗어날 수 있도록 도와주었고, 엄마는 곧 평화롭게 잠자리에 들었다. 그러나 내게는 조금 전 상황이 커다란 충격으로 남았다.

다음날 아침에 엄마는 다시 욕실에서 아무것도 모르는 상태로 나와 마주했고, 나는 엄마 입안에 다시 익숙지 않은 치아를 새로 끼워넣어야 했다. 엄마는 아무 기억도 없는 상태에서, 어떤 미치광이에게 포위된 느낌을 받았을 것이다. 나는 이틀 정도 더 엄마에게 의치를 끼우다 결국 포기하고 말았다. 내가 집에 없을 때 아버지가 이 일을 해낸다는 건 도저히 상상할 수 없었다. 아버지는 엄마에게 무언가를 바랄 경우 언제나 엄마의 동의부터 구했다. 아내를 위해 나처럼 속임수와 꼼

수를 부려 의치를 끼워넣을 수 있는 사람이 절대 아니었다. 게다가 엄마가 치매를 앓고 있어 언젠가 이런 절차에 익숙해질 거라는 기대도 가질 수 없었다. 엄마에겐 언제나 새로운 공포로 다가갈 것이다.

치과의사가 권한 대로 식사를 끝낼 때마다 의치를 빼내어 칫솔질을 하는 것은 고문이나 다를 바가 없었다. 엄마의 치아 위생을 돌보는 것은 어찌 됐든 큰 문제였으므로 엄마를 보살피려 한다면 어디에 에너지를 쏟을 것인지 잘 고려해봐야 했다. 이런 의치가 정말로 도움이 되는 것일까? 엄마를 바라보아야 하는 우리 자신을 위한 것은 아니었을까? 엄마는 남의 시선을 극도로 개의치 않는 사람이었고, 이가 빠진 자리도 크게 불편해하지 않았다. 결국 세 개를 한 세트로 제작한 의치는 일주일 후 어느 서랍 속으로 들어갔고, 엄마가 의치에 익숙해지는 대신 우리가 이 빠진 엄마의 모습에 익숙해져갔다.

우리는 당시 엄마에게 실제로 도움이 되지 못하는 어설픈 노력을 많이 했다. 현재 병원에서 일어나는 진료도 마찬가지였다. 물론 욕창과 같은 끔찍한 상처는 치유되길 바라지만 전반적인 상태를 고려했을 때 연달아 전신마취를 하게 되는 위험한 상황을 그냥 둘 수는 없었다. 게다가 엄마에게는 등의 상처보다 훨씬 더 큰 문제도 있었다.

"며칠 안에 식사를 다시 시작하지 못하면……"

수술이 취소된 후에 병동 의사가 우리에게 말했다.

"주말에는 환자에게 위관 삽입을 할 것인지, 하지 않을 것인지 결정해야 합니다."

나는 친한 의사 친구에게 조언을 구했다. 그는 엄마를 잘 아는 친구였다.

"엄마에게 폐렴 증세가 있고……"

친구가 요약해주었다.

"심부전이 확인되었으며 심한 욕창이 생겼고, 어쨌든 중증 치매를 앓고 계시는 거네. 솔직히 말해 나라면 엄마를 집으로 모시고 갈 것 같아. 그런 다음 작별인사를 나눌 수 있도록 모두를 부를 거야."

중환자실에서 엄마를 치료하던 의사는 전혀 다른 어조로 말했다.

"지금보다 상태가 더 회복된 후 집으로 돌아가실 수 있도록 항생제로 폐렴을 치료하고 욕창치료, 물리치료, 호흡운동을 권합니다."

이대로 포기하기에 엄마는 아직 생기가 있고, 바로 얼마 전까지도 두 발로 걸어다니며 의미 있는 삶을 살았던 사람이 아니냐고 했다. "지금 집으로 모셔간다는 건 돌아가시게 하겠다는 것과 같은 의미입니다"라고.

누구의 조언을 따라야 하는 것일까? 물론 우리는 엄마가 회복되길 기대한다. 가비야는 밤에 엄마가 자발적으로 남자 간호조무사를 껴안았던 일을 우리에게 말해주었다. 엄마의 자세를 바꿀 때 갑자기 엄마가 양팔을 크게 벌리고 그 남자 조무사에게 청했다는 것이다.

"이리 와!"

아버지는 엄마가 감정을 내보였다는 사실에 무척이나 기뻐하며 이 년 전 알츠하이머 전문 병원에서 있었던 일을 떠올렸다. 그곳에서도 엄마는 젊은 남성에게 관심을 보였는데, 특히 대체 군복무중인 남자에게 관심을 나타냈다. 한번은 병원 식당에서 아버지가 막 뭔가 먹을 것을 가져오려 했을 때였는데, 엄마가 큰 소리로 이렇게 말해 같은 테이블에 있던 사람들 전체가 웃었다는 것이다.

"가장 중요한 건 애인은 언제나 바꿔야 한다는 거야!"

그렇지만 아버지는 전혀 화를 내지 않았다. 엄마가 활기 있게 지내는 걸 훨씬 더 좋아했으니까.

당시 그 병원을 찾았던 보호자들은 매우 좌절한 상태였다. 원래 그곳의 주목적은 치매 환자를 집에서의 일상생활로 편입시키는 데 있었다. 그러나 엄마의 경우 치매가 상당히 진행되었기 때문에 그러기에는 늦어버린 셈이었다. 엄마는 결국 조기에 병원에서 퇴원하게 되었다. 일이 이상하게 돌아갔다. 의사들은 여러 해 동안 엄마가 치매에 걸린 게 아니라고 주장하더니, 갑자기 이제는 엄마에게 어떤 조치를 취하기에는 병이 너무 심각하다고 입을 모았다. 아버지는 병원에서 엄마의 언어능력과 유머 감각을 살펴주지 않아 크게 실망했다. 그러나 당시 그 병원의 원장은 아버지에게 부부의 장래를 위한 가장 중요한 기본 원칙을 조언해주었다.

"부인에게 이제 과거 얘기는 그만하세요."

청춘은 퇴색되고 사랑은 시들고
우정의 나뭇잎은 떨어지기 쉽다.
그러나 어머니의 은근한 희망은
이 모든 것을 견디며 살아나간다.

올리버 홈스Oliver Wendell Holmes, 1841-1935

언제쯤 집으로
모시고 갈 수 있을까

지옥 같던
일반병실 생활

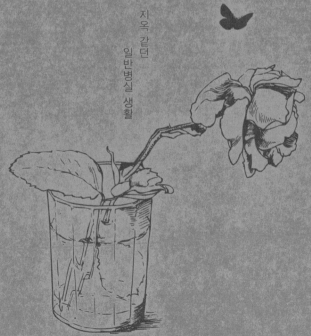

"오, 제발, 제발!"

낮은 목소리로 애원하는 엄마의 말에 선잠에서 깼다. 새벽 세시가 조금 넘은 시각이었다. 오늘밤 당번이었던 나는 병원에서 꾸벅꾸벅 졸고 있었다.

"엄마, 저 옆에 있어요, 제가 있어요."

나는 엄마의 손을 어루만지며 안심시켜드렸다.

"고맙구나, 다행이야."

엄마가 눈을 감고 중얼거리며 미소를 지었다. 그때 갑자기 어제 이모가 엄마에게 키스를 해주고 손을 어루만져주면 좋아할 거라고 부탁했던 일이 떠올랐다. 나는 몸을 숙이고 엄마의 뺨에 입을 맞추며 속삭였다.

"엄마, 사랑해요."

그러자 갑자기 엄마가 눈을 뜨고 물었다.

"도대체 왜?"

"내 엄마잖아요."

"뭐라고? 내가?"

엄마는 눈썹을 위로 치올리며 입꼬리를 밑으로 축 내려뜨렸다. 방금 엄마에게 한 행동은 나 스스로도 놀랄 일이었다. 이렇게 직접적으로 내 감정을 엄마에게 털어놓은 것은 이번이 처음이었다.

"어쨌든 나는 그 말을 믿을 수 없어!"

엄마와 한방을 쓰는 다른 노부인이 나를 향해 매우 불쾌한 듯 뭐라고 외쳤고, 나는 킬킬 웃음이 터졌다. 노부인은 침대에서 앙상한 체구를 서서히 일으켰다. 내가 저 노부인을 화나게 한 걸까? 나는 어스름한 곳에서 성난 얼굴을 본 것 같았다. 그 노부인은 아주 힘들게 막 침대 난간에 도달했는데, 뺨엔 푸른색 반점이 있었고 손은 어두운 회색이었으며 주름이 심하게 패어 있었다. 한 편의 섬뜩한 좀비 영화를 보는 듯했다.

"물 한잔 마시고 싶어!"

노부인이 끙끙거리며 말했다. 나는 노부인에게 다가가 작은 탁자 위에 있던 알록달록한 플라스틱 컵을 건넸다.

"그건 싫어!"

노부인이 헉헉대더니 침대 난간에 필사적으로 매달리며 말했다.

"침대에서 나가고 싶어!"

나는 어찌할 바를 모르고 침대 앞에 서 있을 수밖에 없었다. 그 노부인에게는 그곳이 감옥이나 다름없을 것이다. 노부인은 한숨을 내쉬며 다시 지친 듯 누웠다.

나는 잠시 동안 그녀의 숨소리에 귀를 기울였다. 숨소리가 명확하게 들려왔다. 또다시 병실에서 좋지 않은 냄새가 나기 시작했다. 나는 창문을 열어보려 했지만 소용없는 짓이었다. 결국 저주의 말을 내뱉으며 간호사나 간호조무사를 부르는 버튼을 눌렀다. 그때 문득 문과 엄마가 있는 자리 사이로 삼인실 공간이 눈에 들어왔다. 어제 아침에는 그곳에 다른 부인이 누워 있었다. 그녀는 전날 밤 병원으로 이송되어왔는데, 다음날 아침 가비야가 그 부인이 더이상 숨을 쉬지 않는 걸 발견했다. 밤중에 아무도 모르게 숨을 거둔 것이다. 그녀를 돌봐줄 가족이 없는 듯 아무도 모습을 나타내지 않았다. 오늘 아침 한 의사는 나를 고인의 손자로 알고 흥분하며 말했다.

"이곳은 중환자실 구역에 있는 모니터실이 아닙니다. 밤에 우리가 모든 것을 일일이 다 통제할 수는 없다고요!"

그후로 우리는 엄마를 교대로 돌보기로 결정했다. 아버지, 누나, 가비야 그리고 나는 그때부터 밤이나 낮이나 우리끼리 번갈아 교대하며 엄마를 보살폈다.

병실을 직접 환기시킬 수 없다는 사실에 언짢아하며 엄마의 침대 머리맡 수액이 걸려 있는 스탠드 쪽으로 다가갔다. 수액 백에서부터

가느다란 튜브가 엄마의 정맥으로 이어지고 있었다. 나는 수액 백이 오랜 시간 동안 걸려 있는 게 이상했고 거기에 표기된 주성분을 읽어보았다. 영양분, 콩기름, 포도당 그리고 비타민이 함유되어 있었다. 그런 다음 내 시선은 제조사의 이름으로 향했다. 프레제니우스 카비, 이곳 바트홈부르크에 본사를 둔 회사였다. 그곳의 많은 외국인 노동자들이 예전에 엄마에게 독일어 수업을 받았는데, 이제는 엄마가 그들의 수액을 맞고 있었다.

그나저나 어째서 수액이 떨어지지 않는 걸까? 원래는 비닐 백에서 수액이 지속적으로 떨어져 튜브를 타고 혈관으로 들어가야 한다. 하지만 수액은 방울져 떨어지지 않고 있다. 나는 좀 있으면 뭔가 진행되지 않을까 기다려보았고 비닐 백을 흔들어도 보았지만 몇 방울의 아주 극소량만 흘렀을 뿐이었다. 이상했다. 뿌연 용액이 가득 찬 튜브를 따라가보았다. 그것은 엄마의 손에 꽂힌 정맥카테터를 관찰하기 위해 살짝 젖혀놓은 이불 속으로 이어져 있었다.

엄마의 손목에서 팔꿈치 사이가 상당히 부어올라 부분적으로 멍이 들어 있었다. 멍은 사실 일주일 전 부엌에서 넘어지면서 생긴 것이다. 엄마의 손에 꽂힌 카테터의 연결 부분 바로 앞에서 튜브가 심하게 꺾여 수액이 흐르지 못하고 있었다. 나는 튜브를 다시 곧게 폈고 그러자 바로 위쪽 백에서 수액이 똑똑 떨어지기 시작했다. 끔찍한 사실은

이 수액이 탯줄 같은, 그러니까 엄마의 기력을 회복시킬 유일한 방법이라는 것이다.

나는 목숨이 풍전등화 상황에 놓인 엄마의 머리맡에 서 있었다. 마침내 엄마가 세차게 기침을 했다. 엄마가 눈을 떴다. 기침은 불면의 세계에 있던 엄마의 의식을 높이 쏘아올려 눈꺼풀을 스르르 뜨게 했다. 양쪽 눈동자가 조금 늦게 제자리를 잡으며 불안하게 이리저리 움직였다.

"이런, 이런. 내가 지금 어디에 있는 건지 전혀 모르겠어."

그러면서 엄마는 튜브를 꽂고 있는 손을 공중으로 뻗어 더듬거렸다. 나는 엄마의 손을 조심스럽게 잡아 내 두 손 사이로 감싸쥐었다. 이모가 주의를 주기 전까지는 엄마의 손이 아름답다는 생각을 전혀 하지 못했다. 엄마의 손은 아주 아름다운 비율을 지니고 있었고 촉감도 좋았다.

"무서워하지 말아요, 엄마. 여기는 집과 같은 곳이에요."

엄마는 나를 보고 나서야 흥분을 가라앉혔다.

"네가 여기 있어서 정말 다행이야."

엄마가 다시 기침을 했다. 이번에는 힘들고 고통스러운 소리였다.

"불쌍한 우리 엄마, 기침이 심하네요."

나는 어린아이에게 하듯 엄마의 머리를 쓸어주었다.

"그래, 너도 들었구나!"

엄마가 부모와 같은 음색으로 대답하더니 다시 눈을 감고 잠 속으로 빠져들었다. 엄마의 얼굴은 확연히 편안해 보였다. 피부에는 윤기가 흘렀고 열이 나서 붉어진 뺨을 제외하고는 건강해 보였다.

드디어 간호조무사가 나타났다. 그는 목이 마르다는 노부인에게 마실 것을 주었고 환자를 관장하느라 고약한 냄새가 나는 것이라며 사과했다. 그는 병실 창문 열쇠를 열심히 찾았다. 그런 다음 열을 재기 위해 엄마에게 와 귀에 체온계를 밀어넣었다. 그 바람에 엄마가 깨어나 체온계를 뿌리쳤다.

"놔둬!"

엄마는 몹시 씩씩거렸지만 젊은 남자 간호사는 그 말에 넘어가지 않았다.

"이렇게 하는 게 얼마나 불쾌한 건지 저도 잘 알지만 이게 다 할머니의 건강을 위해서예요."

그러자 엄마는 그가 하는 대로 그냥 놔두었다. 그는 엄마를 잘 다루었다.

"귓속 체온은 37.2도예요. 몸에 이상이 없네요."

그가 말했다.

"다행히 호흡도 안정되었어요."

그가 엄마를 다른 자세로 바꾸는 동안 나는 꼬여 있던 수액 튜브에 대해 주의를 주었다. 그는 환자가 움직이거나 튜브를 만졌을 때 그런 일이 일어날 수 있으며 또한 한 시간에 한 번 정도 영양이 공급되지 않는다고 해서 몸에 해롭지는 않다고 말했다. 오히려 그는 심하게 부어 오른 엄마의 팔에 관심을 보였다. 링거 때문이라고 생각하는 것 같았다.

"이게 정말 사람을 잡는군요!"

그러면서 팔이 계속 붓지 않도록 유심히 지켜보라고 했다. 계속 부어오르면 링거를 반대쪽 팔로 옮겨야 한다고 했다.

"제가 보기엔 지난주가 훨씬 더 좋아 보이셨어요."

그가 마지막으로 인사를 하며 병실을 나서려고 할 때 나와 교대하기 위해 아버지가 문을 열고 들어왔다.

아버지는 좋은 타이밍에 왔다. 엄마가 갑자기 정신이 맑아져 아버지를 향해 "내 사랑!"하며 환하게 맞아주었기 때문이다. 아버지는 감동해 엄마에게 키스하며 인사했다.

"지금까지 한 번도 그렇게 말해준 적이 없었는데!"

나는 두 잉꼬부부만을 남겨둔 채 집으로 향했다.

아버지의 기분이 좋아진 것을 보니 안심이 되었다. 최근 들어 아버지는 매우 낙담한 상태였다. 몇 주 전까지만 해도 아버지가 큰 소리로 우는 모습은 보기 힘들었는데, 이제는 그런 모습을 흔히 목격할 수 있었다. 어제는 내가 전화로 누나에게 병원 상황을 알려주고 있는데 갑자기 아버지가 부엌에서 울면서 나왔다. 다른 날은 침대에서 이불을 덮고 흐느꼈다. 나는 몸 둘 바를 몰라 그저 아버지 옆에 앉아 있기만 했다. 조금 뒤에 아버지가 이불 밑에서 나와 하소연했다.

"가슴이 너무 아파!"

나는 석고상이 된 것처럼 옆에 가만히 앉아 아무런 말도 하지 못했다. 아버지는 몇 번 심호흡을 하더니 다시 평정을 되찾고 말했다.

"조금 전 잠자리에서 일어났을 때 문득 그레텔이 아침형 인간이었다는 사실이 생각났어. 항상 일찍 일어나 창문을 열고 하루를 시작하기 위해 기지개를 쭉 폈었지."

아버지는 창밖을 바라보며 침울하게 옛일을 돌아보았다.

"그것도 이미 오래전 일이지만."

엄마가 나를 깨우기 위해 내 방으로 들어와 창문을 활짝 열던 모습을 떠올리자 내 눈에서도 눈물이 흘렀다. 잠시 동안 나와 아버지는 그렇게 같이 흐느껴 울었다.

예전에 미처 알지 못했던 '울보 아버지' 외에도, 최근에 나는 '신랄하게 고해성사를 하는 아버지'의 새로운 모습도 경험했다. 얼마 전삼촌과 전화를 하면서 아버지는 일종의 참회를 하고 있었다.

"나는 그레텔을 잘 돌봐주지 못했어. 아내의 고집을 제대로 존중해주지도 못했고 아내에 대한 책임도 완전히 떠맡지 못했지. 정신 상태가 어떤지에 상관없이 건강은 지속적으로 챙겨야 했는데. 그녀는 평생 억지로 참으며 운동을 했어. 언제나 주저하는 마음을 극복해야했으니까 아침마다 굉장히 엄격하게 운동을 한 거지. 그레텔이 더이상 혼자 일어나지 못하게 되었을 때는 내가 도왔어야 했는데. 그런데 그게 그렇게 쉬운 일은 아니었어. 병원에 있는 아내의 간호기록부에는 이렇게 쓰여 있지. '환자가 매우 고집스러움.'"

　나는 아버지가 통화하는 동안 부엌에 앉아 있었고 대화 내용을 모두 엿들을 수 있었다. 기본적으로 아버지와 나 사이에 비밀은 없었지만 우리의 대화는 감정적인 것보다 주로 조물주나 세상에 관한 사색적인 주제였고 끊임없이 빙 둘러서 말했다. 지금 아버지는 삼촌과 격의 없는 대화를 나누고 있었고 나는 아버지의 심정을 헤아려볼 수 있었다.

　"정기적으로 의사를 부르지도 않았어. 그건 정말 내 잘못이야. 나는 의사들에게 너무 실망했었거든. 약물은 그레텔에게 전혀 도움이 되지 않았어. 그저 소화불량 같은 부작용만 일으켰을 뿐이야. 하지만 우리는 주치의의 칭찬을 받았지. 우리 집에서처럼 환자를 잘 돌보는 것은 최고의 요양원에서도 별로 볼 수 없는 일이라고. 나는 그런 말에 빠져서 의료적인 면을 등한시했던 거야. 우리가 그럭저럭 어떻게든 잘 해내고 있다고 생각한 거지."

　밤에 집으로 돌아가는 길에 나는 바트홈부르크 성과 그 상징물인 '백탑' 앞을 지나게 됐다. 갑자기 하인리히 폰 클라이스트의 희곡인 『홈부르크의 프리드리히 왕자』의 한 장면이 떠올랐다. 언젠가 영화 학교의 입학시험을 보기 위해 엄마의 도움을 받아 왕자 역할을 연습한 적이 있었다.

오, 신의 세상은, 오, 엄마는 정말 아름다워리!
청컨대, 시계가 울리기 전까지는 제발 나를 혼자 두지 마세요.
그 검은 그림자가 내려앉을 때까지는!

이 부분은 엄마와 내가 특히 좋아하는, 그 유명한 '죽음의 공포'
에 관한 장면이다. 우리는 사형 집행일을 앞두고 모든 자부심과 영웅
심을 내려놓은 채 그저 더 살기만을 바라는, 이 환상에 빠진 왕자와 비
슷한 상황에 놓여 있었다.

내가 내 무덤을 본 이후로, 사는 것보다 더 바라는 것은 아무것도
없습니다.
그리고 그렇게 하는 게 과연 명예로운 것인지는 더이상 묻지 말아
주세요!

다음날 아침 나는 다시 병원으로 돌아와 새파랗게 젊은 신참 언
어치료사가 엄마의 잇몸을 조심스럽게 마사지하는 것을 지켜보았다.
그는 침이 잘 나오도록 자극하기 위해 숟가락으로 부드럽게 혀를 눌
렀다. 엄마는 순순히 숟가락으로 사과무스를 받아먹고 꿀꺽 삼켰다.
"원리를 잘 깨닫는다면……"
작센 지방 억양이 섞인 말로 언어치료사가 말했다.
"조금 거친 음식을 먹어야 해요. 씹고 삼키는 건 그쪽이 더 쉬우

니까요. 물이나 수프는 한 번에 빨리 넘어가니까 잘못 들어갈 수도 있어요."

다음 단계는 사과무스가 들어 있는 맛있는 파이였다.

"중요한 건 모든 걸 항상 두 번에 나눠 삼켜야 한다는 거예요."

치료사가 엄마의 후두를 주의깊게 살펴보며 말했다. 일주일 전 병원에 실려온 이후 엄마가 다시 음식을 스스로 씹고 삼켜서 제대로 식사를 하는 것은 이번이 처음이었다. 활짝 열린 창문 사이로 햇살이 환하게 들어왔고 엄마는 식욕이 돋는 듯했다. 그러고는 이렇게 중얼거렸다.

"난 그러고 싶어, 하고 싶어, 하고 싶어."

그러다 엄마가 눈을 감고 잠 속으로 스르륵 빠져들었다. 식사하는 동안 잠이 들면 숨을 쉬다가 음식물이 기도로 넘어갈 위험도 있었다. 그러나 치료사는 전체적으로 엄마의 삼키는 능력에 만족감을 표하며 숟가락을 내 손에 쥐어주었다. 내가 계속 먹일 수 있다는 것이었다. 인생이란 얼마나 아름다운가. 누군가가 살아갈 수 있도록 도움을 줄 수 있을 때 특히 더 그러하다.

그러나 전문적인 턱 마사지 없이 못마땅해하는 엄마의 입을 벌리는 것이 쉬운 일은 아니었다. 한 끼 식사를 모두 끝내기 위해서는 엄청난 인내심을 가져야 했고, 더불어 음식을 삼킬 수 있을 만큼 충분한 침이 필요했다. 특히 엄마가 삼킬 수 있을지 끊임없이 두려워할 때는 더 그러했다. 아무것도 아닌 한 숟가락의 파이가 갑자기 치명적인 위협이 될 수 있으므로. 내가 엄마의 턱에 사과무스를 조금 떨어뜨리자 엄마가 눈을 뜨고 말했다.

"안 좋아."

나는 엄마가 손가락으로 젖은 턱을 닦아내며 "내가 할 수 있어, 내가 할 수 있지만" 하고 중얼거리는 모습을 흐뭇하게 바라보았다.

조금 뒤에 나와 교대하기 위해 온 가비야가 크게 기뻐했다. 드디어 가비야도 그레텔에게 뭔가 실질적인 걸 해줄 수 있게 된 것이다! 엄마에게 파이를 먹여주는 데만 한 시간 반이 걸린다 해도. 중요한 것은 다시 건강이 회복되고 있다는 것. 가비야는 내게 자신의 낙관론을 옮겨주었다.

"이제 곧 그레텔의 힘든 고비가 끝날 거예요!"

나는 바로 아버지와 누나들에게 문자 메시지를 보냈다.

'기쁜 소식! 엄마가 지금 사과무스 파이를 먹었어요.'

'주님을 찬양합니다.'

아버지가 회신을 보내왔다.

'최고야!'

큰누나도 답장을 보내왔고 작은누나는 울먹이며 전화를 했다.

"이제 엄마를 다시 집으로 모셔갈 수 있을까?"

엄마와의 만찬을 끝낸 뒤 나는 병원을 나와 집으로 향했다. 예전에 다녔던 초등학교를 지날 때 마침 수업을 마치는 종이 울리고 아이들이 뛰어나왔다. 나는 방과후의 휴식을 고대하며 다급히 뛰어가는 그 아이들과 비슷한 기분이었다. 이미 숙제를 모두 끝마친 것이다. 집에서 나는 편안한 낮잠을 즐겼다. 그러나 두 시간 뒤 잠에서 깨어 커피를 마시려고 부엌으로 가는데 또다시 나쁜 소식을 들었다.

"그레텔이 구토를 하고 사레가 들렸어."

아버지가 알려주었다.

"기침을 심하게 해서 다시 흡입장치로 분비물을 제거했어. 지금은 잠들었고."

누나가 매형이랑 아이들과 함께 병문안을 왔을 때 엄마는 다시 링거를 꽂고 있었다. 누나가 무슨 일이 있었느냐고 묻자 간호사로부터 호된 질책이 돌아왔다고 했다.

"간병인이 음식을 공급했고, 그래서 다시 흡인을 일으켰어요."

그때부터 우리는 절대로 엄마에게 마실 거나 먹을 것을 주지 못하게 되었다. 그 순간 가비야가 병원에서 돌아왔고 우리에게 자신은 잘못이 없다고 맹세했다.

"그레텔은 잘 삼켰고, 나는 잘 보고 있었어요!"

오늘 오후에 있었던 잠깐 동안의 고공비행 이후 이제 다시 불시착한 느낌이 들었다. 낮잠을 잤는데도 몸은 납덩이처럼 무거웠고 끝없이 피곤했다. 저녁이 다가오고, 아버지는 병원으로 향했다. 나는 야간에 아버지와 교대를 해야 했다. 그런데 교대시간이 멀었는데도 아버지가 다시 집으로 돌아왔다. 병실에 새 환자가 들어왔는데 잠을 잘 수가 없다고 하소연하는 바람에 방문객이 야간에 머무는 것이 금지된 것이다.

"그래서 나는 간호사에게 우리가 계속 밤에도 보살필 수 있는 일인실이 있는지 물었어. 하지만 그건 의료보험이 적용되지 않아서 구십오 유로의 추가 금액을 지불해야 한다는 거야. 게다가 밤 열시 이후에 간병인이 같이 있을 경우 보험상의 이유로 육십오 유로를 더 지불해야 하고."

아버지는 엄마가 사쉬보험에 가입되어 있는데 추가 비용을 왜 지불해야 하느냐고 물었고, 간호사는 머리를 세차게 흔들며 그런 내용은 서류에 나와 있지 않다고 말했다. 그러나 서류에는 보험 유형에 관한 항목을 찾을 수 없었고, 아버지가 보험회사 이름을 알려주자 간호사는 깜짝 놀라며 외쳤다.

"맙소사, 그건 과장의사 진료를 받을 수 있고 일인실을 사용할 수 있다는 소리예요!"

다음날 아침 엄마가 일인실로 옮기면서 지옥 같았던 일반병실에서 해방될 수 있었다. 지금 병실에서는 엄마의 욕창 상처를 돌봐주는 동안 아버지와 내가 안으로 들어갈 수 없었다. 마치 우리가 그 모습에 익숙지 못한 사람들인 것처럼.

"저분들이 더 괴로울 것 같은데요."

나는 농담을 했지만 사실 굉장히 소름끼치는 일이었다. 엄마가 최우선순위가 된 지금은 갑자기 병실에 활기가 감돌았다. 나는 이 두 부류의 치료에 커다란 차이가 난다는 생각에 등골이 오싹해졌다. 처음부터 우리가 일인실에서 과장의사의 진료를 받았다면 물리치료사가 엄마 앞에 나타나기까지 이렇게 오랜 시간이 걸렸을까?

잠시 후 한 간호조무사가 엄마 방에서 나와 간호사를 데리고 안으로 들어갔다. 그들은 곧바로 다시 방에서 나와 복도에 있던 동료에게 물었다.

"지베킹 부인에게 가봤어요?"

"네."

"상처 치료도 직접 한 거예요?"

"아니요."

"어떻게 욕창이 생겼지?"

"모르겠어요. 카티야에게 전화하는 게 낫지 않겠어요?"

이곳의 직원들은 지켜보는 사람이 있다는 것도 개의치 않는 듯했다. 마치 3D 병원 드라마를 보는 기분이었다.

"그런데 바벨 부인은 어디에 계시죠?"

병실을 신속히 나오며 묻는 한 간호사의 말이 들렸다.

"토요일에 돌아가셨잖아요."

한 직원이 그 옆을 지나며 답했다.

드디어 욕창 전문 간호사인 카티야가 모습을 드러냈다. 그녀는 자신의 업무 분야에서 인정받는 전문가처럼 보였고, 병원 직원들은 그녀의 지시에 순순히 따랐다. 십오 분간의 처치가 끝나자 카티야는 엄마의 상처는 상대적으로 좋은 상태이며 집에서 우리가 처치를 잘한 것 같다고 말해주었다. 물론 그 소리가 듣기엔 좋았지만 엄마가 일주일 전쯤이 아니라 어제 처음 이곳으로 실려왔다는 듯 들리기도 했다. 도대체 지금까지 이곳 병동에서는 의료보험 환자들을 어떻게 치료해온 걸까? 더이상 알고 싶지 않았다.

일인실 병동은 환하고 모든 것이 다 좋게 느껴졌다. 거의 모든 것이 좋았다. 병실 벽은 온화하고 따뜻한 색이었고, 선명하고 아름다운 그림도 걸려 있었다. 전체적으로 쾌적하고 아늑한 분위기였다. 복도에서는 라일락빛 유니폼을 입은 인턴들이 웃는 얼굴로 커피와 차를 제공했다. 병동 스테이션 문은 활짝 열려 있었고, 그 옆으로는 과일과 비스킷이 마련된 뷔페가 있었다. 엄마의 새로운 병실로 이어지는 곳에는 이곳 병동의 전용 승강기도 자리하고 있었다. 햇빛이 많이 드는 병실에선 푸른 언덕이 펼쳐지는 근사한 전망을 볼 수 있었고, 테이블 위에는 다양한 종류의 일간지가 놓여 있었다. 누구라도 당장 이곳으로 옮기고 싶어할 것이다.

유감스러운 점은 우리가 바로 맞은편에 위치한 구역을 체험한 후에야 이렇게 갑작스러운 호사를 누리게 되었다는 것이다. 씁쓸했다. 같은 층에 빈 병실이 있는데도 삼인실에 누워 있는 위독한 의료보험

환자는 가족이 환자를 직접 돌보길 바란다 해도 일인실로 옮길 수가 없었다. 그런 기회는 몇 번이고 되물었을 때에만 주어졌다. 단, 엄청난 추가 금액을 지불할 경우에만.

엄마가 새로운 병실로 옮겨지기를 기다리는 동안 창가 쪽으로 다가가보니 햇빛 아래 반짝이는 홈부르크 성이 시야에 들어왔다. 그 옛날 삶의 의욕을 잃은 영웅에 대한 생각에 잠겨 있던 나는 다시 '왕자'에 대한 희곡 몇 줄이 떠올랐다.

언급한 대로 그곳에도 햇빛은 빛나고 있지만
그리고 이곳처럼 형형색색의 들판도 있지만
이 숭고한 세상을 바라보아야 할
눈이 부패하는 것이 유감스러울 뿐이다.

계속 나아질 거라고 생각해?

지금 내가 할 수 있는 일

오전 하늘은 더할 나위 없이 맑았고, 엄마는 조망이 널찍하게 확 트인 새로운 병실을 만끽하는 것처럼 보였다. 얼굴은 건강해 보이는 장밋빛이었고 따로 산소도 필요하지 않았다. 실로 오랜만에 좋은 기분으로 깨어 있던 엄마는 나에게서 가비야로, 침대 맞은편에 서 있던 아버지까지 둘러보았다.

"당신은 누구세요?"

엄마가 아버지에게 매력적으로 물었다.

"나는 당신 남편이랍니다."

"멋진 일이네요!"

엄마가 환한 표정을 지었고, 아버지는 엄마 곁으로 다가가 안아주었다.

"엄마가 회복되고 있어서 얼마나 다행인지 몰라요!"

나도 엄마 곁으로 다가갔다. 엄마는 내 목소리를 흉내내며 반응을 보였다.

"오, 우!"

엄마는 나를 빤히 바라보며 소리를 냈고 결국 나를 웃게 했다. 그러고 나서 뭐라고 중얼거렸는데 "목말라"라고 한 것 같았다. 마른 입술을 축이기 위해 준비된 촉촉한 면봉과 거즈 외에 탁자 위에는 컵도 놓여 있었다. 물론 그 컵에는 문제점이 있었다. 이 병원에서는 이른바 '빨대컵'이라고 하는 화려한 색감의 플라스틱 컵이 사용되었다. 컵의 덮개에는 위로 갈수록 점차 좁아지는, 마치 굵은 빨대처럼 보이는 것이 톡 튀어나와 있다. 그런데 엄마는 빨아야 할 부분이 아닌 덮개의 뾰족한 부분이 입에 닿자 깨물기 시작했다. 깔때기 부분에서 액체가 갑자기 힘차게 흘러나오는 경우 흡인을 일으킬 위험성은 더 커질 것이다.

내가 컵의 덮개를 돌려서 빼려 하는데 언어치료사가 나타났다. 활기찬 이 젊은 여성은 점심식사가 놓인 쟁반을 들고 있었는데, 상황을 아주 빠르게 파악해냈다.

"항상 간호사에게 빨대컵은 쓰지 말라고 했는데, 그들은 제 말을 전혀 귀담아듣지 않네요. 이럴 때는 그냥 컵이 훨씬 실용적이에요."

이 적극적인 언어치료사는 어제 자신이 돌아가고 나서 엄마가 음식을 허겁지겁 먹는 바람에 사레가 들려 가래를 흡입장치로 빼내야 했다는 사실을 전혀 신경 쓰지 않는 것처럼 보였다. 오늘은 소시지가 들어간 완두콩 스튜를 들고 왔다.

"조리사하고 언쟁이 조금 있었어요."

그녀는 대담한 메뉴 선택에 대해 설명했다.

"사실 스튜 같은 고형식과 유동식의 혼합물은 삼키는 장애가 있는 환자에겐 적절한 음식이 아니거든요. 하지만 소시지를 제외하면 다른 건 괜찮을 거예요!"

그녀는 쟁반을 내려놓고 입을 꾹 다문 채 눈을 감고 있는 엄마 위로 몸을 숙였다. 치료사가 뺨을 부드럽게 쓰다듬자 엄마는 마치 마법에 걸린 듯 입을 크게 벌리고 기꺼이 잇몸을 마사지하도록 놔두었다. 간호하는 방법을 배우려는 듯 가비야는 맞은편에 서서 치료사의 손놀림 하나하나를 주의깊게 지켜보았다. 가끔 엄마가 눈을 뜨고 두 사람에게 친절한 미소를 보냈다. 몇 분 후에 가비야는 치료사와 자리를 바꾸고 숟가락을 넘겨받았다. 엄마가 다시 눈을 뜨고는 이쪽에서 저쪽으로 돌아보며 말했다.

"오, 이제 당신이 저쪽에 있고 당신은……"

엄마의 시선이 다시 다른 방향으로 향했다.

"이쪽에 있군요!"

엄마는 자리를 바꾼 두 사람을 분명히 알아본 것이다. 나는 아직도 엄마에게 그런 단기 기억력이 남아 있다니 깜짝 놀랐다.

"최고예요! 제 생각엔 좋은 성과가 보이는 것 같아요."

언어치료사가 속성 과정을 끝마치고 인사를 했다.

"그럼 전 이만 다른 분한테 가보겠습니다."

그녀가 문밖으로 나갔을 때 어제 오후에 다른 병동에서 있었던 사건에 대해 얘기하지 않았다는 사실이 떠올랐다. 엄마가 또다시 심각한 흡인을 일으켰던 일 말이다. 저 언어치료사가 그 일에 대해 보고를 받기는 한 것일까? 상관없다! 중요한 건 우리가 엄마를 포기하지 않는 것이니까.

"내가 그레텔에게 줄까요, 요구르트?"

가비야가 내게 물었고, 나는 고개를 끄덕였다. 후식으로 요구르트가 안 될 이유는 없지 않은가? 하지만 그건 전혀 좋은 생각이 아니었다. 그로부터 얼마 지나지 않아 엄마가 기침을 하며 그르렁거리기 시작했고 숨을 헐떡이며 창백해졌다. 나는 도움을 요청하기 위해 복도로 달려나갔다. 다시 병실로 돌아왔을 때는 아버지가 엄마의 손을 잡고 몹시 요동치는 머리를 쓰다듬으며 진정시키고 있었다.

"오, 제발, 제발."

엄마가 애처롭게 헐떡거리며 말했다.

조금 후에 수간호사가 들어왔고, 우리는 무슨 일이 있었는지 서둘러 설명했다. 간호사가 기관 내 흡입을 하는 동안 엄마의 코에 카테터가 삽입되었다. 플라스틱 튜브가 치아 사이로 들어가면 엄마가 저절로 꽉 물었기 때문에 입을 통해 흡입하는 것은 불가능했다. 카테터를 코에서 기도를 통해 기관지까지 밀어넣는 것도 마찬가지였다. 이번에 엄마는 특히 격렬하게 저항했다.

"안 돼!"

엄마가 고통스러워하며 정정한 간호사의 많은 머리털을 힘차게 잡아당겼다. 간호사가 크게 소리를 질렀고, 아버지의 도움으로 잡힌 머리를 엄마의 손에서 간신히 빼낼 수 있었다. 간호사가 기관 내 흡입을 계속하는 동안 우리는 엄마의 팔을 단단히 붙잡았다. 숨을 헐떡이며 필사적으로 거칠게 호흡하던 엄마는 곧 힘이 빠져 저항을 멈췄다. 흡입을 하니 수간호사가 깜짝 놀랄 정도로 많은 양의 분비물이 쏟아졌다.

"이게 다 뭐죠? 완두콩 수프? 이건 정말 말도 안 돼요! 내가 삼십 년 동안 일하면서 이런 경우는 처음이에요!"

과장의사가 회진을 왔을 때 엄마는 열이 심했으며 온몸을 떨었고 호흡은 얕고 빨랐다. 의식이 거의 없는 상태였다. 의사들은 순서대로 침대 옆에 나란히 자리를 잡았다. 과장의사, 주임의사, 병동 담당의사 그리고 간호사 한 명. 과장은 곁눈으로 흘끗 엄마를 쳐다보고는 아버지에게 물었다.

"어떻게 하시겠습니까?"

"무슨 말씀이시죠?"

"보통 부인이 이런 상태라면 당장 중환자실로 보냈을 겁니다. 하지만 반드시 그럴 필요는 없습니다. 그러니까 우리는 가정 먼저 보호 자가 어떤 조치를 취하길 바라는지 명확히 알아야 합니다."

"우리는 가능한 한 빨리 아내와 함께 집으로 돌아갈 수 있었으면 합니다."

아버지가 명확한 대답을 하고자 노력하며 덧붙였다.

"가장 좋은 건 카테터를 끼우지 않는 것이고, 그리고 물론 음식을 다시 먹을 수 있게 되길 바랍니다."

"그러면 환자가 죽을 수도 있습니다."

과장의사가 자신의 의견을 분명히 밝혔다. 아버지는 음식을 삼킬 때 문제가 되는 것이 정확히 무엇인지 물었다.

"원인이 무엇이든 상관없습니다. 중요한 것은 환자가 음식을 먹은 후에 두 번이나 생명을 위협당하는 상황을 겪었다는 사실입니다. 이제 더이상 환자에게 음식을 먹일 수는 없습니다!"

과장의사는 영양 섭취를 위해 복벽에 튜브를 삽입하는 'PEG-위관 삽입'을 강력히 추천했다.

"하지만 지금은 폐렴부터 먼저 치료해야 합니다. 욕창은 좀 어떻습니까?"

아버지는 엄마가 연거푸 전신마취를 해야 하는 수술을 받지 않도록 원래 예정되어 있던 상처 봉합 수술을 중지하고 싶다고 설명했다. 의사는 딱딱한 표정으로 고개를 끄덕이더니 인사를 하고 방을 나섰다. 의료진이 떠나고, 우리가 수척해진 채 부들부들 떠는 엄마하고만 남게 되었을 때 아버지가 비탄에 잠긴 목소리로 말했다.

"이제 정말 중환자실은 완전히 배제하게 된 거지?"

"네, 그런 것 같아요."

내가 대답했다.

"우리가 엄마의 심폐소생술과 인공호흡을 더이상 바라지 않는다는 건 분명 중환자실로 옮겨지는 걸 바라지 않는다는 뜻이기도 하니까요."

회진이 끝난 뒤 나는 단것을 사고 생각도 정리할 겸 병원 매점으로 내려갔다. 그러나 가장 먼저 눈에 띈 것은 진열장에 놓인 신문의 헤드라인이었다. "아사우어의 알츠하이머 드라마 '모든 것은 한순간에 끝났다!' 그리고 아무도 당신을 도울 수 없다." 그 바로 아래 네모 칸에는 "76,8킬로그램. 야우프는 너무 마른 것인가?"라는 요란한 질문이 들어 있었다. 속으로는 '신문을 구입하지 말아야지' 하는 거부감이 일었지만, 결국은 호기심이 이겼다. 나는 대서특필된 크기에 비해 너무도 간략했던 기사를 읽어보기 위해 신문을 사고 말았다.

전 축구감독이자 시가를 피우는 마초, 루디 아사우어는 예순여덟 살로, 언론에 자신이 알츠하이머에 걸렸음을 공개하며 '모든 것은 한순간에 끝났다'고 말했다. 그런데 자서전을 출간하고 TV 출연과 축하행사를 거뜬히 치를 정도로 아직까지는 정신이 온전한데, 그는 어째서 모든 것이 끝났다고 말했던 것일까? 왠지 그 말은 오히려 인생이 흥미롭고 새로운 국면으로 접어들었다는 의미로 들렸다.

아사우어의 책을 읽던 나는 엄마와 비슷한 상황이 적힌 부분을 발견했다. 엄마의 치매 증세가 확연히 눈에 띄었을 때는 아사우어와 대략 비슷한 나이였고, 두 사람 모두 치매를 앓다가 돌아가신 엄마를 두었다. 아사우어의 어머니는 우리 외할머니처럼 요양원에서 넘어지는 바람에 대퇴경부가 골절되었고 그로 인해 수술을 받아야 했다. 그 후에도 두 분 모두 다시 넘어졌고, 그후 죽음을 맞이하게 된 것이다. 아사우어의 어머니는 침대에서 떨어져 수술대 위에서 유명을 달리했다. 아사우어는 그 비보를 접했을 때 '치명적인' 약품을 구해 막 돌아오던 길이었다고 말했다.

우리 외할머니는 대퇴경부 골절로 휠체어 신세를 졌고, 사람들이 보지 못하는 사이 다시 자리에서 일어나려다 또 넘어지고 말았다. 그때부터 외할머니는 자리를 보전하게 되었고 항생제가 효험이 없어 결국 폐렴으로 돌아가셨다.

이제 엄마와 우리도 아주 비슷한 상황이다. 나는 저녁에 다시 침대 옆에 앉아 엄마의 손을 잡았다. 밖에는 해가 저물어갔고 방에는 따뜻한 불이 밝혀졌다. 엄마는 계속해서 기침을 했고 가르랑거리는 호흡 소리가 희미하게 들렸다. 아름다운 불빛이 이 광경을 더 슬퍼 보이게 했다.

"크, 큰 거 - 큰, 큰 거-."

엄마가 눈을 감은 채 작은 소리로 웅얼거렸다. 그러더니 "내가 찾아볼게" 하고는 손을 뻗었다. 나는 혈관주사를 맞느라 부어오른 엄마의 손을 잡아 어루만져주었다. 그때 엄마가 잠깐 눈을 뜨고 말했다.

"정말 좋아, 좋아, 잘했어."

밖은 계속 어두워졌고 내 눈에선 눈물이 흘러내렸다. 엄마를 위한 태양이 또다시 솟아오를 수 있을까? 정말 복잡했다. 더이상 아무것도 물어볼 것 없는 가까운 사람이었는데, 물어보고 싶었던 것들이 모두 떠오른다. 그러나 너무 늦어버렸다. 오늘밤, 열이 나는 엄마 곁을 지키며 미처 묻지 못했던 지난날의 기억이 머릿속에 떠올랐다.

그중 하나는 내가 두꺼운 판타지 소설을 차례대로 탐독하던 열 살 무렵에 있었던 일이다. 『동지冬至』라는 소설에 빠졌을 때 나는 이미 『작은 호빗』과 『반지의 제왕』을 모두 읽은 상태였다. 그 책은 영문판인 『빛의 사냥꾼』 시리즈의 하나였다. 주인공은 해리 포터보다 이십년이나 앞서 등장한 허약한 소년으로, 자신의 신통력을 찾게 되는 인물이었다.

그 책은 침대에서 나오고 싶지 않을 정도로, 그래서 학교에 가지 않기 위해 꾀병을 부리게 할 정도로 나를 엄청나게 사로잡았다. 책 속의 소년은 나와 똑같은 나이로 열한 살 생일을 앞두고 신비한 예감과 꿈에 맞닥뜨리게 된다. 마치 내 운명을 예언하는 듯한 상상 속에 빠져 나는 열심히 그 책을 읽었다. 마지막에는 선과 악이 결전을 벌이는 이야기였다.

내가 수업시간에 배울 수 있는 것은 이 책의 읽을거리에 비하면 턱없이 가소롭다는 생각이 들었지만, 지금 학교에 갈 수 없다고 엄마를 설득하기는 분명 어려웠다. 그래서 나는 배가 아프다고 했고 난방이 잘되는 아늑한 방에서 이불을 두 개나 덮은 채, 땀을 흘리고는 있지만 몸에는 한기가 돌고 있다고 주장했다. 엄마는 내 이마를 걱정스럽게 짚어보았고 나는 나쁜 흑기사에게 쫓기는 이상한 꿈을 꾸었다고 말했다. 엄마는 진지하게 받아들이는 것 같았고 방을 나가셨지만 곧 체온계를 들고 돌아오셨다. 내 계획은 수포로 돌아갈 위기에 처했다. 나는 체념한 채 순순히 입에 체온계를 물고 있었다.

엄마가 방을 나가고 열을 재는 동안 다시 혼자 있게 되었다. 우연히도 나는 '어둠의 힘'을 무찌르기 위해 어린 용사가 '선택된 자'를 찾아야 하는 「빛의 표식」 부분을 읽고 있었다. 그 빛이 나를 구출해줄 수 있지 않을까? 내 시선이 독서용 조명으로 향했고, 짧은 순간 체온계를 전구에 갖다대보기로 결정했다. 체온계의 수치는 정말 단시간에 치솟았다. 엄마가 깜짝 놀랄 정도인 사십 도를 가리킨 것이다.

어쨌든 내 계산은 잘 맞아떨어져 집에 머물러 있는 것이 허락되었고, 심지어 설탕과 계피가루 그리고 사과를 갈아넣어 만든 보리오트밀을 먹는 혜택도 누렸다. 엄마는 따뜻한 차를 침대에까지 가져다주었다. 천국에 온 기분이었다.

몇 시간 뒤, 엄마가 다시 내 손에 체온계를 쥐어주었다. 나는 엄마가 방을 나서자마자 거의 자동으로 기적의 조명에 체온계를 착 가져다대었다. 그러는 사이 책은 점점 본론으로 들어서고 있었다. 그렇게 한참을 빠져 있는데 갑자기 "팡!" 이건 뭐지? 나를 둘러싼 침대와 바닥 도처에 은빛의 작은 구슬이 흐르고 있고, 나는 손에 산산조각 난 체온계를 쥐고 있었다. 조명에 너무 오래 대고 있어 체온계가 터진 것이다. 나는 '작은 마법구슬'에 완전히 매혹되었지만, 조금 뒤 방으로 들어온 엄마는 이 모습을 보고 기겁을 했다. 엄마는 당황하면서 그것이 독성이 높은 수은이며 절대로 만져선 안 된다고 설명해주었다. 당연히 엄마는 도대체 무슨 일이 있었던 건지 알고 싶어했고, 나는 더듬거리며 말을 지어냈다. 체온이 너무 높게 나와 체온계가 좀 이상한 것 같아서 이리저리 흔들다 침대 모서리에 부딪혀 깨졌다고. 엄마는 더이상 묻지 않았고, 그 대신 종이 위에 작은 수은구슬을 주워모았다.

나는 계속 파라다이스에서 독서를 즐기며 보낼 수 있었다. 그러나 오후가 되자 엄마는 손에 새로운 체온계를 들고 다시 내 방에 나타났다. 약국에서 수은의 독성이 얼마나 끔찍한지 다시 한번 듣고 온 엄마는 체온계를 조심히 다루라고 했다. 수은은 방의 온도만으로도 증발되고 뇌세포를 파괴할 수 있다고 했다. 나는 혼자 남은 순간 다시 '마법의 조명'을 이용했지만 이번에는 특별히 주의를 기울였고, 적당히 높은 온도로 엄마에게 확신을 줌으로써 계속해서 침대에 머무를 수 있었다.

저녁에 한 번 더 체온을 재는 동안 이야기는 절정에 달하고 있었다. 마지막 결전의 밤 용맹스러운 소년의 고향 마을에 엄청난 눈보라가 덮쳐왔다. 어둠의 힘이 마지막 일격을 가하고―"픽!" 안 돼! 작은 마법구슬들이 두번째로 내 방 여기저기에 퍼져나갔다. 그리고 당황해하는 엄마에게 다시 한번 체온계를 흔들다가 실수로 침대 모서리를 쳤다는 말을 둘러댔다. 엄마는 또다시 수은구슬을 주워모았다. 그때를 돌아보면 엄마가 나를 강하게 질책하지 않은 점이 이상하다. 나는 그때 엄마가 수은구슬을 어떻게 했는지, '체온계를 이리저리 흔들었다는' 말도 안 되는 내 말을 엄마가 어떻게 받아들였는지 물어보고 싶다. 정말 뻔뻔스러운 내 거짓말을 믿었던 것일까? 엄마는 의문스러웠을 것이다. '도대체 아파서 기운도 없다는 아이가 왜 계속해서 체온계로 침대 모서리를 친 것일까?' 하고.

엄마가 내게 '검사를 받으러' 프랑크푸르트에 있는 소아과에 가자고 했을 때, 나는 어쨌든 악한 자들이 결국 굴복하는 것으로 막을 내린 독서 열풍에서 헤어나오는 중이었다. 내가 전혀 위험하지 않은 독서 바이러스에 걸렸었다는 말을 어떻게 해야 할지 고민하는 사이 엄마는 이미 나를 종합병원으로 데리고 가고 있었다. 의사는 체온을 재도 이상이 없자, 항문에까지 측정을 했다. 참으로 수치스러웠지만, 어쨌든 아무런 발열 흔적도 나타나지 않았다. 사람이 지켜보는 곳에서는 작동하지 않는 마법이라니, 이 얼마나 곤혹스러운 일인가!

특히 화가 날 사람은 당연히 엄마였다. 나를 멀리 이곳 전문 병원에까지 데려왔는데, 더이상 열이 나지 않는다니! 그러나 엄마는 화를 내기 보다는 매우 안심하는 모습이었다. 그리고 병원에서 내게 특이한 점이 보이지 않는다는 사실이 확인되고 사흘째 되던 날 우린 다시 집으로 돌아갈 수 있었다. 기분 좋아 보이는 내 모습 때문에 의사는 갑상선기능항진증이 의심된다는 소견을 내놓기도 했다. 병동에 있는 다른 축 처진 아픈 아이들과 비교했을 때 이런 의심이 드는 것은 조금도 놀라운 일이 아니니까.

　유감스럽게도 나는 이 모든 이야기를 엄마에게 솔직히 털어놓지 못했다. 엄마가 그때 일을 어떻게 생각했는지 한 번만이라도 들을 수 있다면 얼마나 좋을까. 엄마는 그때 아들을 향한 애정이 지나쳐 상황을 똑바로 보지 못했던 걸까? 어쩌면 지금 실제로 벌어지는 상황과 달리 엄마의 상태가 더 좋아지기를 바라는 것도 내가 사랑에 눈이 멀었기 때문일지도 모른다.

　아침이 되자 희망은 물리치료사와 함께 문을 열고 다가왔다. 병원에 온 지 일주일이 지나 물리치료사가 드디어 우리 앞에 모습을 드러낸 것이다. 한 간호사가 키 크고 힘차 보이는 여성을 데리고 왔다. 물리치료사는 며칠 전 작업치료사가 했던 것처럼 엄마가 누워 있는 상태에서 수동적으로 관절운동을 시키는 게 아니었다.

　"오늘은 그렇게 하지 않을 거예요."

　물리치료사의 말은 엄마를 침대에서 들어올려 휠체어에 앉히는 것을 도우려 했던 간호사를 당황하게 만들었다.

　"하지만 저는 교육받을 때 관절가동운동을 다 배웠어요."

　간호사가 의아해하며 말했다.

"네, 네, 예전에는 그렇게도 했지요."

물리치료사가 그녀를 일깨워주었다.

"예전이 아니라 다섯 달 전에 배운 건데요?"

"정리를 하자면, 아래층 중환자실에서는 수동적 관절운동과 같은 치료는 더이상 하지 않는다는 뜻이에요."

서 있거나 앉아 있는 것처럼 환자를 자연스럽게 움직이도록 하는 게 확실히 더 좋은 방법인 것 같았다. 그에 반해 수동적 관절운동처럼 환자가 거부감을 느끼는 재활치료는 별로 도움이 되지 못했다. 실제로 엄마는 저항하지 않았고 순식간에 정말 기뻐하는 모습이었다. 병원에 입원해서 앉은 자세로 이동하는 건 이번이 처음이었다. 사실 앉아 있는 자세가 엄마의 의지와 달리 사지를 꺾고 펴게 하는 것보다 혈액순환을 촉진시키고 스트레스도 덜 준다는 건 분명했다.

엄마의 팔은 링거를 꽂은 상태로 부어오른 것을 제외하고는 튼튼하고 좋아 보였다. 하지만 엄마의 다리를 보는 순간, 나는 경악하고 말았다. 특히 왼쪽 종아리는 완전히 쇠약해져 있었다. 서는 것은 둘째치고 걷는 것조차 어려울 것 같았다. 우리는 지금부터 하루에 두 번씩, 한두 시간 동안 엄마를 의자에 앉혀놓기로 했다.

오후에 과장의사가 회진을 왔고 담당의사가 엄마의 손에 새로운 주삿바늘을 꽂았다. 링거는 한쪽 팔이 너무 심하게 붓지 않도록 다른 쪽 팔에도 돌아가며 꽂았다.

"환자분은 지금 치매의 마지막 단계에 와 있습니다."

의사는 조금의 동요도 없이 내게 설명했다.

"흡인, 폐렴 그리고 사망은 이 단계에서 흔히 일어나는 일입니다. 위관 삽입으로 이런 진행을 다소 지연시킬 수 있고, 어느 정도 안정도 기대할 수 있습니다. 물론 중요한 것은 가장 먼저 폐렴을 방지하는 일입니다."

체온이 안정되면 위관 삽입을 할 수 있고, 그러려면 일주일 정도 더 입원해 있어야 할 것 같다고 했다. 퉁명스러운 과장의사에 비해 호의적인 담당의사는 신경과의사와 얘기해보겠다고 말해주었다.

신경과의사는 엄마를 직접 살펴보진 않았지만 입으로 음식을 먹는 것은 못하게 했다. 흡인은 말기 치매 환자에게 흔히 나타나는 증세로, 어쨌든 조만간 음식을 먹여주는 일은 불가능해진다는 뜻이었다. 과장의사는 가족에게 알려 위관 삽입 여부를 결정하라고 말하는 것으로 회진을 마쳤다. 회진 후에 나는 두 의사를 따라 복도 밖으로 나갔다. 그리고 서둘러 걸음을 옮기는 담당의사에게 물었다.

"만약에 위관 삽입을 한다면 언젠가 이런 질문을 하게 되지 않을까요? '그럼, 이제 카테터를 제거해도 될까요?'라고. 어쩌면 엄마가 다시 삼키는 법을 배우게 될 수도 있지 않을까요?"

담당의사가 의아한 얼굴로 나를 보더니 대답했다.

"이론적으로는 그렇습니다. 하지만 위관 삽입을 한 치매 환자가 다시 음식을 먹기 시작했다는 말은 한 번도 들은 적이 없습니다. 죄송합니다만, 이제 정말로 가봐야 합니다."

언젠가 엄마에게 더이상 영양 공급을 하지 않길 바라게 된다면 어떻게 되는 것일까? 그저 엄마가 평화롭게 영면할 수 있도록 놓아드리고 싶어질 때는 어떻게 해야 하는 걸까? 애초에 무언가를 시작하지 않는 것이 무언가를 중지하는 것보다 훨씬 더 쉬운 느낌이었다.

나는 어찌할 바를 몰라 엄마의 병실이 마주 보이는 복도 의자에 주저앉았다. 옆으로 붙어 있는 작은 탁자 위에 누군가 남겨놓은 돌돌 말린 종이가 있었다. 무의식적으로 그 작은 종이를 집어 펼쳐보았다. 거기엔 성경 문구가 쓰여 있었다.

갈대가 부러졌다 하여 잘라버리지 아니하고, 심지가 깜박거린다 하여 등불을 꺼버리지 아니하며……(이사야서 42장 3절)

내가 성경에 대해 많이 알거나 세례를 받은 것은 아니었지만 이 문장은 정말로 가슴에 와 닿았다. 적절한 시기에 내게 위로가 되었다. 누군가가 나를 위해 이 말씀을 미리 준비해둔 것이라면 그것은 정말 고마운 일이다.

엄마는 자신의 삶에서 무척 치명적이었던 고관절수술을 얼마 앞두고 내게 외할아버지에 관한 자료를 편지로 보내주었다. 마치 곧 자신이 기억을 잃어버릴 것을 예견이라도 한 것처럼.

"그 밖에 다른 것도 더 알려줄게!"

엄마는 부수적인 내용을 더 적어 보내주었다. 엄마가 외할아버지에 대한 이야기를 해주지 않은 것은 자신도 1945년 5월 말에 일어난 비극적인 사건을 제외하고는 아는 게 거의 없기 때문이라고 설명했다. 전쟁은 끝났고, 독일은 이미 항복에 관한 협상을 전부 마무리했다고 모든 사람이 생각할 때, 그때 외할아버지는 무의미한 전투에서 희생되고 말았다.

엄마가 외할아버지 이야기를 할 땐 언제나 존경심으로 가득했고, 나는 외할아버지가 빛나는 영웅적인 기풍에 감싸여 있는 듯 느껴졌다. 특히 외할아버지를 향한 엄마의 감정을 확연히 느낀 것은 최근 엄마가 구체적인 기억을 잃어가는 과정에서였다. 엄마는 아흔 살 중반이 될 때까지 보살피며 평생 가까이했던 외할머니의 사진은 알아보지 못했지만, 집안 복도에 걸려 있던 외할아버지의 사진 앞에서는 언제나 경건한 모습을 보였다.

사진 속 외할아버지는 전형적인 등산복과는 현저히 거리가 먼 루이스 트렌커(산악영화 감독이자 배우. 정장 스타일의 등산복을 입고 등산을 한 것으로 유명하다)를 연상시키는 모습을 하고 있었다. 사진을 보며 엄마는 언제나 엄숙하게 말했다.

"이분이 내 아버지란다."

한번은 속마음을 내보인 적도 있다.

"아버지가 아직 살아계셨다면 내가 정말로 많이 좋아했을 텐데."

당시 엄마는 이미 공간과 시간 감각을 잃어버린 상태였지만, 자신의 아버지에 대해서는 비교적 잘 기억했다. 엄마가 외할아버지를 마지막으로 본 것이 다섯 살 때이기는 했지만.

"아버지가 있었지만, 그러고 나서 다시 사라지셨어."

엄마가 말했다. 나는 그 말에 동의하며 외할아버지가 전사하신 거라고 말했다. 그 말에 엄마는 이렇게 대답했다.

"그렇지만 아버지는 절대 전쟁을 지지하는 쪽이 아니었어!"

외할아버지는 열정적인 등산가로, 원래 신앙심이 깊은 분은 아니었다. 하지만 한번은 등산을 갔다가 눈사태가 엄습해 죽을 위기에 처했고, 그때 새롭게 각성하는 계기를 갖게 되었다. 외할아버지는 구조만 된다면 신을 믿고 기독교 단체에 가입하겠다고 맹세했다. 실제로 구조된 후에 외할아버지는 그때의 서약을 굳게 지켰다. 이는 엄마에게 성경을 공부하고 신앙적인 규율과 머리를 땋거나 틀어올리는 것처럼 엄격한 두발 규정에 순종하는 어린 시절을 보내야 함을 의미했다. 사실 외할머니는 유행에 민감한 분이었지만 남편의 사망 이후 스스로 정숙한 머릿수건을 쓰고 생활했다.

"네 아버지가 바라던 일이었어."

그에 반해 엄마는 자신을 답답하게 둘러싼 엄격한 규율에서 벗어나고자 노력했다. 엄마는 열여섯 살이던 어느 날 자전거를 타고 슈투트가르트에서 뉘른베르크까지 갔고, 그곳 미용실에서 긴 머리를 잘라버렸다. 대학 시절 엄마는 신교회 장학재단의 지원을 받을 수 있었지만 거절하고 고학생으로서 학업을 이어나갔다. 엄마는 결국 교회에 나가지 않게 되었다. 그리고 나중에 내게 고향 시인인 로베르트 게른하르트의 주기도문을 가르쳐주었다.

> 신이시여, 받아들이십시오,
> 내게 뭔가 특별한 점이 있다는 것을.
> 그리고 언젠가 조용히 인정하십시오,
> 내가 당신보다 더 영리하다는 것을.
> 미래에는 내 이름을 찬양하리니,
> 그렇지 않으면 얻어맞게 될 것입니다.
> 아멘.

엄마가 즐기던 활동을 돌이켜보면 가장 먼저 미술과 문화생활이 떠오른다. 우리는 일요일마다 프랑크푸르트의 현대미술관이나 헤센 주 지역공영방송 스튜디오에서 열리는 아방가르드 콘서트를 순례했다. 엄마는 연극과 오페라 그리고 영화를 좋아했다. 좋은 음악이 있을 때는 두말할 것 없이 기꺼이 교회도 찾아갔다. 또한 어려운 결정을 하거나 중요한 시험이 있는 날, 평정심을 잃지 않도록 내게 만트라 같은 것을 이용하는 방법도 가르쳐주었다.

"나는 나다, 나는 나다, 나는 나다……"

아버지는 엄마가 치매 진단을 받고 혼란스러워하는 걸 보고는 어느 날 아침, 언젠가 엄마가 자신에게 했던 말을 들려주었다.

"당신답게, 그냥 당신, 당신 모습대로. 당신답게!"

엄마의 '나는 나'라는 만트라는 이 순간 나를 다시 일으켜세워 엄마가 있는 병실로 돌아갈 수 있게 도와주었다. 오늘은 내가 엄마의 병상을 지킬 차례였다. 하지만 엄마의 상태가 갑자기 악화된다면 내가 무엇을 할 수 있을까? 이런 장소에 머무는 것도 흔치 않은 일이었지만, 무엇보다 위급한 상황이 벌어진다면 내가 할 수 있는 의학적인 조치는 아무것도 없었다. 햇빛이 바로 엄마의 얼굴을 비추어 여전히 젊고 생생해 보이는 엄마는 만족스러운 고양이처럼 미소를 띠고 누워 있었다. 이렇게 보이는 사람을 굶겨도 되는 것일까? 엄마는 내 생각을 읽기라도 한 것처럼 갑자기 내게 물었다.

"계속 나아질 거라고 생각해?"

"어, 네, 물론이죠."

나는 더듬거리며 말했고, 엄마는 밝게 웃으며 나를 바라보았다.

"정말? 잘됐어. 드디어 때가 된 거야. 천만다행이다, 다행이야."

인간의 감정은
누군가를 만날 때와 헤어질 때
가장 순수하며 가장 빛난다.

장 파울 Jean Paul, 1763–1825

아름다운 이별을
준비하고 싶어

가족의 죽음을 허락할 수 있는

사람은 누구?

"안녕하세요, 저는 카린이에요."

호스피스 전문 간호사가 병실로 들어와 자신을 소개했다. 엄마가 폐렴에서 어느 정도 회복한 이후 우리는 퇴원 준비를 시작했고, 카린은 그런 우리를 도와주러 온 것이다. 퇴원 후 엄마에게 어떤 기구가 필요하고 또 우리가 어떻게 간병을 해야 하는지, 환자에게 필요한 모든 사항을 알려주는 일이었다. 카린은 호스피스 병동에서 일했는데, 그녀와 이야기를 나누는 동안 나는 호스피스 전문 간호사를 뜻하는 단어 위버강스쉬베스터Übergangsschwerter 탓에 '건너감Übergang'이란 말을 떠올렸다. 이 세상의 문턱에서 저쪽 세상으로 건너가는 것을 생각한 것이다. 카린은 엄마에게 카테터를 장착하기로 한 결정을 이해할 수 없다는 반응을 보였다.

"정말 그렇게 결정하신 건가요?"

카린이 아버지에게 재차 확인했다.

"위관 삽입을 하는 게 어떤 의미인지 잘 생각해보신 거죠?"

속에서 점점 화가 끓어올랐다. 일주일 내내 괴로워하며 죽도록 고민하다 간신히 내린 결정이었다. 그런데 이 간호사 때문에 모든 것을 또다시 원점으로 되돌려야 한단 말인가?

"병원 의사들 모두가 위관 삽입을 권했고, 우리는 그저 엄마를 집으로 모셔가고 싶었을 뿐입니다."

내가 항의하듯 말했다.

"우리는 아직 기적이 일어나길 바랍니다!"

아버지가 조용히 덧붙였다.

"위관삽입수술은 위험한 게 아니잖아요."

나는 계속해서 냉소적으로 반박했다.

"엄마가 우선 영양분을 충분히 섭취해야 몸도 점점 나아지고 걷는 연습도 할 수 있을 겁니다. 엄마가 음식을 먹는다 해도 다시 회복할 수 있을 거라 누가 확신할 수 있겠습니까!"

나는 잠시 숨을 고르고 강한 어조로 말을 덧붙였다.

"카테터가 더이상 필요 없다고 판단되면 그땐 그 기구를 다시 빼버릴 생각입니다!"

그러나 카린은 여전히 부정적이었다.

"어머니도 그걸 원했을까요?"

"아내도 당연히 집으로 돌아가고 싶어했을 겁니다."

아버지는 질문을 피해갔다.

"하지만 식사를 인위적으로 해야 하는데도 말인가요?"

카린이 끈질기게 파고들며 말을 이었다.

"저는 엄마한테 절대로 그렇게 하지 않았어요. 환자들은 대부분 임종이 다가오면 식욕을 잃고 더이상 음식을 먹으려 하지 않잖아요. 바로 그런 점을 고려해서 받아들일 수 있을 때까지 계속해서 유동식을 주는 거예요."

'이 빌어먹을 병동에서는 의견을 좀 하나로 모아서 전달해주면 안 되는 거야!'

나는 이런 생각을 하며 전투적으로 대답했다.

"간호사 선생님은 지금 마지막에 대해 얘기하지만, 저희 엄마는 아직 살아계십니다! 바로 몇 달 전에는 뛰어다녔고 손주들과 과자도 구웠다고요!"

간호사는 고개를 끄덕였다. 물론 카린은 우리의 결정을 이해한다고 했다. 그러면서 카테터를 다루는 게 어려운 일은 아니며 우선 몸부터 적응을 시켜야 하고, 영양식이 제대로 섭취될 때까지 얼마간의 시간이 걸린다는 사실만 잘 기억하라고 했다. 우리에겐 사랑하는 엄마의 수명을 연장할 수 있는 매우 솔깃한 기회로 보였기 때문에 이 계획을 포기할 수 없었다. 아버지는 이미 수술동의서에도 서명을 마친 상태였다. 병원 의료진과의 논쟁은 우리의 직감과 카테터 장착에 대한 생각을 더욱 확고하게 만들어주었다. 엄마에게 인공으로 영양을 주입하는 것은 우리가 동원할 수 있는 수단의 전부였다.

이모는 위관 삽입을 결정했다는 소식을 듣고 매우 기뻐했다. 몇년 전부터 위관을 끼운 채 힘든 시기를 잘 극복하고 있는 자신의 친구 얘기도 들려주었다. 이모의 친구는 밤에만 기기를 장착한다고 했다. 물론 그분은 엄마와 같은 심각한 치매 환자는 아니었지만 식도가 제기능을 하지 못해서 입으로는 더이상 어떠한 음식도 먹을 수 없는 상태였다.

그러나 수술 전날 여자친구와 통화중에 아버지와 내가 내린 결정에 대해 이야기하다가 커다란 말다툼이 벌어지고 말았다. 여자친구는 엄마의 명확한 의사를 알지 못한 채 튜브를 위에 삽입하려는 건 정말 끔찍한 일이라고 했다. 그동안의 모든 선의의 논쟁이 허무하게 사라지는 순간이었다. 내가 공격받고 오해를 사고 있다는 느낌을 받았다. 그렇다면 엄마가 굶어죽기라도 해야 한단 말인가? 나는 그저 최선의 방법을 원했을 뿐이다.

감정이 격해졌던 통화 이후 또다시 고민이 밀려들었다. 큰누나도 여자친구와 비슷한 반응을 보였던 것이다.

"정말 엄마한테 그런 짓을 할 거야? 나는 우리 가족 모두가 엄마 몸에 튜브를 삽입하는 건 반대한다고 생각했는데?"

그리고 오늘 호스피스 전문 간호사도 같은 반응이었다. 어째서 다들 그렇게 반대하는 것일까? 우리는 정말 신중하게 장단점을 저울질했고, 위관 삽입이라는 합리적인 해결 방안을 마련했다. 그런데 갑자기 직감적으로 무언가 잘못되고 있다는 생각이 들기 시작했다.

병동의 담당의사는 엄마가 PEG-위관을 사용함으로써 당분간 집에서도 어느 정도 편안한 삶을 누릴 수 있을 거라고 조언했다. 반대로 튜브를 장착하지 않고 지금 상태로 퇴원하면 틀림없이 얼마 못 가 돌아가시게 될 거라는 말도 했다. 이런 이유로 우리가 위관 삽입을 결정했던 것이다. 하지만 여자친구와 다투고 나서 인터넷을 검색해보니 결론은 명확하지 않은 상황이었다. 오히려 PEG-위관은 특히 치매 환자의 경우 이론이 분분했다. 그런데 병원에서는 이런 이론이 전혀 거론되지 않았다. 사람은 언제 죽는 것일까? 삶의 동반자는 죽음의 동반자 혹은 죽음을 허락할 수 있는 사람이란 뜻일까?

독일에서는 흔히 음식 섭취를 거부하거나 음식을 삼키는 데 장애가 있는 치매 환자에게 카테터를 삽입한다. 이는 힘들고 시간도 많이 소요되는 '먹여주기'를 피하기 위한 방법이기도 하지만, 한편으로는 치료시설에서 환자를 방치해 굶어죽거나 목말라죽었다는 비난을 피하기 위해서라고도 할 수 있다.

한밤중에도 나는 잠들지 못하고 침대 속에서 고민했다.

'엄마는 어떻게 하고 싶어했을까?'

이 질문은 잠을 방해하는 성가신 모기처럼 계속 머릿속을 맴돌았다. 솔직히 나는 엄마가 위관 삽입을 원했을 거라고 생각하지 않는다. 엄마는 '생명 연장'이 '고통 연장'을 의미하는 게 아닌지 평소 자주 토론하곤 했다. 카테터가 내 위벽에 연결돼 있다면 어떨까? 꽂혀 있는 이유도 모르고, 게다가 내가 도대체 어디에 있는지도 모르는 정신 상태라면? 카테터를 제거하려고 들지 않을까? 병원에서 엄마는 기어이 여러 번 손으로 카테터를 뽑아냈었다.

그렇다고 엄마가 기본적으로 의료장비를 적대시하는 건 아니었다. 엄마의 친구 중 뇌졸중으로 쓰러져 오랜 시간 혼수상태인 분이 있었는데, 그분도 음식을 직접 먹지 못해 영양액을 공급받는 상황이었다. 엄마는 그 친구를 자주 찾아가 보살펴주었다. 엄마의 또다른 친구의 남편은 심장이식수술을 받고 죽을 위기를 넘겼는데, 엄마는 그 수술에 큰 관심을 보였다. 그러므로 엄마는 기본적으로는 생명 연장 조치에 반대하지는 않는 것이 틀림없었다. 그리고 엄마 스스로 선택한 고관절수술은 또 어떤가?

위관 삽입은 일종의 '의치'나 '인공관절'이라기보다 기능이 정지된 삼키는 기관의 보충물이 아닌가. 그것은 그저 얇은 튜브일 뿐이다. 적어도 한 번쯤은 시도해봐야 하지 않을까? 지금은 입으로 음식을 먹이든, 위로 직접 전달하든, 그것이 중요한 게 아니다. 엄마가 여전히 스스로 호흡하는 한 우리는 엄마를 인위적으로 살게 하지는 않을 것이다!

알람 소리에 잠을 깼을 때 직감이 별로 좋지 않았다. 그래서 나는 자리에서 일어나 서둘러 엄마가 있는 병원으로 향했다. 그런데 그곳에서 만난 가비야는 한껏 고조되어 말했다.

"그레텔이 오늘 내게 '아름다운 사람'이라고 말했어요."

그녀는 엄마의 침대로 다가가 뺨에 열렬한 키스를 보냈다.

"내 사랑!"

엄마가 눈을 뜨고 눈썹을 높이 추켜세우며 특유의 과장 섞인 놀란 표정을 지으며 말했다.

"뭐라고! 나?"

나도 그들 곁으로 다가갔다.

"엄마, 좀 어때요?"

"좋아."

엄마가 대답하고 눈을 다시 감았다. 뺨이 그렇게 붉지만 않았다면 분명 건강한 인상을 주었을 것이다. 가비야는 오늘 야간 당번을 서면서 깜빡 잠이 들었는데 엄마를 작은 아기처럼 팔에 안고 있는 꿈을 꾸었다고 말했다. 그녀는 그 꿈을 좋은 징조로 해석했다. 곧 엄마가 어린아이처럼 분명히 다시 걷는 법을 배우게 될 것이라며.

나도 가비야처럼 그렇게 낙천적으로 생각할 수 있으면 좋겠다. 엄마가 입술에 미소를 띤 채 평온히 누워 있는 모습을 보면 나는 왠지 새로운 출발보다 마지막이 떠올랐으니까. 가비야는 명랑한 모습으로 작별인사를 하고 집으로 돌아갔다. 그녀는 임박한 위관삽입수술을 별로 끔찍해하지 않는 것 같았다. 위관삽입수술을 그냥 취소해버리고 엄마의 모습 그대로 집으로 모시고 갈 수는 없는 것일까? 하지만 그러기에는 사실 너무 늦어버렸고 아버지도 수술동의서에 이미 서명을 마친 상태였다. 그리고 지금 아버지는 집에서 깊은 잠에 빠져 있다. 그래도 아버지에게 전화를 걸어봐야 할까, 아니면 가비야에게 아버지를 깨워 내 생각을 전달해달라고 할까? 그 순간 문이 열리고 엄마를 모셔 가려는 간호조무사가 들어왔다. 나는 말없이 엄마가 실려가는 모습을 바라보았다. 엄마에게 인사도 건넬 수가 없었다. 나는 이것이 마지막이 아니길 바랄 뿐이었다.

나를 잘 이해해주는 작은누나에게 전화를 걸었다. 누나는 내게 친구 이야기를 들려주었다. 그 친구는 중병을 앓던 어린 자식에게 위관 삽입을 했던 경험이 있었다. 카테터를 삽입하면 초기에는 종종 구토를 일으킨다고 했다. 적절히 받아들일 수 있는 영양식을 찾을 때까지 한동안 시간이 필요하다고도 했다. 병원에서는 왜 이런 문제점에 관해 말해주지 않은 걸까?

"위관 삽입을 하면 엄마가 안정될 거라고 의사가 말했어."

나는 우리의 결정을 정당화하려고 애썼다.

"그리고 어쩌면 엄마가 다시 입으로 식사를 할 수도 있을 거야."

누나는 더이상 문제삼지 않고 낙관적으로 보려고 했다.

"화요일이나 수요일쯤이면 엄마를 집으로 모셔갈 수 있을 거야. 그러고 나서 우리 축하 파티하자!"

하지만 겨우 삼십 분이 지났을 무렵 문이 열리고 엄마가 병실로 돌아왔다. 간호사는 카테터를 끼우지 못했으며, 담당의사가 곧 들어와 설명할 것이라고 했다.

"그 말은, 엄마가 오늘 수술을 받지 않을 거라는 말인가요?"

내가 당황하며 물었다.

"환자분은 예비검사를 받았습니다. 그 밖의 다른 내용은 담당의사가 설명드릴 겁니다."

간호사는 입을 크게 벌리고 코를 고는 엄마와 나를 남겨두고 병실을 떠났다. 나는 흥분해서 눈물이 날 지경이었다. 엄마를 포기한 걸까? 이대로 모든 게 끝난 것일까? 나는 엄마 옆에 앉아 손을 어루만지며 한숨을 쉬었다.

"아, 엄마……"

그때 엄마가 눈을 뜨고 물었다.

"뭐가 필요하니?"

"저요? 글쎄, 엄마요, 그레텔, 엄마요!"

엄마는 온화하게 나를 보며 차분하고 분명한 음성으로 말했다.

"뭐가 갖고 싶은 게 있다면 지금 다 가져가도 돼."

"그럼, 엄마는요?"

"나? 나는 아무것도 필요 없어."

의사가 수술이 취소된 이유를 설명하는 동안 나는 우리가 엄청난 행운을 얻었다는 생각이 들었다. 전날 엄마의 체온이 37.6도였기 때문에 내시경을 담당하는 집도 의사가 체온이 불안정하다고 판단했다는 것이다. 그는 주말 동안 지켜보고 열이 내리면 월요일에 수술하는 게 나을 것 같다고 했다. 엄마의 현재 상태에서 이물질을 삽입하는 건 위험할 수 있다는 것이다. 그러나 담당의사는 엄마의 체온이 해열제 없이 계속 내려갔기 때문에 경과를 매우 긍정적으로 보았다. 즉 항생제가 잘 작동한다는 것을 의미했기 때문이다. 엄마가 주말에 링거를 맞으며 상태를 잘 극복해내면 월요일에는 카테터를 끼워야 했다. 지금까지 나는 병원에서 보내는 주말이 언제나 멈춘 듯한 위협적인 시간이라고 느껴왔다. 하지만 이번에는 우리의 결정을 곰곰이 생각해볼 수 있는 시간을 벌었다는 사실에 기뻤다.

　다음날 삼촌과 삼촌의 아들이 엄마의 병문안을 왔다. 삼촌뿐 아니라 사촌 역시 의사다. 두 사람은 이곳의 의사들과 전혀 다른 의견을 내놓았다. 사촌은 통계적으로 엄마와 같은 상태의 환자에게 위관 삽입이란 수명을 연장하는 것이 아니라 오히려 단축시킬 수 있다고 말했다. 즉 인후로 내용물이 들어가 구토나 역류 같은 합병증이 올 수도 있다는 것이다. 그런 환자는 헛기침을 해서 내용물을 토해낼 수 있을 만큼 충분한 점액이 없기 때문에 흡인이 초래될 수밖에 없다고 했다.

기관지에 들어간 이물질로 인해 다시 빠르게 폐렴으로 발전할 수 있으며, 이런 위험성은 위관 삽입으로도 전혀 줄어들지 않을 것이라고 했다. 게다가 환자가 장치를 건드려 튜브를 연결한 부위의 복벽이 감염될 수도 있다고 했다. 음식물을 섭취하지 않으면, 즉 더이상 입으로 음식물을 공급해주려는 시도를 하지 않으면 그 사람에게 주의를 기울이는 최종 영역을 제거해버리는 것이고, 그로 인해 살고자 하는 움직임과 동기 부여 또한 없애는 것이라고 했다. 그래서 카테터는 심지어 죽음을 유도하는 방법으로도 선호될 수 있다고 했다.

내과 전문의이자 심리치료사 과정을 밟기도 한 삼촌은 또다른 문제점을 설명해주었다.

"위관 삽입이 그레텔의 기력을 회복시켜준다는 이상적인 상황을 가정해보자. 사실 지금 상태로 봤을 때 그렇게까지 해서 살 만한 가치가 얼마나 된다고 생각해? 욕창이 완치될 수 있을까? 그레텔이 자각적으로 삶에 참여하는 시간이 하루에 얼마나 되지? 확률적으로 위관 삽입을 하고도 빠른 시일 내에 다시 폐렴 같은 병에 걸릴 가능성이 아주 높아. 아직 뭘 더 기대를 하는 거야? 내가 조언 좀 할게. 가능한 한 빨리 집으로 모시고 가. 작별인사를 나눠야 할 시간이라고."

그러나 이모는 나중에 다시 통화했을 때 삼촌과는 다른 견해를 보였다. 나는 이모에게 엄마가 수술을 받지 못했고, 지금은 위관 삽입을 해야 할지 확신이 서지 않는다고 말했다. 이모는 충격을 받았다. 중증 치매를 앓던 외할머니가 폐렴으로 쓰러져 위독했을 때 이모는 의사에게 물었다.

"할 수 있는 모든 것을 정말로 다한 겁니까?"

의사는 더이상 아무런 희망이 없을 것이라고 말했다. 그에 반해 엄마는 바로 폐렴에서 회복된 상태였다. 하지만 그렇기 때문에 엄마에게 다시 희망이 있는 것일까? 치매가 완치되지 못하는 것은 분명한 사실이고, 어쩌면 욕창도 낫지 않을 수 있었다. 지금은 엄마에게 '죽을 권리'가 있는 것일까? 아니면 엄마가 계속 생명을 유지할 수 있도록 하는 게 우리의 의무인 것일까? 물론 굉장히 민감한 질문이다. 나는 친척들로부터 한 기독교인 의사가 대체 자식들이 어떻게 엄마를 굶기려고 생각할 수 있는지 이상해한다는 얘기를 전해 들었다.

나는 여러 방면에서 포괄적으로 알아보기 시작했다. 특히 완화치료 분야를 조사하면서 위관 삽입이 좋지 않은 선택이라는 생각이 점점 더 분명해졌다. 예를 들어 네덜란드에서는 아주 예외적인 경우에만 말기 치매 환자에게 위관 삽입을 허락하며, 스위스 취리히에서는 이러한 조치가 원칙적으로 금지되어 있었다. 나는 알면 알수록 의사들의 설명이 얼마나 지각없고 비상식적인 것인지 알 것 같았다. 엄마의 수명이 연장되지 못할 확률이 높은데다 연장된 삶도 바람직하지 못하다면 위관 삽입이 도대체 무슨 소용이 있을까?

마지막으로 삼촌은 엄마의 주치의인 병동의 과장의사와 통화를 했다. 두 사람은 치매 환자는 대부분 마지막 순간에 기관 내 흡인으로 인한 폐렴으로 희생되며, 영양 공급 튜브는 이러한 위험을 악화시킬 수 있다는 점에 동의했다. 과장의사와의 솔직한 대화를 끝내며 삼촌은 엄마를 위관 삽입 없이 집으로 모셔갈 수 있게 해달라고 부탁했다. 그러자 과장의사는 이렇게 고백했다.

"저라도 그렇게 했을 겁니다."

늦었지만 이제 아버지의 결심은 매우 확고해졌고, 그래서 동의서를 다시 작성했다.

'저와 제 아이들은 결정을 번복해 위관삽입수술 일정을 취소하고 싶습니다.'

월요일에 시행 예정인 수술을 막기 위해 아버지는 일요일 저녁에 병원으로 왔다. 아버지는 수간호사에게 동의서를 건네주었고, 그녀는 그것을 쭉 훑어보고는 성난 반응을 보였다.

"아하! 어제는 저렇게 하고, 오늘은 또 이렇게 하신다고요?"

그리고 아버지를 도발적으로 바라보며 말했다.

"그러시다면 부인을 지금 당장 데려가셔도 됩니다!"

아버지가 그렇게 해도 상관없다고 말하자, 간호사는 금세 고개를 저었다. 물론 그렇게 간단한 일이 아니었다. 간호사는 오늘밤엔 결정을 내려줄 사람이 아무도 없다고 했다. 결국 아버지는 다음날 아침에 의사들과 협의해야 했다.

아침 일찍 아버지와 나는 간호사가 있는 곳으로 향하다가 복도에서 과장의사와 담당의사를 마주하게 되었다. 과장의사가 아버지에게 간단명료하게 물었다.

"위관을 삽입하시겠습니까, 하지 않으시겠습니까?"

"하지 않겠습니다."

"좋습니다. 이제는 확실히 정한 겁니다."

그는 이렇게 말하고 자리를 떠났다. 이로써 모든 문제가 처리된 것이 분명했다. 조금 뒤에 담당의사가 혈액을 채취하기 위해 병실로 들어와 자신의 상사보다는 다감한 모습으로 말했다.

"결정을 번복하신 것은 위관 삽입을 하느냐, 마느냐에 대한 결정이 얼마나 힘든 일인지를 보여준 것이라고 생각합니다. 물론 저는 그 심정을 이해합니다."

담당의사는 사실 현재 상태라면 엄마를 집으로 모시고 가는 것도 괜찮다고 했다. 폐렴도 어느 정도 완쾌되었고, 나중에라도 위관 삽입을 원한다면 언제든지 다시 오면 된다고 했다.

우리는 염증 수치를 알아보기 위한 혈액 분석 결과를 기다려야 했지만, 엄마는 열이 나지 않았고 호흡도 정상이었다. 나는 엄마가 인위적인 영양 공급 없이 얼마나 더 버틸 수 있을지 담당의사의 견해를 물었다. 의사는 약간의 영양 섭취만으로도 몇 주 정도는 더 살 수 있을 것이라고 대답했다. 마지막으로 엄마는 영양 공급이 잘되었으며 건강해 보인다고 했다. 그리고 그렇게 나이 들어 보이지 않으며 일흔다섯이라는 나이치고는 생리학적으로 좋은 상태라고도 했다. 과장의사는 평소대로 간결하게 자신의 진단을 말해주었다.

"음식 없이는 몇 주, 수분 없이는 며칠 정도 사실 겁니다."

삼촌은 섭취가 가능한 음식과 음료만으로 사 주 정도는 더 살 것이라고 했다. 그러면서 우리에게 엄마의 몸이 필요로 하는 것에 주의를 기울여야 하며, 이유식 같은 것을 주고 갈증을 느끼지 않도록 입가를 촉촉하게 해주라고 했다.

가비야는 이번에도 비현실적인 낙관을 했고, 변함없이 엄마가 다시 건강해질 수 있도록 간호하겠다고 굳은 결심을 했다. 삼촌의 추정에 대해서는 이렇게 말했다.

"그는 거짓말을 했어요. 사 주가 아니라 사 년일 거예요!"

가비야는 엄마와 함께 공원을 산책하는 꿈을 다시 꾸었다. 그러나 어쩐 일인지 아무도 우리 앞에 놓여 있는 사실을 그녀에게 숨김없이 설명해주지는 못했다.

호스피스 전문 간호사는 우리의 결정 번복을 기뻐했고, 엄마가 방광에 차고 있는 카테터는 유지하는 게 좋겠다고 말했다. 또한 집에 흡입장치와 산소흡입기를 갖추어놓으라고 권했다. 오후에 엄마는 정말 오랜만에 무척 기분이 좋아 보였다. 마지막 순간에 위관 삽입 결정을 번복한 것을 엄마가 기뻐하는 것 같았다. 엄마가 밝게 웃으며 아버지를 가리키며 이렇게 말했다.

"그가 저기 앉아 있으니까 안 좋아!"

내가 그 말에 동의하자 엄마는 그다음으로 내게 물었다.

"도대체 너는 지금 뭘 하고 있는 거니?"

아버지와 나는 깜짝 놀랐다. 엄마가 이렇게 침착한 목소리로 질문을 한 게 이미 오래전 일이었기 때문이다.

"말하자면……"

나는 더듬거리며 말했다.

"사실 나는 지금 엄마에 관한 영화를 만들고 있어요."

"나에 대해서? 정말이야?"

"네, 그리고 엄마가 그 영화를 꼭 봤으면 좋겠어요!"

그러나 엄마는 다시 눈을 감았고, 나는 그것이 얼마나 비현실적인 꿈인지 상기하게 되었다. 아버지와 함께 간호사실 앞 복도에서 커피를 마시는데, 아버지가 또다시 물었다.

"우리가 방향을 바꾼 게 기적을 막아버린 건 아니겠지?"

마음이 약해진 아버지는 다시 갈팡질팡했다.

"병실이 집에 있는 방보다 훨씬 좋아. 이곳은 햇빛도 잘 들고 그레텔이 즐길 수 있는 멋진 전망도 있어. 병실의 환자침대도 집에 있는 것보다 훨씬 편리하고."

무엇보다 우리는 이곳에서 의료적으로 보살피는 게 아니라 엄마의 정신적, 신체적 건강에만 온전히 집중하면 되었다. 손을 잡고 어루만지고 노래를 불러주거나 이야기를 해줄 수 있었다. 그리고 밤낮으로 엄마의 자세를 바꿔줘야 한다는 스트레스도 없었다.

"장례식도 아직 하나도 준비하지 못했어."

아버지는 앞으로의 일을 생각하며 신음했다.

"아름다운 이별을 준비하고 싶어. 어떤 식순을 만들어야 할까?

어떤 음악을 연주하지? 오르간 연주가 필요할까? 그레텔의 현악사중
주 친구들에게서 아직 연락이 안 왔어. 소식을 전해야 할 사람들 명단
도 아직 준비하지 못했고. 심지어 그레텔을 어떤 방법으로 매장해야
할지조차도 전혀 모르겠어!"

아버지는 나 또한 곰곰이 생각하게 만들었다. 정말로 우리 집을
호스피스 병동으로 바꾸고 싶은 것일까? 문제가 생기면 우리가 흡입
장치를 잘 다룰 수는 있을까?

내가 야간 당번을 맡았을 때 엄마는 유쾌한 얼굴로 나를 맞았다.

"나는 벌써 조금 나아졌어."

텔레비전에서는 때마침 토크쇼가 방영되었고, 엄마는 분명히 그
것에 집중하고 있었다. 내가 볼륨을 조금 높였다.

"환자 본인은 물론 그 가족에게도 알츠하이머라는 진단은 어떤
의미가 있는 걸까요?"

아나운서가 카메라를 보며 물었다.

"모르겠어요."

엄마가 대답했다.

"대체 어떤 의학적 진보가 서서히 진행되는 망각에 맞서 싸울 수
있는 걸까요? 그리고 우리의 건강 및 의료체제는 빠르게 진행되는 고
령화 사회에 맞춰 충분한 준비가 되어 있을까요?"

"아니, 아니, 아니, 난 정말 할 수 없어."

엄마가 의견을 말했다. 청중의 박수갈채가 끊기자 엄마는 생기

있게 말했다.

"저기 있는 사람들은 모두 행복하구나."

나는 엄마의 손을 잡고 함께 프로그램을 보았다. 스튜디오의 초
대 손님 중 한 명은 노신사였는데, 그는 어휘력장애를 겪는 모습을 보
고 처음으로 아내의 치매를 알게 되었다고 했다.

"그건 유감이야, 유감이야, 유감이야, 그래서 그건 더, 더, 더."

모든 내용을 아주 정확히 쫓아가는 것처럼 엄마가 중얼거렸다.

"대체로 그런지 지켜봐야 돼. 대체로 그런지……"

그런 다음 눈이 감겼고, 다시 잠에 빠져들었다. 나는 TV를 끄고
이마에 흩어진 엄마의 머리카락을 쓸어주었고 이불을 팔 위로 조금
더 끌어당겨주었다.

사실 엄마는 이미 꽤 오랜 시간 자신을 위해서가 아닌, 우리에게
추억을 만들어주기 위해 살고 있는 거나 마찬가지였다. 눈부시도록
아름다운 식물을 보살피는 것처럼 우리는 엄마가 시들지 않게 지키고
있다. 이 꽃이 시들도록 놔두어야 하는 것일까?

다음날 병원에서 가비야와 교대했을 때 나는 엄마가 더이상 링거
를 꽂고 있지 않다는 사실에 경악했다. 나는 간호사를 불러 설명을 부
탁했다. 그녀는 엄마에게 더이상 영양을 공급하지 말라는 지시를 받
았으며 그 이유는 자신도 모른다고 말했다.

'퇴원하기 하루 전날 간단히 중지를 시켰다고?'

나는 이런 생각이 들었다.

'긴축 조치일까? 도대체 왜 아무도 사전에 주의를 주거나 알려주지 않는 걸까?'

나는 담당의사에게 면담을 요청했다. 담당의사는 조금 뒤에 신경이 곤두선 상태로 들어와 내가 과장의사의 회진을 놓쳤을 거라고 불평했다.

"저는 오늘만 세번째로 이 방에 들어온 겁니다! 질문이 있다면 어째서 회진 때 하지 않으신 겁니까? 어쨌든 좋습니다. 제가 초과 근무를 하면 되니까요! 확실히 알고 싶은 게 무엇입니까?"

"어째서 저희 엄마에게 영양제를 중지하신 거죠?"

"팔에 심한 염증이 생기고 부어올랐습니다. 하루 정도 이 상태로 계실 겁니다."

의사는 짧게 고개를 끄덕이고는 병실을 나섰다. 나는 말문이 막혔다. 엄마의 모래시계는 어쨌든 얼마 전부터 평소보다 아주 빠르게 흘러내리고 있었다. 하지만 오늘은 조용하게 졸졸 흐르던 모래에서 토사붕괴가 일어난 것이다! 내 목에 굵은 덩어리가 걸린 것 같았다. 나는 엄마에게 물 한 잔을 드렸다. 이 대담한 시도는 두 시간이 넘게 계속되었다. 엄마가 삼킬 수 있을지 걱정이 된 나는 극도로 조심했고, 엄마의 목소리가 정상적으로 들리는지 혹시 물이 잘못 넘어가지는 않았는지 계속해서 확인했다. 엄마가 깜빡 잠이 들었을 때는 다시 깨어나 물을 조금 마실 때까지 기다려야 했다.

"오, 제발!"

엄마는 가끔 이렇게 속삭였다. 도대체 어떻게 이런 방법으로 누군가에게 마실 것을 충분히 줄 수 있을까? 사람이 하루에 마셔야 하는 양이 일 리터 반에서 이 리터 정도가 아닌가? 내가 이불에 물을 조금 흘리자 엄마가 슬프게 말했다.

"오, 정말 유감이야, 유감이야."

나는 감정에 북받쳐 엄마를 얼싸안았다.

"엄마, 저는 엄마를 정말로 사랑해요!"

"어째서?"

엄마는 어리둥절해하며 물었다.

"내 엄마니까요."

"그렇지."

그러고 나서 엄마는 미소를 지으며 이런 말을 덧붙였다.

"그건 아주 멋진 일이구나."

사랑하는 사람들과 좋은 시간을 보내는 것도 중요하지만
당신 혼자 있을 때도 근사하게 시간을 쓸 줄 알아야 합니다.
그것은 다른 이들이 떠나고 없을 때나,
우연히 혼자 있을 때 갖게 된 시간이어서는 안됩니다.
오직 자신과 자신의 행복을 위해 아껴둔 시간이어야 합니다.

엘리자베스 퀴블러 로스Elizabeth Kübler Ross, 1926-2004

사실 난 치매에
고마워하고 있어

'우리 엄마'라는
아주 좋은 선물

아버지는 엄마의 퇴원을 축하하기 위해 집 계단을 작은 꽃으로 치장했다. 거실 또한 꽃, 인형, 촛불, 사진 등으로 화려하게 장식되었다. 환자침대는 이제 거실에 있었는데 더이상 엄마의 비좁은 침실에 처박혀 있지 않아도 되었기 때문에 위풍당당함이 느껴졌다. 나는 엄마를 위해 침대 위에 푹신한 인형 하나를 준비해두었다. 언젠가 인기 있는 동물 인형과 친해지기를 바라는 마음으로.

그러나 두 명의 응급대원과 함께 엄마를 구급차에서 집 안으로 옮겼을 때 엄마가 모든 것을 새롭고 낯설어한다는 느낌을 받았다. 그래도 엄마는 기분이 좋은 것 같았고 이제부터는 우리 집 한가운데서 군림하게 되었다.

엄마는 저녁에 사위와 두 아이를 데리고 찾아온 작은딸을 환하게 맞이했다. 촛불을 켰고 분위기는 거의 크리스마스이브와 같은, 즉 크리스마스트리 장식은 없었지만 '우리 엄마'라는 아주 좋은 선물이 있는 축제일 같았다. 아버지는 비싼 돈을 들인 환자침대가 병원에 있는 것처럼 적절한 높이로 내려가지 않는 것에 대해 여전히 언짢아했다. 하지만 레고 놀이에 빠진 손주들을 위해 할머니가 있는 자동침대를 놀라울 만큼 높이 올려놓을 수는 있었다. 그 광경을 보며 나는 이 침대가 키가 삼 미터쯤 되는 거구의 간병인을 위해 제작된 것은 아닌지 궁금한 생각도 들었다. 어쨌든 엄마는 갑자기 천장 아래, 공중에 떠서 새로운 전망을 즐기고 있었다. 백발을 흐트러뜨린 엄마는 날아다니는 양탄자 위에 앉아 있는 빛나는 마법사 같았다. 마법사가 어디로 여행을 떠날지는 아무도 모른다.

매형이 좋은 와인을 가져왔고 우리는 축배를 들었다. 매형이 면봉에 고급 와인을 묻혀 엄마에게 맛을 보게 해드리자고 했다. 작은누나는 엄마를 위해 닭고기 수프를 내왔다. 누나는 자신이 준비한 고기수프를 작은 수저로 떠서 엄청난 주의를 기울이며 엄마에게 먹였다.

"아, 어려운데."

엄마가 말했다. 그리고 삼키려고 엄청 노력했다.

"아주 잘했어요!"

내가 칭찬했지만 엄마는 고개를 가로저었다.

"그렇게 쉬운 일은 아니야."

"하지만 그래도 아주 잘했어요!"

그때 엄마가 나를 보며 분명하게 말했다.

"너는 재미있겠지, 나는 아니야."

식사 후에 우리는 엄마의 침대 주위에 모여 있었다. 엄마는 늦은 시간인데도 생기 넘치는 모습으로 깨어 있었다. 대화가 잠시 중단되자 엄마가 누나에게 말했다.

"무슨 얘기라도 좀 해봐!"

허를 찔린 누나가 이야기를 시작했다.

"음, 그러니까 저는 오늘 아이들을 픽업했고 그런 다음 엄마를 위해 닭고기 수프를 만들었어요."

"아주 잘했구나!"

엄마가 누나를 칭찬했고 우리는 모두 웃었다. 곧이어 아버지가 우리 집 역사상 처음으로 합창 지휘자를 흉내 내는 초연이 펼쳐졌다. 아버지는 예전에 우리가 차를 타고 여행을 떠날 때 엄마와 함께 자주 읊조리던 돌림노래를 지휘했다.

모-오-두-침-묵-하-라, 나-이-팅-게-일
달콤한 멜로디로 유혹한다,
눈에서 눈물이 흐르고, 가슴엔 슬픔이……

늦은 밤, 부엌에서 조용히 하루를 끝마치며 맥주를 한잔 마실 때 아버지가 신기해하며 말했다.

"이상해. 오늘은 모든 절망감을 완전히 잊고 있었어. 집은 활기로 가득했고 말이야."

다음날 아침 또다른 초연이 이어졌다. 옛날에 엄마가 내게 해준 것처럼 이번에는 내가 엄마에게 이유식을 먹였다. 엄마에게 드리는 보답의 시간이었다. 이유식을 먹는 중간중간 엄마는 중얼거렸다. "무서워" 혹은 "나는 못 하겠어"라고. 하지만 그후로는 모든 게 순조로웠다.

"잘되고 있어, 내 생각엔."

엄마는 삼키는 데 자신감을 얻었다. 나는 막 태어난 아기의 부모가 이와 비슷한 자랑스러움과 행복감을 느낄 것 같다는 생각이 들었다. 사랑하는 엄마가 음식을 먹고 있는 지금 이 순간 내가 느끼는 것처럼. 물론 아이에게는 엄마의 경우와 달리 미래가 있다. 엄마에겐 먹여주는 일이 도움을 주기보다 문제를 초래하게 되는 건 아닌지 확신할 수 없었다. 그러나 지금은 엄마가 기꺼이 받아들이는 것처럼 보였고, 나는 모든 위험을 감수하고 있었다.

다음날 나는 부모님 사이에 흐르는 러브신을 목격했고, 아주 오랜만에 카메라가 없다는 사실에 화가 났다. 아버지는 몸을 숙여 엄마를 껴안고 속삭였다.

"내 사랑!"

"당신이 예전에 그런 말을 한 적이 있던가요?"

엄마는 어리둥절해했고, 아버지는 깊은 감명을 받았다.

"그레텔이 아무래도 내 생각을 읽는 것 같아!"

아버지가 나를 보며 말했다.

"방금 전 내가 '내 사랑'이라고 말하면서 이런 생각을 했거든. '내가 지금까지 이런 말을 한 적이 있었던가?'"

엄마는 자신이 아버지의 생각을 짐작할 수 없다는 것을 명확히 보여주려는 듯 잠시 뒤에 이렇게 물었다.

"무슨 생각하세요?"

"당신이 웃으면 내가 행복해요."

"그건 좋은 일이에요."

두 분은 서로를 꼭 껴안았다. 마음속에서 우러나온 진정한 순간이었다. 그런 다음 아버지는 일어나서 부엌으로 갔다. 엄마는 눈으로 아버지를 좇다가 호의적으로 눈썹을 높이 추켜세우며 말했다.

"참, 친절한 사람이야!"

엄마가 기관 내 흡인으로 병원에 실려가 숨가빴던 시간이 시작되고 계속해서 목숨이 위태로웠던 상황 이후 처음으로 나는 숨을 좀 돌릴 수 있었다. 그리고 영화 작업을 계속해야겠다는 생각이 강하게 들었다. 영화를 그 상태 그대로 내버려둔 채 엄마 인생의 마지막 단계를 단순히 무시하거나 글로만 언급하는 긴 옳은 일이 아닌 것 같았다. 병원에서 있었던 일은 카메라에 기록할 수도 없었고, 하고 싶지도 않았다. 그 일은 나를 화나게만 했으니까. 하지만 지금은 엄마가 다시 집에 있었기 때문에 영화 제작에 대한 생각을 할 수 있었다. 가족은 모두 동의했고, 그래서 주말에 카메라맨 동료를 집으로 초대했다. 아드리안은 가장 가까운 동료일 뿐 아니라 아주 좋은 친구이기도 했다. 엄마와 우리 가족에 대한 영화는 이런 사람들이 있어야 가능할 것이다. 그는 우리 가족에 대해 훤히 꿰뚫고 있는데다 오랜 시간 내게는 형제와도 같은 사람이기 때문에.

우리는 제일 먼저 환자침대에 누워 있는 엄마를 촬영했고, 영화로 사용할 수 없는 부분은 기록해두었으며, 엄마의 벌어진 입을 계속해서 촉촉하게 유지하도록 신경을 썼다. 작은누나가 두 조카를 데리고 방문했을 때는 더 좋은 장면이 연출되었다. 엄마를 둘러싼 동그란 원이 만들어진 것이다. 아이들이 마지막으로 다 같이 촬영을 했던 일년 반 전에는 둘 다 엄마의 심기를 몹시 불편하게 할 정도로 우악스러운 개구쟁이들이었다. 둘째는 멧돼지처럼 거실을 뛰어다녔고 엄마가 경악할 정도로 하모니카를 마구잡이로 불어댔었다. 그사이 열한 살, 아홉 살이 된 두 아이는 훨씬 의젓해졌고 심지어 간호에도 관심을 보였다. 누나가 엄마에게 수프를 먹이기 시작하자 두 녀석이 모두 한 번씩 해보고 싶어했다. 누나의 지도 아래 손자들은 할머니에게 고기 수프 몇 순갈을 조심스럽게 건넸다. 경이로운 장면이 아닌가!

말기 치매 환자인 엄마가 반응을 보이는 영역과 시간은 계속 줄어들고 있다. 그래서 영화 제작자로서의 나는 엄마를 관측하는 일이 더 쉬워졌다. 예전처럼 엄마가 제작팀으로 인해 주의를 다른 곳으로 돌리는 일이 더이상 없었기 때문이다. 그렇지만 나를 보며 저절로 반응했던 엄마의 모성 또한 더이상 보기 힘들어졌다. 세상의 나머지와 마찬가지로 나는 계속해서 멀리 밀려났고 엄마에게 낯선 사람이 되어갔다. 그렇게 다큐멘터리 작업은 훨씬 쉬워졌지만 내 마음은 점점 더 무거워졌다. 나, 막내에 대한 엄마의 특별한 사랑은 촬영 작업을 하는 동안 한 번 더 강력하게 타올랐지만, 그런 다음 천천히 기력이 다해갔다. 이제 불꽃은 완전히 꺼져버린 것일까?

누나가 아이들을 데리고 돌아간 후, 우리는 마지막 촬영날 저녁에 엄마의 맞은편에 앉아 있었다. 엄마는 석양과 함께 부드러운 햇살이 비치는 안락의자에서 휴식을 취하며 두 눈을 감고 있었다. 아드리안은 잘 먹지 못해 가냘픈 윤곽이 드러난 엄마의 아름다운 장밋빛 얼굴을 촬영했다. 나는 헤드셋과 마이크로폰을 끼고 카메라용 삼각대 옆 바닥에 앉아 엄마의 규칙적이지만 얕은 호흡 소리를 녹음하고 있었다. 그때 갑자기 아버지가 등장해 즉흥적으로 몸을 구부려 엄마를 껴안았다.

"그레텔, 당신 정말 예뻐 보여. 당신은 미인이야!"

아버지는 엄마 옆에 무릎을 꿇고 앉았다. 엄마는 그런 애정표현에 기뻐했고 조금 이해할 수 없는 말을 중얼거렸다.

"어디 있지, 그 사람, 사이좋게 지냈던?"

아버지가 엄마에게 키스를 했고, 나는 엄마가 얼마나 애정을 듬뿍 담아 나를 바라보는지 알게 되었다. 엄마가 또다시 아리송한 말을 했다.

"아, 다리 있는 곳."

나는 헤드셋을 빼고 마이크로폰을 옆으로 내려놓고서 자신 쪽으로 끌어당기려는 엄마의 손을 잡았다. 나는 엄마의 손에 키스를 하며 말했다.

"안녕하세요, 엄마."

엄마는 미소를 지으며 분명히 이해할 수 있게 대답했다.

"참, 멋져."

아버지는 엄마의 친구들과 친척들에게 작별인사를 하러 방문해달라고 초대했다. 그러나 많은 사람들이 시간상 또는 건강상의 이유로 오지 못했다. 또 어떤 이들은 엄마를 예전의 모습으로 기억하고 싶다고 솔직하게 말하기도 했다. 한 가까운 친척은 더 구체적으로 말했다.

"내가 아는 그레텔의 모습이 아픈 모습으로 바뀌는 게 싫어."

한 친한 친구는 아버지에게 지금 상태의 그레텔을 보느니 차라리 장례식 때 오겠다는 말을 남기기도 했다.

"그때가 되면 지금 여기서 느낄 수 있는 진정한 무언가를 놓치는 거예요!"

엄마의 병과 마주하며 많은 친구들의 거절을 경험했던 아버지가 말했다.

"그들은 이렇게 말하지. '당신은 지금 틀림없이 안정을 취하고 싶을 거예요. 나는 당신을 많이 염려하고 있어요.' 그렇게 말한 걸로 생색을 내는 거야. 우리 집에서 그리 멀리 떨어지지 않은 곳에 사는 한 친구는 내게 지난 반년 동안 약속을 했어. '다음주 월요일에 한번 들를게!' 그러다 언젠가 그 친구는 양심의 가책을 느끼고 더이상 연락조차 하지 않고 있지."

"하지만 사람들이 왜 그렇게 망설인다고 생각하세요?"

내가 아버지에게 물었다.

"그들은 모든 게 두려운 거야. 한 동료가 이렇게 말한 적이 있어. 어떤 일에 휘말리는 게 싫다고. 아픈 사람을 돌봐주면 그다음엔 더 큰 것을 바랄 거라고 생각해. 정말 말도 안 되는 소리지! 하지만 어쩐지 그런 생각이 일반적인 것 같아. 지인 중에 남편이 알츠하이머에 걸린 부인하고, 심장병을 앓는 남편을 돌보는 또다른 부인이 있어. 두 사람 다 친구들이 모두 떠난 것 같다고 말하더라고."

"하지만 다행히 새로 연락된 곳이 있어."

아버지가 알려주었다.

"예전엔 연락이 뜸했던 몇몇 친척이 관심을 보였어. 근처 이웃들의 연락처도 새로 받은 게 있고. 내 생각엔 선에 별로 가깝게 지내지 않았던 사람들이 그레텔의 치매를 마주하는 게 더 쉬운 것 같아."

나는 영화를 위해 인터뷰할 만한 사람을 찾다가 지난여름 스위스에서 이전에 엄마와 가장 친하게 지냈던 친구를 만나게 됐다. 그녀는 부모님이 1969년부터 1975년까지 스위스에서 살 때 엄마와 함께 여성해방운동을 했고, 칠레의 정치적 난민을 스위스로 수용하기 위해 함께 전력투구했었다. 우리 가족이 독일로 돌아간 후로도 두 분은 몇십 년간 연락을 유지했다. 나는 이분에게 부모님과 연락이 중단된 이유는 무엇이고, 혹시 그 이유가 엄마의 병과 연관이 있는지 물었다.

"처음에는 전혀 믿어지지 않았어."

그녀는 신중하게 말했다.

"나는 정말 알츠하이머에 걸리지 않을 사람이 하나 있다면, 그건 그레텔일 거라고 생각했거든! 지금은 그런 생각이 들어. 어쩌면 세월 탓에 그레텔이 약해져서 치매에 걸린 게 아닐까 하는. 하지만 그건 정말 불가능한 일이야. 처음 그레텔에게서 편지가 오지 않기 시작했을 때 그레텔이 치매라니, 내가 잘못 생각하고 있다고 확신했어. 그래서 우리가 파라다이스라고 부르곤 했던, 산에서 가장 좋아하던 장소의 모습이 담긴 카드를 보냈지. 거기에 이렇게 적었어. '그레텔, 이곳을 아직 기억해?' 하지만 아무런 답장도 오지 않았어. 그러고 나서야 확신하게 되었지."

그녀는 이 부분에서 말을 멈추고 눈물을 삼켰다.

"맞아, 그건 내게 아주 중요한 일이었지. 그후로는 그녀를 마주하지 못했어. 나는 무서워졌어. 그 친구가 지금은 어떤 모습일지, 어떻게 변했을지 전혀 몰랐으니까. 그렇게 전혀 다른 상황에 놓인 친구를 만난다는 게 정말로 두렵더라고. 이런 마음을 가다듬고 바트홈부르크로 가봐야 할까? 친구가 나를 더이상 알아보지 못한다 해도 말이야. 그래도 내가 가면 말테가 기뻐해주겠지?"

하지만 그후로 그 친구 분은 더이상 모습을 보여주지 않았다.

마찬가지로 스위스에서 사귄 엄마의 또다른 친구 올리비아는 작은누나의 유치원 교사였다. 엄마는 그녀와 함께 1970년대 초반 취리히에서 반(反)권위주의적 교육방침을 내세운 사설 유치원을 세웠다. 그것은 젊은 엄마들이 경력을 계속 쌓을 수 있도록 대학에서 기회를 제공하는 것이었다. 두 분은 아이들 교육에 대한 비슷한 견해를 지니고 있었고, 두 사람이 모두 스위스에서 독일로 이주한 뒤에도 연락을 계속 주고받았다. 엄마는 바트홈부르크에 자리를 잡았고, 올리비아는 우리 부모님이 자주 방문하던 함부르크에 정착했다. 두 가족은 많은 휴가를 함께 보내기도 했고, 엄마들끼리는 적어도 일주일에 한 번, 대체로 일요일에 전화 통화를 하는 게 일상화되어 있었다. 삼사 년 전, 엄마가 친한 친구들마저도 제대로 구분하지 못하여 전화 통화를 포기하기 전까지는.

올리비아는 예전에 알았던 그레텔을 잃었다는 사실에 매우 고통스러워했다. 연기학원 원장인 그녀도 시간을 내는 것이 어려웠고, 서로간의 왕래는 계속 줄어들었다. 지난 몇 년간 그녀를 가끔 만나는 일은 점점 힘들어졌고, 그녀는 종종 눈물을 흘리기도 했다. 아버지와 나는 올리비아가 우리 집에 오는 걸 두려워하지 않는다는 사실에 기뻐했다. 그녀는 엄마가 집으로 다시 돌아오는 첫번째 주말에 찾아오겠다고 연락을 해왔다. 올리비아는 내 또래의 삼십대 중반인 아들을 데리고 왔는데, 어릴 적 나와 함께 모래장난을 하며 놀았던 친구였다. 그는 그레텔과 접촉하는 데 아무런 거리낌이 없었고 베이지색 커다란 래브라도를 데리고 왔다. 그 개는 꼬리를 흔들며 엄마 앞에서 헉헉거렸다.

"굉장해!"

엄마는 자신에게 다가와 킁킁거리며 냄새를 맡는 개를 바라보면서 환호하며 외쳤다. 그리고 이렇게 말했다.

"훌륭한 개야!"

나중에 우리는 저녁식사 자리에 앉았고, 혼자만 배제되었다는 느낌이 들지 않도록 엄마의 안락의자도 우리 쪽으로 당겨 방향을 돌려놓았다. 엄마는 기분이 아주 좋았고 중간중간에 "기분이 최고야!" 혹은 "계속해!" 같은 말을 반복적으로 외쳤다. 누군가 엄마에게 "샴페인 한잔할래요?" 하고 묻자 "아니!" 하며 거절하기도 했다.

'오래된 좋은 관례'에 따라 우리는 레드와인을 면봉에 조금 묻혀 엄마의 혀에 가볍게 두드려주었다. 올리비아의 아들은 이러한 상황을 신기한 듯 지켜보았다.

"사실 그건 변함이 없네요. 예전에 식사를 할 때에도 아줌마는 식탁에 함께하지 않고 언제나 부엌에만 있었어요."

엄마는 실제로 식탁의 머리 부분에 이른바 '상석'이라 부르는 자리에 앉았는데, 그곳은 언제든 부엌으로 직행할 수 있는 자리였다.

"이에 대한 그레텔 본인의 의견을 요청합니다."

"오, 쓸데없는 소리!"

그 순간 엄마가 끼어들며 외쳤고, 우리는 모두 웃음을 터뜨렸다.

풍성했던 저녁식사가 지나고 아침이 되었다. 아버지는 기분이 좋지 않았다.

"여기서 일어나는 일은 정말 비상식적이야! 아무것도 먹지도 마시지도 못하는 사람을 위해 모인 사람들이 그 사람이 지켜보는 앞에서 배부르게 먹고 가득찬 배를 두드리다니."

점심때 친척들이 찾아왔을 때는 아버지의 기분이 한결 나아져 있었다. 친척이 안부를 묻자 아버지는 이렇게 대답했다.

"아주 잘 지내고 있어요! 이보다 더 좋을 순 없을 거예요. 우리는 여기서 모두 함께 지내며 계속 쉬고 있거든요."

친척들은 당황해했고, 아버지가 계속 이야기를 하는 동안 믿을 수 없다는 듯 바라보았다.

"힘든 일은 분명 그레텔이 더이상 이 자리에 없을 때 찾아올 거예요. 그녀가 여기에 있는 건 아주 당연한 일이기 때문에 그때가 되면 빈자리가 두드러지겠지요."

바트홈부르크에서 멀지 않은 곳에 살고 있는 엄마의 또다른 친구는 엄마의 치매 진단 소식을 듣고 남다른 각오를 갖고 정기적으로 찾아오겠다는 의지를 보였다. 두 분은 1970년대 말에 엄마가 창설한 여권신장에 관한 토론 동아리에서 알게 되었다. 그러나 포부가 남달랐던 그 친구는 치매로 인해 변해가는 엄마의 모습에 많이 힘들어했다. 엄마가 언짢아하거나 배려해주지 않으면 그녀는 곧바로 모욕감을 느꼈다. 한번은 인사를 한 뒤에 엄마가 곧바로 친구에게 말했다.

"이제 가도 돼!"

"그게 무슨 소리야?"

그녀는 엄마의 말이 믿어지지 않는다는 듯 물었다.

"나가라고!"

엄마가 명확히 대답했다.

그러나 그 친구는 포기하지 않았고, 이런 일을 겪은 뒤로 시민대학의 노인요양 과정을 수강하기까지 했다. 하지만 그럼에도 원하던 성과를 거두지는 못했다. 그녀가 모습을 드러내는 즉시 엄마의 기분이 나빠졌기 때문이다. 엄마는 그 친구에게 도움을 받고 싶어하지 않는 것이 분명했다. 엄마의 마음을 얻으려고 친구는 시도 읽어주었지만 성과는 없었다.

"말도 안 되는 소리야!"

친구의 서정적인 분위기에 엄마는 이렇게 반응했고, 이에 상처를 받은 친구가 대답했다.

"그래, 그럼 그만하자!"

나는 그녀에게 엄마가 나와 가족에게도 굉장히 가혹하게 반응할 때가 있다고 알려주었다. "날 내버려둬!" 혹은 "나가!" 이런 소리는 내가 산책을 가자고 엄마를 설득할 때 자주 듣던 말이다. 하지만 그건 몇 분 뒤에도 다시 환영받지 못할 것이라는 의미는 아니다. 대부분은 자신에게 무언가를 요구할 때 나타나는 방어적인 반사작용이었다. 그러나 엄마를 재촉하지 않고 조금만 가만히 두고 보면 그 반사작용은 이내 사그라지곤 했다. 엄마가 자신을 돌봐주는 친구에게 특히 과민한 반응을 보인 건 어쩌면 친구가 자신에게 어떤 의무감 같은 걸 느낀다는 걸 감지했기 때문일 것이다. 한마디로 엄마는 누군가 자신을 동정하는 걸 참지 못했다.

그 친절한 친구가 마지막으로 엄마를 방문하러 왔을 때는 정말로 긴장한 모습이 확연히 보였다. 그녀는 화려한 조화를 들고 왔는데 그 꽃은 거실에 놓인 생화나 나무들과 이상하게 대조적이었다. 거실에 놓인 침대 옆, 안락의자에 앉아 있는 엄마는 그녀가 인사할 때 눈을 감고 있었다. 그녀는 엄마에게만 신경을 쓰는 대신 아버지에게 심도 깊은 심리학적 대화를 시도했고, 반시간 동안 엄마에게서 등을 돌리고 있었다. 결국 아버지는 어떤 구실을 만들어 친구를 혼자 남겨두고 내가 있던 부엌으로 와 눈을 부릅뜨며 말했다.

"저 둘이 또다시 가까워질 것 같진 않아."

그러나 몇 분 후 뜻밖의 일이 벌어졌다. 엄마의 친구가 부엌에 모습을 드러냈다.

"그레텔과 아주 인상 깊은 경험을 했어요. 나는 그레텔 옆에 앉아 한동안 그저 침묵하고 있었어요. 그런데 그녀가 내 손을 자신의 입으로 가져갔어요. 그런 다음 그레텔이 내 손을 내 입에 가져다댔어요."

우리는 모두 친구에게 작별을 고하기 위해 생각해낸 엄마의 애정 가득한 의식에 깊은 감명을 받았다. 친구는 이제 뿌듯해진 가슴을 안고 집으로 돌아갔다.

이튿날 우리는 엄마가 하루에도 여러 번 분명하게 자신의 둘째 언니를 부르는 소리를 들었다. 지난주 언젠가 엄마는 세 이모의 이름을 한 명씩 불렀다. 예전에 외할머니가 네 딸 중에 하나라도 대답하길 바라며 "이제, 에리, 그레텔, 아델" 하고 불렀다고 한다. 하지만 이제 이모들도 더이상 젊지 않았고, 모두 요즘같이 힘든 때 엄마를 마지막으로 방문한다는 건 괴로운 일이라고 한목소리로 말했다. 그러나 내가 에리 이모에게 전화를 걸어 엄마가 이모의 이름을 여러 번 불렀다고 말하자, 이모는 결국 마음을 돌려 엄마를 보러 오기로 결심했다.

다음날 이모가 먼 여행길에 녹초가 되어 도착했다. 그리고 앙상해진 모습으로 자신 앞에 누워 있는 동생을 보자 매우 놀라 한동안 그저 조용히 옆에 서 있기만 했다. 내가 의자를 가까이 밀어주었고 이모는 눈물을 흘리며 자리에 앉았다. 그런 다음 옛 추억을 쏟아내기 시작했다. 이모는 엄마가 컴컴한 방공호로 피신하는 것을 너무도 무서워했던 이차세계대전 당시의 어린 시절에 대해 이야기했다. 나는 엄마가 어릴 적에 어떤 일을 겪었는지 생각해본 적이 없었다. 폭격을 맞아 파괴된 독일 도시의 사진들, 내가 기록으로 알고 있는 종말론적 분위기가 바로 엄마의 어린 시절 기억이었다. 엄마가 독서에 흥미를 완전히 잃기 직전까지 열중하던 마지막 책들 중 하나가 끔찍한 폭격으로 황폐화된 독일을 다룬 『화재Der Brand』였다. 슈투트가르트에는 특히 심한 폭격이 가해졌다. 엄마와 이모들은 그때 기념품으로 폭탄 파편을 모으기도 했다. 한번은 폭발 압력으로 갓돌 하나가 지붕에서 외조부모님의 침실로 떨어지기도 했다.

"그레텔은 우리 자매들 중에서 가장 미인이고, 엄마가 아끼는 딸이었지."

이모가 계속 이야기를 들려주었다. 마침내 전쟁은 끝났지만 공포는 계속되었다. 외할아버지가 전선에서 돌아오지 못했고, 외할머니는 남편의 죽음을 오랫동안 받아들이지 못했다. 할머니는 우울해했고 화장실에 틀어박혀 울부짖기만 했다. 직업도 없이 혼자 네 딸을 키우는 일은 큰 짐이었고, 생계를 위해 끊임없이 신청서를 내고 청원서를 작성해야 했다. 이모 역시 외할머니처럼 전쟁이 끝난 뒤에도 한참 동안 외할아버지가 전차에서 내려 집으로 돌아오길 기대했다고 말했다.

이모는 젊은 시절 엄마와 함께했던 아름다운 자전거 여행과 모험을 즐겼던 하이킹에 대해서도 추억했다. 그러고는 침대 옆에 앉아 애정을 듬뿍 담은 손으로 동생의 아름다운 손을 어루만졌다.

"내 예쁜 동생, 그레텔."

바로 그때 엄마가 눈을 뜨고 새침하게 말했다.

"말조심해. 안 그러면 귀염둥이 에리라고 부를 거야!"

나는 밤중에 엄마의 침대 곁을 지나던 아버지가 그 앞에서 말하는 소리를 들었다.

"그레텔은 불평하지 않았어. 절대로 불평하지 않았다고."

나는 계속 걸으며 생각했다.

'바로 그거야! 외할머니가 언제나 스스로를 희생자라 칭하며 자식 돌보는 일이 고통스럽다고 호소하는 청원서만 썼다면, 엄마는 맞서 싸우는 것으로 자신의 인생을 개척해나갔던 거야.'

아버지를 기쁘게 한 것은 분명 아내가 비난을 하거나 불평을 하지 않았다는 점일 것이다. 사실 부모님의 결혼생활 방식은 두 분의 관계에 좋지 않은 것이었다. 각자 떨어져서 서로 독립된 형태로 지내는 것이 그렇게 이해할 만한 일도 아니고. 상대방에 대한 '소유권'을 주장하지 않고 엄마의 표현대로 다른 한쪽에게 '그의 감정을 조종'하거나 '정서적인 협박'을 하지 않는다는 것이 정확히 무엇인지 뚜렷하지도 않았다.

치매로 인해 여러 억압과 장벽에서 해방된 엄마는 갑자기 자신의 감정을 거리낌 없이 보여주었다. 심지어 노골적으로 질투심을 드러내기도 했다. 아버지는 엄마가 한동안 자신이 다른 여자와 통화하는 것을 방해하거나, 정원에서 꽃을 꺾어 세입자의 방에 가져다줄 때 의심스러운 눈으로 감시했다고 말해주었다. 그러나 아버지가 반년 전 처음으로 엄마의 다이어리를 읽게 되었을 때, 엄마가 표현하지 않았을 뿐이지 예전에도 그런 감정을 느꼈다는 걸 알게 되었다.

"그레텔은 속을 터놓지 않는 사람이었어."

엄마의 발병 이후 아버지와 나는 솔직한 대화를 꽤 많이 나누었는데, 아버지는 이렇게 말했다.

"그레텔은 한 번도 '지금 슬퍼요'라거나 '지금 기분이 별로예요'라는 말을 한 적이 없었어. 언제나 다른 사람의 감정에만 신경을 썼으니까. 치매를 앓는 지금에야 예전에 직접 말하지 못했던 감정을 발산하고 있는 거지."

"두 분의 관계가 성공적이었다고 생각하세요?"

"내게는 그렇지만, 그레텔에게는 아니었지."

"하지만 엄마도 '열린 부부관계'에 동의했잖아요?"

"동의했다 해도 그게 옳은 건 아니야. 그레텔은 내게 헌신한 만큼 사랑받지 못했어. 나는 다른 여자들과 많은 관계를 맺었고, 그레텔은…… 그래, 균형이 맞지 않았지. 그레텔이 이의를 제기하지 않으면 괜찮은 거라고 그렇게 간단하게 생각했어. 하지만 그건 그레텔은 물론 다른 여자들에게도 부당한 일이었지. 내 마음은 전혀 그렇지 않았는데 그 여자들은 언제나 내가 그레텔과 헤어질 거라고 기대했거든. 그리고 나는 정상적인 배우자를 만나 아이를 가질 수 있었던 다른 여자들의 시간을 훔치기도 한 셈이야. 난 다른 여자와는 아이를 갖고 싶지 않았거든. 그레텔에게 그런 아픔을 줄 순 없었어."

"실제로 엄마가 아버지의 여자친구에게 어떻게 반응했어요?"

"내 마지막 연애는 노르웨이 여자였어. 나보다 훨씬 어린 그 화가를 만난 곳은 내가 안식년을 보낸 산이었어. 나는 건장한 오십대였고 그녀는 이십대였지. 그때 그레텔이 말했어. '내가 죽으면 그 여자하고 결혼할 수 있을 거예요.'"

우리는 묵묵히 맥주를 모두 마셨다.

"나는 오랫동안 그레텔을 혼자 내버려뒀어."

아버지가 자신의 인생 이야기를 계속 이어갔다.

"그레텔이 아프기 전 십 년간 우리는 각자 살았어. 제대로 된 대화조차 나누지 않았지. 둘이 함께 뭔가를 하는 대신 난 이런 생각을 했어. '정말 멋지지 않아? 그레텔이 혼자 여행을 떠났어!' 그레텔이 내가 딱딱하게만 느끼는 시사주간지의 내용으로 대화를 하려 했다면, 나는 언제나 재치 있는 단어 놀이와 철학적인 성찰을 전달하고 싶어했다. 나는 오랫동안 그레텔이 밤에 항상 라디오를 틀어놓는 게 불만이었지. 그녀의 외로움을 이해하지 못했거든. 지금 나는 예전에 느끼지 못했던 그레텔에 대한 사랑을 느끼고 있어."

아버지는 잠시 침묵하더니 숨을 깊이 내쉬고는 말했다.

"사실 난 치매에 고마워하고 있어. 사랑을 새로 알게 되었고, 누군가가 그 자리에 있는 게 얼마나 좋은 일인지 깨닫게 되었으니까."

더 이상은 없을 것이다

신음도, 슬픔도

마지막 작별인사

오늘은 밸런타인데이였다. 아버지는 보이지 않았고, 가비야는 큰 소리로 타이르며 엄마에게 유동식을 먹이느라 분주한 시간을 보내고 있었다.

"그레텔, 그레텔, 제발 입을 벌리세요!"

아버지는 어두운 표정으로 연필과 종이를 들고 침대에 앉아서 수학 문제를 풀고 있었고 무릎 위에는 책받침이 놓여 있었다. 아버지의 동료와 결혼한 부모님의 가까운 한 친구가 언젠가 내게 이런 말을 해준 적이 있다. 아버지와 그녀의 남편은 정치적 격동기였던 1968년에 거리로 뛰쳐나가는 대신 대학에서 수학공식 속에 파묻혀 숨어 있었다고. 무언가 유사한 일이 벌어지는 중이라는 생각이 뇌리를 스쳐갔다.

"아버지, 저 한 달 넘게 여기 있었어요."

아버지에게 말을 걸어보았다.

"오늘은 밸런타인데이라 베를린에 있는 어자친구한테 가보려고요. 아버지가 여기 대장이니까 엄마 영양식을 어떻게 할 건지 생각해보세요. 가비야 혼자 그 일을 하게 놔두면 안 돼요. 무리하게 욕심을 낼 수도 있어요."

아버지는 한숨을 쉬더니 요즘 너무 힘들다고 말했다. 가비야가 아버지를 상대로 뭐든 다 아는 체하며 말을 들으려고 하지 않는다는 것이다.

"어쩌면 아버지가 상황을 말해주지 않기 때문에 가비야가 그렇게 나오는 것일 수도 있어요."

나는 설명을 해보려고 애썼다.

"가비야는 자신의 불안감을 숨기려고 스스로 대장 행세를 하는 거예요. 아버지가 보기에 영양식은 좀 어떤 것 같아요? 저는 괜찮아 보이는데, 엄마가 다시 흡인을 일으키면 어떻게 되는 거죠? 주치의하고 얘기는 해봤어요? 엄마에게 호흡곤란이 일어나면 흡입장치로 잘 빼낼 수 있겠어요? 조심하지 않으면 엄마는 또다시 병원으로 실려갈 거예요. 아버지가 기적을 바란다면 그렇게 될 수 있도록 스스로 노력해야 해요."

"큰일이군, 밸런타인데이에 정신이 참 번쩍 드는구나."

아버지가 연필을 옆으로 치우며 약간 냉소적으로 말했다.

"마지막으로 특별히 아내를 돌봐주고 싶어. 마지막으로 그녀를 위해 옆에 있어 주고 싶다고!"

　　지난 육 년 동안 아픈 아내를 돌보며 언제나 정원에서 꽃을 가져다주었던 남편에게는 밸런타인데이 같은 기념일이 우습게 여겨질 수도 있을 것이다. 아버지는 그후로 몇 시간 동안 엄마에게 닭고기 수프를 먹여보려고 애썼다. 그러나 엄마는 침묵시위를 하는 것처럼 입을 굳게 다물고 있었다. 아버지가 입을 맞추고 부드럽게 어루만져주었지만, 엄마는 좀처럼 누그러지지 않았고 다문 입을 벌리려 하지 않았다. 아버지가 집요하게 재촉을 하면 할수록 엄마는 더 굳게 입을 다물었다. 결국 아버지는 포기했고 그저 엄마를 어루만지기만 했다. 그제야 엄마는 긴장을 풀고 말을 건네기 위해 입을 열었다.

　　"하지만 즐거웠어."

　　디아코니아의 간호봉사자 위르겐이 엄마를 돌봐주러 왔을 때 아버지는 육즙을 작은 컵으로 사분의 일조차도 먹이지 못했다고 하소연했다.

　　"겨우 몇 방울만 먹고 사람이 어떻게 견딜 수 있겠어요?"

　　위르겐이 엄마에게 물었다.

　　"좀 어떠세요?"

　　"아무것도 못 먹었어."

　　엄마가 우울하게 말했다.

위르겐은 침대 옆에 걸려 있는 방광 내 카테터 주머니를 바라보았다. 소변의 양이 극히 적은데다 색깔도 눈에 띄게 어두웠다.

"탈수증상이에요. 확실해요."

위르겐이 작센 사투리가 약하게 섞인 말투로 말했다.

"여기서 하는 것은 일시적인 처방일 뿐 치료 효과가 있는 건 아니에요. 말기 치매 환자라 양은 날로 줄어들 겁니다."

위르겐이 가비야와 함께 엄마를 씻기고 상처를 치료하는 동안 나는 전문 간호간병인을 집으로 부르는 것에 대해 물었다. 그는 말기 치매 환자의 경우 간병 서비스를 늘리거나 하루에 세 번씩 사람을 오게 하는 게 별 의미가 없는 것 같다고 말했다. 간호간병인에게는 한 달에 천이백 유로 이상을 지급해야 하는데 그래봤자 이십 분 정도 짧게 보살펴줄 뿐이고, 결국 보험회사에서 주는 간병비를 모두 잡아먹게 될 것이라고 했다. 게다가 상처 치료 같은 전문 간호 외의 일은 다른 사람이 해야 하기 때문에 결국 간병 일은 줄어들지 않는다는 것이다. 가비야와 같은 고정적인 주거 도우미가 훨씬 나을 것이라고 했다. 전문가가 매일 상처를 치료해야 하는 건 당연하지만, 가비야 혼자서도 기본적인 치료는 잘 해내고 있다는 것이다.

"우리가 모든 일을 제대로 하고 있는지 조언해줄 상담소가 있을까요?"

내가 그에게 물었다. 그는 고개를 저었다.

"아니요, 제가 알기론 없습니다. 지금은 기본적으로 적절한 조언을 더 얻으려 할 게 아니라, 날마다 무엇이 최선인지 살펴야 할 시기입니다."

오후에 프랑크푸르트암마인 역에서 베를린으로 향하는 기차를 놓치고 서점을 어슬렁거리고 있는데, 우연히 베스트셀러 한 권이 손에 들어왔다. 완화치료 전문가의『죽음에 관하여Über das Sterben』라는 책이었다. 나는 그 책을 구입해 기차를 타고 가는 동안 읽었다. 책을 읽으며 의사들의 처치와 상관없이 우리가 터득한 모든 것이 옳았음을 확인할 수 있었다. 또한 그 책에는 위관 삽입에 반대하는 근거도 실려 있었다. 특히 노인이나 위독한 사람이 음식이나 수분을 섭취하지 않고 죽음을 맞이할 때는 극심한 고통을 동반하지 않으며 그 이유를 서술한 부분에 관심이 갔다.

마지막이 다가오면 같은 양의 음식물과 수분을 섭취해도 건강한 상태에서 느낄 수 있는 것과 같은 즐거움은 전혀 느끼지 못한다고 한다. 그보다는 오히려 과민성, 메스꺼움, 복통, 구토 같은 증세를 현저히 증가시킬 수 있다. 반대로 음식과 수분 섭취를 줄이면 임종 과정이 훨씬 수월해진다. 구토와 기침이 줄어들고, 통증이 경감하며, 몸속의 수분량이 줄어 부종으로 인한 호흡곤란 증세도 감소한다. 탈수와 영양부족 증상이 자연스레 나타나면서 마지막 시기에 체내에서 마취와 도취陶醉 효과를 일으켜 더 편안한 죽음을 맞이하게 되는 것이다. 산소호흡기는 코와 입의 점막을 메마르게 하므로 가능하면 착용하지 말아야 한다는 것 또한 알게 되었다. 독일에서 백만 명 이상이 읽었고 몇 주간 베스트셀러 목록에 올랐던 이 책의 정보가 우리가 있던 병원에서는 전혀 언급되지 않았냐는 것이 믿기지 않았다.

바트홈부르크로 돌아와 처음 엄마를 보았을 때는 신성한 고행자 같은 모습이었다. 엄마는 지난 사흘 동안 두 잔 반 정도의 차만 마셨을 것이다. 눈처럼 새하얀 머리털에 둘러싸인 얼굴은 두드러진 광대뼈와 인상적인 이마로 고유의 참신한 아름다움을 뿜어내고 있었다. 엄마의 눈은 오랫동안 보지 못했던 맑은 빛을 띠었다. 엄마가 나를 보자 몸을 일으키려 힘을 주었지만 결국 똑바로 세우지 못하고 잠깐 동안 팔꿈치로 몸을 받치고 있었다. 그러다 포기해버린 엄마는 지친 듯이 속삭였다.

"더이상 할 수 없어. 나는 죽어, 죽어, 죽어."

나는 마음이 동요되어 엄마 옆에 앉아서 엄마의 머리를 손으로 받쳤다. 그후에 누나가 다가와 우리 옆에 무릎을 꿇고 앉아 흐느끼며 울었다.

"엄마가 떠나고 이 세상에 안 계시면 저는 많이 슬플 거예요."

"그것도 이해할 수 있어."

엄마가 너그러운 미소를 지으며 대답했다.

그날 밤 나는 거실과 인접한 엄마의 예전 침실에서 잠을 청했다. 엄마 가까이 있고 싶었고 밤에 엄마의 자세도 바꿔줘야 했다. 그곳은 의료장비와 간호 물품을 쌓아두는 창고가 되어 있었다. 책장 옆에는 휠체어가 놓여 있고, 침대 앞에는 투박한 산소흡입장치 그리고 그 옆에는 다행히 아직까지 사용하지 않은 작은 흡입장치가 있었다.

나는 또다시 악몽을 꾸었다. 엄마는 내가 두 손으로 떠받친 부서질 것 같은 인형이었다. 하지만 그 인형은 너무 무겁고 다루기 어려워서 여기저기가 뚝뚝 꺾였고, 손가락 사이로 스르륵 빠져나가 바닥으로 떨어지면서 산산조각이 났다. 귀중한 불로장생약이 솟아나는 단지가 부서져버린 것처럼 조각난 파편 사이로 엄마의 심장이 동작을 멈췄다.

엄마가 병원에서 퇴원하고, 누나들과 내가 엄마에게 죽음이 가까워지고 있음을 알려주어야 하는지 아버지와 상의한 이후 일주일 이상이 지났다. 큰누나는 엄마가 자신의 마지막을 간절히 바란다는 느낌을 받았다고 했다. 엄마가 아직 살아 있는 이유는 아마도 우리가 그렇게 원했기 때문에, 우리가 엄마에게 매달리기 때문일 거라는 것이다. 누나는 최근 엄마의 미소에서 슬프고 애처로운 분위기를 느꼈으며 이제는 엄마를 보내드리기 위해 마지막 작별인사를 하려고 노력중이라고도 했다.

아버지는 친할아버지의 마지막 순간을 회상했다.

"엄마가 아버지에게 죽음에 관해 알리려고 했을 때, 아버지가 이렇게 말했어. '나는 아직 준비가 안 됐어!'"

그리고 할아버지와 내세에 관해 이야기하고 싶어했던 비기독교

315

친구가 말을 걸자 그를 매정하게 뿌리쳤다.

"그것에 대해서는 책으로나 쓰게. 그러면 돈을 많이 벌 수 있을 거야."

저녁에 나는 아버지의 상태를 보고 깜짝 놀랐다.

"그레텔은 치매를 앓는 게 아니야!"

그러면서 아버지는 사전에 나온 '치매Dmenz'의 개념을 인용했다.

"이 단어는 라틴어의 '데멘테de mente'에서 유래한 것으로, 직역하면 '없는 정신'이라는 말이야. 그러니까 '무분별한, 미친, 어리석은'의 뜻이지."

아버지는 책에서 고개를 들고 말했다.

"결론적으로 그레텔은 치매를 앓는 게 아니라는 거야."

아버지는 철학적인 분위기였다.

"그런데 그레텔과 같은 상태는 실제 우리 인류에게서 처음으로 확인된 거야."

한 사람의 인생이 인지능력의 변화로 모든 본질적인 의도와 분명한 목표에서 자유로워진다면, 그 존재는 그저 잔재로만 남게 되고 허무주의만 커져가게 된다는 것이다.

엄마가 허공을 향해 손을 내밀거나 일어나려고 하는 시도는 겉보기에는 아무 의미가 없어 보이지만, 실은 우리에게 뭔가를 전하거나 알리려는 수고스러운 몸짓이었다. 하지만 아버지는 이 가슴 아픈 교류의 시도조차 뭔가 아름답고 시적인 것으로 생각했다. 엄마의 '오, 제발'이라는 말은 다른 사람과 함께하기 위해 청하는 것이고, 다르게는 '같이 있어줘' 혹은 '저리 가'라는 뜻으로도 해석될 수 있었다. 사실 엄마의 말에는 이 두 가지 의미가 동시에 섞여 있었다.

"한편으로는 그레텔도 우리가 곁에 있어 주길 분명히 바랄 거고, 다른 한편으로는 자신이 평생 그래온 것처럼 우리가 어디에도 매이지 않고 소신대로 해나가길 바랄 거야. 그렇게 살아간다면 내가 아는 한 그레텔은 분명히 기뻐할 거야."

이제 엄마는 눈을 뜨고 있어도 아무것도 인지하지 못하는 경우가 점점 잦아졌다. 엄마의 눈앞에서 손을 흔들어도 엄마는 눈을 깜박이지도 않았고 아무런 반응도 보이지 않았다. 하지만 숨은 쉬고 있었다.

어린 시절 엄마는 내게 많은 동화를 읽어주었다. 문득 그 가운데 하나였던 『죽음의 사자使者』라는 책이 떠올랐다. 그 책에서 인간의 모습을 한 죽음은 창백하고 비쩍 마른 남자로, 거인을 제압하려다 오히려 내팽개쳐졌다. 이윽고 한 젊은이가 다가와 지친 그를 일으켜세워줄 때까지 죽음은 무덤에 누워 있었다. 죽음은 이 친절한 젊은이에게 자신을 소개했고, 그가 무서워하자 자신은 누구도 살려줄 수 없다고 설명하며 유감이지만 그에게도 예외는 없을 것이라고 말했다. 그러나 죽음은 감사를 표하고 싶었고, 그를 데려오기 전에 처음으로 자신의 사자를 보내기로 약속했다.

　엄마의 경우 '사자'는 이미 명확하게 보이고 있었다. 약 이 주 후 엄마가 눈에 띄게 좋아져 우리 모두 음악과 손님들에게 둘러싸여 멋진 시간을 보낸 뒤로, 엄마의 상태는 다시 악화되었다. 계속해서 목을 그르렁거렸고 호흡은 빠르고 얕았으며 말을 하지 못했다. 엄마의 부글부글 끓는 듯한 호흡 소리에 다시 흡인을 일으킬까봐 걱정이 됐다. 좋든 싫든 간에 우리는 이제 흡입장치를 써야 했다. 나는 흡입장치를 사용하지 않게 되길 바랐다. 물론 사용을 염두에 두고 가지고 있었지만 누구도 지금까지 그것을 사용해보려 하지 않았다.

　간호봉사자 위르겐은 엄마가 너무 오래 누워 있는데다 심부전으로 폐에 물이 차서 더이상 기침으로는 가래를 제대로 떼어낼 수 없을 거라고 설명했다. 그는 우리가 고대하는 도움을 주지 못했는데, 그가 흡입을 실시하려면 먼저 신청서를 작성한 뒤 센터에서 '위임'을 받아야 하기 때문이었다. 절차는 간단하지 않았다. 위르겐은 그저 기본적인 간호와 상처 치료만 하도록 되어 있었다. 그는 경험에 따라 '밑 빠진 독에 물 붓기' 같은 상황이 벌어질 수도 있기 때문에 흡입술은 하고 싶지 않다고 말했다. 환자의 가족은 언제나 흡입 때문에 전화를 하고, 간호 서비스에서는 그걸 감당할 수 없다는 것이다.

　유연하고 기다란 튜브가 연결되어 스탠드형 진공청소기같이 작동하는 흡입장치를 가져왔을 때 위르겐은 이미 다음 행선지를 향해 급히 떠난 뒤였다. 우리는 엄마의 입을 통해 기관 내 흡입을 소심하게 시도해보았다. 치과의사가 했던 것과 비슷하게. 그러나 입으로 튜브를 밀어넣자 엄마는 그것이 젤리라도 되는 듯이 힘차게 씹기 시작했다. 우리는 섬세한 손놀림으로 엄마의 입에서 튜브를 다시 끄집어냈다. 엄마는 계속 그르렁거렸고 호흡도 빠르고 격렬해졌지만 우리 중 아무도 기다란 튜브를 콧속으로는 밀어넣지 못하고 그저 속수무책 엄마를 바라볼 뿐이었다.

나는 주치의인 엘타렉 박사에게 전화를 걸었다. 그는 내가 신청하려던 '전문 외래환자 완화치료팀'이 엄마가 유사시 다시 병원으로 실려가는 것을 막아주지는 못할 것이라고 말했다. 그런 의료팀은 예를 들어 암환자처럼 복잡한 통증치료가 필요할 때만 의미가 있는 것이라고 했다.

"그렇지만 주말이나 밤에는 어떻게 되는 거죠?"

내 물음에 그가 대답했다.

"저에게 연락하세요. 예외적이지만 스물네 시간 내내 연락이 닿도록 대기하지요. 주치의를 영어로 뭐라고 하는지 아십니까? 바로 패밀리 닥터입니다."

그는 자신의 휴대전화 번호를 가르쳐주었고, 오늘이 토요일인데도 엄마의 흡인을 해결해주기 위해 곧바로 길을 나섰다. 조금 뒤에 그가 도착해 엄마의 침대 앞에 있는 누나들과 나 그리고 아버지를 보고는 환호하며 외쳤다.

"오! 자녀들이 많으시네요, 참 좋아 보여요! 전혀 몰랐어요."

엘타렉 박사는 엄마의 상황을 전혀 극적으로 보지 않았다. 그는 아주 차분하고 편안해 보였다. 그는 모든 게 정상으로 보인다고 말했다. 엄마는 탈수 상태이고 영양 섭취를 하지 못해 많이 쇠약해졌지만 그것은 당연한 결과라고, 호흡을 많이 해야 하고, 가래는 기침으로는 제대로 떼어내지 못할 것이라고 했다. 그러면서 코를 통해 흡입하는 법을 보여주었다. 그는 우리에게 입을 통한 흡입은 튜브가 식도에 닿을 위험성이 높다고 알려주었다. 박사의 안내로 아버지도 시도해보았고 모든 게 잘 진행되었다. 엄마의 호흡은 이제 매끄러웠고 소리도 조금 더 안정적으로 들렸다.

의사는 만족해하며 나를 부엌으로 불러냈다. 그는 우리가 엄마에게 음식과 수분을 더이상 공급하고 싶어하지 않는다고 생각했기 때문에 조금 놀랐다고 했다. 그러면서 이제 일종의 중간노선을 선택해야 한다고 말했다. 엄마가 살아가기 위해선 소량의 수분만 섭취해야 하고, 너무 많은 양은 죽음만 초래할 뿐이라는 것이다. 그는 혈관으로도 영양 공급을 할 수 있고, 그것을 원하지 않는다면 피부로도 주입할 수 있다는 사실을 다시 한번 환기시켜주었다.

"우리는 그저 엄마가 받아들일 수 있다면 더 드리고 싶을 뿐이에요. 엄마는 아직도 가끔 컵을 잡으려고 손을 뻗기도 하고, 때로는 스스로 조금씩 마시기도 해요."

내가 그에게 말했다. 기본적으로 엄마가 아직 받아들이는 것은 소량의 수분으로, 이는 상징적인 것이라고 할 수 있었다. 즉 가능하면 무언가를 함께하자는 애정의 한 형태인 것이다.

엘타렉 박사는 마지막 상황에서 우리가 가족으로서 일관성 있게 행동하기는 어려울 것이라고 했다. 그는 우리가 올바르고 합리적인 판단을 하겠지만, 엄마가 고통을 겪지 않도록 다시 진통제 처방을 받는 게 좋을 것 같다고 조언했다. 집을 나서며 의사는 이렇게 성심성의껏 돌보는 가족을 경험하게 되어 매우 감동적이었다고 말했다. 불행히도 그는 이 일을 하면서 외롭게 방치된 노인을 많이 보았다. 집에서 돌봐줄 가족이 아무도 없기 때문에 병원으로 이송되는 환자가 아주 많다는 것이다.

엄마는 흡입을 시행한 이후 상대적으로 안정되었지만 우리는 엄마 바로 옆에서 만약의 사태에 대비해 상태를 지켜보았다. 엄마의 입은 어느 정도 촉촉함을 유지했는데, 이것은 사실 온종일 노력을 기울인 결과였다. 우리는 엄마의 혀와 입천장을 끊임없이 살살 두드리고 물로 축였다. 그리고 엄마가 병원으로 이송되기 전에 복용했던 진통제를 정말로 다시 써야 하는지, 혹시 그 약 때문에 엄마가 그렇게 격렬한 흡인을 일으켰던 것은 아닌지 등의 문제를 논의했다. 그후 우리에게 흡입은 일상이 되었다. 결국 엄마에게 다시 펜타닐 패치를 쓰기로 결정했다. 그것은 통증 완화 외에도 호흡을 진정시키는 효과가 있었다.

잠자리에 들기 전에 나는 엄마의 책장에서 어제 갑자기 떠올랐던 동화책『죽음의 사자』를 찾아내 다시 읽어보았다. 죽음이 거인과 싸워서 패한 후 무기력한 상태로 비참하게 누워 있는 부분을 읽다보면 그에 대한 연민이 저절로 솟구친다.

"어떤 일이 벌어질 것인가?"
그가 말했다.
"내가 이 구석에 계속 누워만 있다면? 세상 사람들은 아무도 죽지 않을 것이고, 서로 나란히 서 있을 공간조차 없을 만큼 이 세상은 사람들로 가득차게 될 것이다."

친절한 젊은 나그네는 죽음이 다시 일어설 수 있도록 도움을 준 후에 다시 즐거운 나날을 보냈다. 어느 날 그가 병에 걸리기 전까지. 그는 고통 속에서 며칠 낮과 밤을 보냈다. 그리고 다시 회복되었을 때 죽음에 대한 생각을 한쪽으로 밀어내버리고 즐거운 삶을 이어갔다. 어느 날 누군가가 갑자기 그의 어깨를 두드리기 전까지는.
그가 돌아보았고, 죽음이 그 뒤에 서서 말했다.
"나를 따라오너라. 세상과 작별할 시간이 되었다."
"어떻게!"
사람이 대답했다.
"당신의 약속을 저버릴 생각인가요? 당신이 오기 전에 사자를 먼저 보내겠다고 내게 약속하지 않으셨나요? 저는 아무것도 보지 못했어요."

"조용!"

죽음이 말했다.

"다른 것을 통해 그대에게 사자를 보낸 게 아니냐? 열이 그대를 뒤덮고, 온몸을 뒤흔들고 쓰러뜨리지 않았나? 현기증이 머리를 마비시키지 않았는가? 사지의 관절에 고통을 느끼지 못했나? 귓속이 멍멍 울리지 않던가? 치통이 뺨을 괴롭히지 않았나? 눈앞이 컴컴해지지는 않았고? 무엇보다 내 동생인 수면이 매일 밤 그대에게 나를 상기시켜주지 않던가? 이미 죽은 사람인 것처럼 밤중에 앉아 있지는 않았고?"

사람은 대답할 말이 떠오르지 않았고, 자신의 운명에 순응해 죽음과 함께 미지의 땅으로 떠나갔다.

다음날 아침, 나는 누나들과 함께 엄마의 침대 옆에 서 있었다. 큰누나는 일도 해야 하고 조카도 돌봐야 하기 때문에 오늘 출발하기로 되어 있었다. 아버지가 수십 년 동안 찍으며 정성스레 앨범에 정리한 수천 장의 사진 중, 외조부모님의 옛날 앨범에 있었던 것과 같은 전형적인 가족사진은 단 한 장도 찾아볼 수 없었다. 1941년 외할아버지가 징집되기 직전에 엄마와 이모들은 가족사진을 찍었다. 그 사진은 전쟁중 외할아버지에게 무슨 일이 일어날 경우를 대비해 유족에게 기념이 될 만한 것을 남기기 위해 찍은 것이다.

　이제 우리도 그런 가족사진을 찍어야 하는 것처럼 엄마 앞에 나란히 서 있었다. 이 모습은 또한 엄마가 앞에서 명령을 내리며 자신의 마지막을 여기서 우리와 함께 보내겠다고 하는 것처럼 보였다. 엄마는 매일 밤 점점 더 위태로워졌고, 언제라도 불행한 일이 일어날 수 있었다.

　엄마가 눈을 떴다. 엄마는 우리가 마지막 사진을 찍기 위해 한자리에 모였다는 것을 감지했을까? 엄마의 시선이 공허해 보였다. 엄마는 사진작가가 뒤에 없는 카메라와도 같았다. 아무도 셔터를 누르지 않고 한 번도 필름을 끼워넣은 적이 없는. 아버지가 엄마의 침대 뒤쪽 문에서 우리를 바라보다가 나와 누나들 사이로 다가와 우리에게 팔을 둘렀다. 눈물을 흘리며 아버지가 엄마를 바라보았다.

　"내가 이 아이들을 선물해준, 저 여인과 결혼했다는 게 정말 자랑스럽습니다."

　그날 밤, 아버지는 아내 옆에서 잠을 청하려고 노력했다. 사실 그것은 부조리하기도 했다. 두 분은 평생 각 방을 써왔는데, 이제 와서 욕창 방지용 침대에 누워 서로 가까워지려 한다니? 어쨌든 쉬지 않고 쉭쉭 소리를 내며 공기가 부풀었다 빠지는 매트리스 위에서 혹은 붕붕거리는 펌프 모터의 잡음 속에서 로맨스는 거의 피어날 수 없었을 것이다. 특히 코를 고는 것처럼 들리는 엄마의 숨소리는 아버지를 편히 쉬지 못하게 했다. 아버지가 밤중에 일어나 여러 번 분비물을 흡입했지만, 엄마의 그르렁거리는 소리는 잠깐 동안만 나아질 뿐이었다. 다음날 아침에 엄마는 조금 편안해졌지만 곧 다시 호흡이 얕고 빨라졌다.

작은누나는 오늘 산더미처럼 쌓인 일을 처리하러 회사로 출발했다. 게다가 집에서는 아이들이 누나를 찾고 있었다. 나 또한 오늘은 여자친구와 통화하고, 이메일로 답장도 보내고, 영화 작업을 하며 나만의 생활을 하고 싶다는 강한 욕구가 샘솟았다. 그사이 필름 편집자는 일주일 전 우리의 마지막 촬영분 편집을 모두 끝마쳤다. 편집된 장면들을 보며 나는 만족스러웠다. 의도대로 편집되었기 때문이다. 왜 우리는 병원에서 그런 소동을 벌였을까? 장면 자체가 모든 걸 말해주었다. 눈을 감고 있는 엄마에게 조카들이 음식을 먹여드리고 있었다.

다음날 늦은 오후, 나는 가비야와 함께 엄마를 안락의자로 끌어올려 차 몇 숟갈을 조심스럽게 건넸다. 엄마는 아주 가끔 소리를 내기도 했다. "아야" 혹은 "오, 제발" 하고. 나는 엄마에게 기타로 〈수잰〉을 연주해주었고, 엄마는 다시 깊은 잠 속에 빠져들었다. 엄마의 머리가 옆으로 기울어지자 나는 머리를 똑바로 세우려 노력했다. 그때 누나가 나타났다.

"엄마가 아주 창백해!"

누나가 걱정스럽게 말했다. 그랬나. 나는 그것을 전혀 모르고 있었다. 지금 엄마의 호흡은 아주 빨랐고 가슴은 부풀어올랐으며, 인간이라기보다 작은 강아지처럼 작아져 있었다. 우리는 초 단위로 호흡 수를 세어보았다. 그러나 생각했던 것처럼 미심쩍은 부분은 없었다. 우리는 엄마를 침대로 옮기고 다시 한번 분비물을 흡입해야 하는지 고민했다. 하지만 그것도 엄마에게는 고된 일이었고, 호흡 소리도 나쁘지 않게 들렸기 때문에 좀더 기다려보기로 했다.

우리는 아버지, 가비야와 함께 차와 커피를 마시기 위해 거실에 있는 커다란 테이블에 앉았다. 그곳에서는 엄마를 계속 주시할 수 있었다. 우리는 두번째 진통제가 이미 약효를 다한 것은 아닌지, 엄마의 호흡을 안정시키기 위해 세번째 진통제를 드려야 하는 건 아닌지 이야기를 나누었다. 의사에게 전화를 해야 할까? 그때 가비야가 말했다.

"쉿! 그레텔 호흡, 이제 괜찮아요."

나는 속으로 세어보았다.

"들이마시고 – 21, 22, 내쉬고 – 23, 24……"

확실했다. 호흡이 많이 안정되어 있었다. 천만다행이었다. 우리는 안심하고 보드카를 한 잔씩 나눠 마시는 '세 방울의 보드카 의식'을 거행했다. 그 술방울들이 내 목을 유쾌하게 데웠고, 저녁식사와 같은 아주 일상적인 것들에 대해 생각하기 시작했다.

아버지는 샐러드를 만들고 싶어했고 나는 상추를 구입하러 길을 나섰다. 그리고 아주 많은 품목을 갖춘 유기농 슈퍼에 도착했다. 쉽게 결정을 내릴 수가 없었다. 아삭한 양상추와 치커리, 상추 혹은 루콜라? 엄마는 이 빨갛고 쓴, 뭐라고 부르더라, 꽃상추였나? 아니야, 헛소리! 라디치오였어. 맞아! 엄마는 이것을 푸른 상추랑 섞는 걸 좋아했는데. 나는 엄마한테 발사믹 겨자소스를 만드는 법도 배웠는데. 내가 여자친구를 열광하게 만드는 유일한 조리법이었다. 유감이었다. 내가 그 소스 조리법에서 설탕 대신 꿀이나 마멀레이드를 넣어 어떻게 더 진화시켰는지 엄마에게 꼭 보여주고 싶었는데. 집에 견과류가 더 있었던가?

계산대 앞에서 갑자기 토마토가 필요하다는 사실이 떠올라 채소 코너로 돌아갔다. 드디어 계산을 끝내고 봉지에 채소를 모두 담았을 때 누나에게서 전화가 걸려왔다.

"다비트, 집으로 빨리 돌아올 수 있겠니?"

누나가 울면서 물었다.

나는 인내심을 가지고 빨리 걸었다. 날씨는 추웠고 무거운 시장 가방이 내 손가락 살을 파고들었다. 이걸 내려놓고 뛰어야 할까? 누나는 왜 무슨 일이 일어났는지 말하지 않았고 나는 왜 물어보지 않았을까? 왜냐하면 그건 너무도 분명했기 때문이다. 엄마의 죽음이 임박한 것이다.

내가 길모퉁이를 돌아서자 우리 집과 이웃한, 내가 자주 지나다녔던 교회와 집들이 보였다. 부당하게도 모든 것은 정상적으로 보였다. 우리 집 또한 겉보기에는 전혀 눈에 띄는 점이 없었다. 저 안에서 방금 어떤 일이 있었는지 아무도 모를 것이다. 나는 대문을 열고 계단을 급히 뛰어올라갔다. 바람은 계단 서랍장 위에서 가물거리던 촛불을 꺼뜨렸다. 내가 거실로 갔을 때 그 즉시 모든 게 분명해졌다. 일이 벌어진 것이다.

누나는 울고 있었고, 아버지는 두 손으로 얼굴을 감싸고 있었으며, 가비야는 허공을 바라보고 있었다. 그리고 엄마는 움직임 없이 누워 있었다. 엄마가 숨을 거두었다, 숨이 끊어진 것이다. 믿을 수가 없었다. 내 생각에 우리는 살아가며 그저 그냥 그렇게 숨을 들이쉬다가 언젠가 끝으로, 마지막으로 숨을 거두게 된다. 밖에서는 찌르레기 한 마리가 발코니 위에 내려앉아 지저귀고 있었다. 누나는 충혈되어 촉촉이 젖은 눈으로 내게 다가와 말했다.

"엄마는 네가 나갈 때까지 기다렸던 거야."

눈물이 쏟아졌다.

지난 몇 주간 밤낮으로 자리를 지켰는데 하필이면 잠깐 상추를 사러 간 사이에 나의 엄마가 영원히 떠나버리셨다니. 엄마는 정말로 내가 집에서 나갈 때까지 기다린 걸까, 너무 힘들지 않게 내게 작별을 고하기 위해서? 나는 침대로 다가가 엄마의 손을 잡았다. 아직 따뜻했다. 따뜻한 손은 내 엄마가 더이상 숨을 쉬지 않는다는 사실을 더 비현실적으로 만들었다. 엄마의 입은 크게 벌어져 있었고 어쩐지 미소를 지으며 이런 말을 하는 것 같았다.

'후유, 해냈다!'

바깥 발코니에서 찌르레기가 계속해서 더욱 흥겹게 노래를 부르고 있었다.

엄마는 언젠가 내게 로베르트 무질의 짧은 이야기 「찌르레기」를 들려주었다. 언제나 찌르레기가 등장하는 이 이야기는 모든 이야기가 끝날 무렵 갑자기 새가 말을 하게 되고 주인공에게 이런 말을 건넨다.

"내가 네 엄마란다."

나는 발코니의 새가 이제 엄마의 영혼을 다른 세계로 데려가는 상상을 했다. 이제 엄마는 자유로워졌다. 그르렁거림도, 끙끙대는 신음도, 슬픔도 더이상 없을 것이다. 몇 시간 뒤 눈물이 완전히 말라버린 나는 자리에서 일어나 다시 엄마의 손을 만져보았다. 엄마는 이제 아주 차가워져 있었다. 등골이 오싹해져 몸을 돌려버렸다.

거실 테이블 위에 엄마의 옛날 과제물이 널려 있었다. 나는 공책 하나를 펼쳤고, 우연히 '침묵의 겨울 숲으로 통하는 길'이라는 제목과 마주했다. 엄마가 열다섯 살 때 작성한 작문이었다. 그 글을 읽으며 엄마가 1950년대 초반, 그 당시에 나를 위해 이 글을 쓴 것이 아닐까 하는 느낌이 들었다. 추운 2월의 밤인 오늘, 나를 위로하기 위해서.

숲의 입구에는 당연히 작은 표지판이 있겠지만, 그것은 분명 모두에게 보이지는 않을 것이다. 들어가도 되지만 침묵하라! 나는 이상하게도 침묵하는 게 전혀 어렵지 않다. 또한, 혹은 득히 내면적으로. 내가 가장 좋아하는 것은 단어를 아주 많이 만드는 것이다. 나무들은 크고 작은 무거운 짐을 진 채 편히 잠들어 있었다. 그들을 방해해선 안 된다.

독특한 것은 죽은 색이라 할 수 있는 하얀색이 많았는데도 숲은 눈이 부시거나 차갑거나 시들지 않았고, 쾌적하게 어스름했으며 따뜻했다. 아주 눈에 띄는 것은 이제 작은 것들이 활동한다는 것이다. 들장미 속의 작고 붉은 점을 없는 것으로 생각하지 않았고, 보이지 않는 이끼와 겉껍질의 어두운 틈새, 새들의 작은 디딤도 떼어낼 수 없었다. 나뭇가지 위의 눈이 나무를 아래쪽으로 짓눌렀고 내게 가까워졌다. 그것은 좁은 길 위에 다리와 대문을 만들고 연한 어린나무들을 단단한 수직으로 만들어주었다. 나는 덤불 뒤에서 동물이 움직이는 작은 바스락거림도 맑은 새들의 노래도 들을 수 없다는 점이 특히 아쉬웠다. 그럼에도 세상의 모든 것에 당연히 침묵을 명했다. 커다란 나무들, 오래된 바윗덩어리, 겨울이 드리워지지 않은 식물의 끝부분, 그리고 심지어 그곳 오리나무 가지에 있는 작은 새조차도.

내가 아주 조용하다면 숲의 겨울 정적은 내 위에 있을 것이고, 아마도 그들은 집으로 돌아가는 짧은 길에서도 나와 동행해줄 것이다.

나를 잊지 말아요

초판 인쇄 2014년 2월 21일
초판 발행 2014년 2월 28일

지은이 다비트 지베킹 ㅣ 옮긴이 이현경 ㅣ 펴낸이 강병선

기획 형소진 김소영 ㅣ 책임편집 형소진 ㅣ 편집 유은하 김소영 박영신
디자인 이효진 최미영 ㅣ 마케팅 정민호 이연실 정현민 지문희
온라인 마케팅 김희숙 김상만 한수진 이천희
제작 강신은 김동욱 임현식 ㅣ 제작처 한영문화사

펴낸곳 (주)문학동네
출판등록 1993년 10월 22일 제406-2003-000045호
주소 413-120 경기도 파주시 회동길 210
전자우편 editor@munhak.com ㅣ 대표전화 031)955-8888 ㅣ 팩스 031)955-8855
문의전화 031)955-1933(마케팅) 031)955-2681(편집)
문학동네카페 http://cafe.naver.com/mhdn ㅣ 트위터 http://twitter.com/munhakdongne

ISBN 978-89-546-2407-7 03850

www.munhak.com